狐妖公子

卷一 千劫眉

藤萍 著

目錄
CONTENTS

第一章 劇毒之物

春波如醉，楊柳堤上，一位雙髻少女低頭牽馬前行。身側水光瀲灩，湖面甚廣，淡淡的陽光自東而來，她的影子長長的映在地上，身段窈窕，十分美好。她姓鐘，雙名春髻，是江湖名宿雪線子的徒弟，雪線子在江湖上地位極高，徒因師貴，雖然行走江湖不足兩年，江湖中人人皆知雪線子這位容貌嬌美的女徒弟行俠仗義，不負師名。

然而春光無限好，年紀輕輕已揚名於江湖，她卻好似並不高興，牽著她名滿江湖的「梅花兒」，在小燕湖的堤壩慢慢行走。小燕湖景色怡人，湖畔楊柳如煙，於她就如過眼雲煙，一切都不看入眼中，心中想：他……他……唉……

她心中想的「他」，是碧落宮宮主宛郁月旦。雪線子行蹤不定，連她一年也難得見上幾次，所住的雪茶山莊位於貓芽峰下，人跡罕至，她從小在雪茶山莊長大，十分孤獨。前些年江湖神祕之宮碧落宮搬到貓芽峰上，與她做了鄰居。就此她和宛郁月旦相識，其人溫雅如玉，談吐令人如沐春風，她自十五歲上便傾心於他，只是落花有意，流水無情，聽說他早已有了夫人，她卻從來沒有見過那位宛郁夫人。行走江湖近兩年，她只盼自己能忘了他，然而一人獨行，越走越是孤獨，便越是想他。

而他，定是半分也不會想念自己的吧？鐘春髻淡淡的苦笑，抬起頭來，只見波光如夢，一艘漁船在湖中捕魚，景色安詳，他人的生活，卻很美滿。她牽著馬繼續前行，往前走了約莫十來丈遠，突見地上另有一排馬蹄之印，並有車轅，是不久之前有一輛馬車從此經過。鐘春髻秀眉微蹙，小燕湖地處偏僻，道路崎嶇，並不合適馬車行走，是誰有偌大本事，把馬車驅趕到這裡來？她是明師之徒，略一查看，便知車內坐的是武林中人，好奇心起，上馬沿著馬車的印記緩緩行去。

馬車之痕沿著湖畔緩緩而去，蹄印有些零亂，她越走越是疑惑，這車內的人難道沒有馭馬，任憑馬匹沿著湖畔隨意行走？未過多時，只見一輛馬車停在小燕湖邊懸崖之下，她下馬以馬鞭挑起門簾，驀地嚇了一跳，車內人倒在座上，一柄飛刀插入胸口直沒至柄，那飛刀雪刃銀環，正是「一環渡月」！鐘春髻四下張望，心裡不免有幾分奇怪，這「一環渡月」乃是「天上雲」池雲的成名兵器，聽說其人脾氣古怪，獨來獨往，雖然是黑道中人，卻名聲頗好，不知為何池雲要殺這馬車主人？莫非這人是貪官汙吏？或是身上帶著從哪裡劫來的奇珍異寶，又被池雲劫了去？但池雲劫財劫貨從不殺人，為何對此人出手如此之重？

她以馬鞭柄輕輕托起那屍體的臉，只見那屍體滿臉紅色斑點，極是可怖，然而五官端正，年紀甚輕，依稀有些眼熟。

「施庭鶴？」鐘春髻大吃一驚，這死人竟是兩年前一舉擊敗「劍王」余泣鳳的江湖少俠施庭鶴！她和施庭鶴有過一面之交，這人自從擊敗余泣鳳後，名滿天下，殺祭血會餘孽，闖入秉燭寺殺五蝶王，做了不少驚天動地的事，隱然有取代江南豐成為新武林盟主之勢，怎會突然死在這裡？「劍聖」施庭鶴死於池雲刀下，這斷然是件令江湖震動的大事，但為何……為何池雲要殺施庭鶴，他的武功難道比施庭鶴更高？她放下施庭鶴的屍體，伸手往他頸邊探去，不知他尚有無體溫？若是屍身未冷，池雲可能還在左近……正在她伸手之際，突地頭頂有人冷冷地道：「妳摸他一下，明日便和他一模一樣。」

鐘春髻大吃一驚，驀地倒躍，抬頭只見一人白衣如雪，翹著二郎腿坐在施庭鶴馬車之上，正斜眼鄙夷地看著她，「丫頭配的匕首『小桃紅』，必定是雪線子的徒兒了？雪線子沒有教妳，他人之物，眼看勿動麼？」這人年紀也不大，莫約二十七八，身材頎長，甚是倜儻灑，卻對她口稱「小姑娘」。

她也不生氣，指著施庭鶴的屍體，「難道這死人是你的不成？」看此人這種脾性打扮，應是「天上雲」池雲無疑。

「這人是老子殺的，自然是老子的。」池雲冷冷地道：「妳若在山裡殺了野雞野鴨，那野雞野鴨難道不算妳的？」

鐘春髻道：「施庭鶴堂堂少俠，你為何殺了他？又在他身上下了什麼古怪毒物？江湖傳說池雲是個身在黑道光明磊落的漢子，我看未必。」

池雲涼涼地道：「老子光明磊落還是卑鄙無恥，輪不到妳黃毛丫頭來評說。施庭鶴服用禁藥，毒得自己人不像人，鬼不像鬼，老子殺了他那是逼於無奈，否則他走到哪裡，那毒就傳到哪裡，誰受得了他？」

鐘春髻詫異道：「服用禁藥？什麼禁藥？」

池雲道：「九心丸，諒妳一個丫頭也不知是什麼玩意兒。」

鐘春髻道：「我確實不知，施少俠偌大名聲，何必服用什麼禁藥？」

池雲冷冷地道：「他若不服用禁藥，怎打得過余泣鳳？」鐘春髻一怔，便不再說，只聽池雲繼續道：「服用『九心丸』後，練武之人功力增強一倍有餘，只不過那毒性發作起來，讓你滿臉開花，既醜且癢，而且功力減退，痛不欲生，如不再服一些這種毒藥，大羅金仙也活不下去。嘿嘿，可怕的是毒發之時，中毒之人渾身是毒，旁人要是沾上一點，便和他一模一樣。『九心丸』可是貴得很，就算是江湖俊彥之首，後起之秀施庭鶴要服用這毒藥，也不免燒殺搶掠，做些作奸犯科的事……」

鐘春髻道：「那倒未必……」

池雲涼涼地道：「妳當他殺祭血會餘孽，又闖進秉燭寺是為了什麼？」

鐘春髻道：「自然是為江湖除害。」

池雲「呸」了一聲，「這少俠從祭血會和秉燭寺搶走珠寶財物合計白銀十萬兩，花了個精光，今日跑到燕鎮陳員外那裡劫財，被我撞見，跟蹤下來一刀殺了。」

鐘春髻秀眉微蹙，「全憑你一面之詞，我怎能信你？你殺了施庭鶴，中原劍會必定不能與你善罷甘休。」

池雲翻了個白眼，「老子若是怕了，方才就殺了妳滅口。」他自車上一躍而下，「小丫頭讓開了。」鐘春髻退開一步，池雲衣袖一揚，點著的火褶子落上馬車頂，引燃油布，「呼」的一下燒了起來。她心裡暗暗吃驚，池雲行動何等之快，在她一怔之間，他已縱身而起，只見一點白影在山崖上閃了幾閃，隨即不見。

好快的身手！她站在火焰旁看著施庭鶴的屍身起火，突地從身邊拾了些枯木、雜草擲入火中，增強火勢，漸漸那屍身化為灰燼。她輕輕一嘆，就算真的有毒，此刻也無妨了吧？只是池雲所說「九心丸」一事是真是假？若是真有此事，人人都妄圖憑此捷徑獲得絕世武功，豈非可怖至極……牽馬緩步往回走，心中想若是他……他在此地，又會如何？月旦那麼聰明的人，為何自閉貓芽峰上，老死不入武林？他還那麼年輕。

騎馬走過方才景色如畫的小燕湖，湖上的漁船已消失不見，她加上一鞭，吆喝一聲快馬奔向山外。

小燕湖旁樹叢之中，兩位衣裳華麗的年輕人正在烤魚，見鐘春髻的梅花兒奔過，穿青衣的那人笑道：「雪線子忒難對付，他養的女娃不去招惹也罷。」

紫衣的那人淡淡地道：「花無言一慣憐香惜玉。」

那被稱為「花無言」的青衣人道：「啊？我憐香惜玉，你又為何不殺？我知道草無芳不是池雲的對手，哈哈哈。」

紫衣人「草無芳」道：「你既然知道，何必說出口？有損我的尊嚴。」

花無言道：「是是是，不過今日讓鐘春髻看見了施庭鶴中毒的死狀，要是沒殺了她，回去在尊主那裡，只怕不好交代。」

草無芳吃了一口烤魚，淡淡地道：「那不簡單？等她離開此地，池雲不在的時候，我一刀將她殺了便是。」

花無言笑道：「一刀殺了我可捨不得，不如我以『夢中醉』將她毒死，保證絕無痛楚。」

草無芳閉上眼睛，「你毒死也罷，淹死也好，只消今夜三更她還不死，我就一刀殺了她。」

鐘春髻快馬出了燕山，時候近午，瞧見不遠處路邊有一處茶鋪，當下下馬，「掌櫃的，可有饅頭？」

那茶鋪只有一位中年漢子正在抹桌子，見了這般水靈的一個年輕女子牽馬而來，嚇了一跳，心忖莫非乃是狐仙？青天白日，荒山野嶺，哪裡來的仙姑？

「我……我……」那掌櫃的吃吃地道：「本店不賣饅頭，只有粉湯。」

鐘春髻微微一笑，「那就給我來一碗粉湯吧。」她尋了塊凳子坐了下來，這茶鋪開在村口，再過去不遠就是個村落，春暖花開，村內人來人往，十分安詳。她心中輕輕嘆了口氣，尋常百姓不會武功，一生安安靜靜就在這山中耕田織布，卻是比武林中人少了許多憂愁。

掌櫃的給她盛了一碗粉湯，她端起喝了一口，突覺有些異樣，放下一看，「掌櫃的，這湯裡混著米糊啊，怎麼回事？」

掌櫃的「啊」了一聲，「我馬上換一碗，鍋裡剛剛熬過米湯，大概是我那婆娘洗得不澈底，真是對不起姑娘了。」

鐘春髻微微一笑，她嘗出湯中無毒，也不計較這區區一碗粉湯，「掌櫃的尚有嬰孩在家，難怪準備不足。」

掌櫃尷尬地道：「不是不是，我和婆娘都已四五十歲的人了，那是客棧裡唐公子請我家婆娘幫忙熬的。」

鐘春髻有些詫異，「唐公子？」

掌櫃道：「從京城來的唐公子，帶著一個四五個月大的孩子，和我們這些粗人不同，人家是讀書人，呵呵，看起來和姑娘妳倒也相配。」

他和鐘春髻說了幾句話，便覺和她熟了，鄉下人也沒什麼忌諱，想到什麼順口便說了出來。鐘春髻知他無意冒犯，只是微微一笑，吃了那碗粉湯，付了茶錢飯錢，問道：「村裡客棧路在何方？」

「村裡只有一條路。」掌櫃的笑道：「妳走過去就看見了。」

鐘春髻拍了拍自己的馬，牽著梅花兒，果然走不過二十來丈就看見村中唯一一間客棧，叫做「仙客來」。

如此破舊不堪的一間小客棧，也有如此風雅的名字。她走進門內，客棧裡只有一位年約四旬的中年女子。

「店家，我要住店。」那中年女子蹲在地上洗菜，頭也不抬。

鐘春髻眉頭微蹙，「店家？」

「她是個傻的，難道妳也是傻的？」房內突地有熟悉的聲音道：「怎麼走到哪裡都遇見妳這小丫頭？」

鐘春髻驀地倒退幾步，只見房內門簾一撩，大步走出來一個人，白衣倜儻，赫然正是池雲。

「你……」她實是吃了一驚，臉色有些白，「你怎會在此？」難道池雲走得比她騎馬還快？

「老子愛在何處便在何處，」池雲瞪了她一眼，「妳又為何在這裡？」

鐘春髻定了定神，「我和江城有約，在小燕湖相候。」

池雲道：「他不會來了。」

「『信雁』江城從來言而有信，絕不會無故失約。」她定下神來，上下打量池雲，暗暗猜測他為何會在此處？但見他身上斑斑點點，是米湯的痕跡，心裡好笑：莫非他就是茶鋪掌櫃說的「唐公子」？

「『信雁』江城自然不會無故失約，他早就被施庭鶴砍成他媽的四段，踢進小燕湖去了。」池雲涼涼地道：「江城和妳相約，定是有事要向雪線子那老不死求助，此事如果和施庭鶴有關，他自然要殺人滅口，有甚稀奇？」

鐘春髻又是大吃一驚，失聲道：「什麼？江城死了？」

池雲不耐地道：「死得不能再死了，屍身都已餵魚了。」

鐘春髻變色道：「他說有要事要見我師父，我……我還不知究竟是何等大事。」

池雲冷笑一聲，「多半也是關於九心丸的事，反正我已替他殺了施庭鶴，他也不必介意了。」

鐘春髻怒道：「你怎麼能這麼說話？看你行事也不是無知之輩，空自落得偌大名聲，說話怎麼忒的涼薄？」

池雲兩眼一翻，「小姑娘說話沒大沒小，老子不和妳一般見識。」他袖子一拂就要回房，鐘春髻追上前去，「且慢，你可是看見施庭鶴殺江城了……」一句話沒說完，她突地瞧見房內情形，一下怔住。

這簡陋破舊的客房之中，只有一床一椅，有人坐在床上，床邊尚睡著一名嬰兒。那半坐在床上的是個少年公子，年不過二十一二，膚色白皙，生得秀雅溫和，如非左眉有一道淡淡的疤痕，可算翩翩佳公子，可惜刀痕斷眉，不免有福薄之相。只見他閉著眼睛，雙手疊放在被上，眉頭微蹙，似乎身上有何處不適。床榻上睡著一名嬰兒，不過四五個月大，倒是生得白白胖胖，玲瓏可愛，睡得十分滿足的模樣。房內的情形，一是病人、一是嬰孩，她情不自禁地噤聲，退了一步，這病人是誰？嬰孩又是誰？

房中那微有病容的少年公子緩緩睜開眼睛，「來者是客，池雲看茶。」

池雲怒道：「你怎可叫我給這小丫頭倒茶？」

那少年公子心平氣和地道：「來者是客。」

池雲五指緊握成拳，咬牙切齒，憋了半日，硬生生哼了一聲，轉身到廚房裡倒茶去。鍾春髻又是吃驚，又是好笑，這池雲倡狂成性，世上竟然有人將他差來喚去，當作奴僕一般，真是天生一物降一物，卻不知這人究竟是誰？

「我姓唐，」床上那病人微笑道：「池雲說話一貫妄自尊大，刻薄惡毒，想必是讓姑娘惱了。」

鍾春髻忍不住問，「不知唐公子是池雲的……」

那唐公子微微一笑，「家中書童，讓姑娘見笑了。」

鍾春髻大吃一驚，又聽說他姓唐，略一思索，便猜他是京城唐家的公子，池雲這等高手，居然曾是唐家書童，這唐家公子說不得就是那人了。京城唐家大大有名，乃是當朝國丈府，國丈唐為謙，官居戶部，位列三公，其女唐妘，受封妘妃。既然這位公子姓唐，自然是唐為謙三年多前收的義子唐儷辭唐國舅了。雖然此時池雲早已經在江湖上揚名立萬，獨來獨往，但遇見他這舊日少爺，卻仍是書童身分，無怪唐儷辭會遣他上茶，不過……不過池雲這等身分脾氣，絕世武功，卻為何要聽唐儷辭指使？她心裡奇怪，只是不便亂猜，但見唐儷辭雖然微笑，眉宇之間總帶些微痛楚之色，不禁問道：「公子何處不適？」

唐儷辭又閉上眼睛，池雲已端茶回來，一壺涼水泡茶梗「咚」的一聲擲在鐘春髻面前，池雲冷冷地道：「喝！」

她為之愕然，唐儷辭微笑道：「池雲沏茶之術，天下無雙，姑娘不妨一試，茶能解憂，就算池雲給姑娘賠不是了。」

池雲兩眼望天，冷笑不語。

鐘春髻騎虎難下，只得勉強喝了一口，苦笑道：「唐公子說的是，我尚有要事，這就告辭，打攪二位了。」喝下涼水茶梗，滿口怪味，她匆匆走入另一間客房，關起了門。

「你倒是會做好人。」池雲冷冷地道。

唐儷辭閉目微笑，「畢竟人家姑娘喝了你泡的好茶，難道還不氣消？」

池雲「嘿」了一聲，「分明是你惹火老子。」頓了一頓，他又道：「施庭鶴殺了江城，如果江城前來小燕湖是為了和小丫頭接上線，要找雪線子那老不死，那麼九心丸之事，至少『雁門』知道。」

「要查九心丸之事，與其追去雁門，不如跟著鐘春髻。」唐儷辭眉間微蹙，「只不過……只不過……」他雙手放在被上，原是按著腰腹之間，此刻雙手微微用力抓緊被褥，「嗯……」

池雲大步走了過來，「三年多來，你那腹痛的毛病還是沒見好，京城的大夫可謂狗屁不通。」

唐儷辭微微一笑，「三年多前我說你非池中之物，你自非池中之物，三年多前我說這毛病好不了，它便是好不了。」

池雲冷笑，「你說這話的意思，是說你自己言出必中，絕不會錯？」

唐儷辭道：「當然。」

池雲為之氣結，「要不是老子看你病倒在床上爬不起來，早就去了雁門，怎會在這裡受你的氣！」

唐儷辭仍是微微一笑，「你決定了要去雁門？」

「老子一個失算，施庭鶴他媽的把江城砍成了四塊。」池雲冷冷地道：「九心丸好玩得很，不陪它玩到底，豈非剝了老子池雲的面子？」

唐儷辭道：「你要去儘管去，我尚有我的事。」

池雲懷疑地看著他，「老子實在懷疑，你是故意裝病惡整老子。」

唐儷辭輕咳一聲，「這個，我若說不是，你也不會相信了。」

池雲再度氣結，「老子今生今世都不要再在道上撞見你這頭白毛狐狸精！伺候你半年，沒被你氣死，那是老子命大！」一道白影彈身而出，拂袖而去。

唐儷辭微微一笑，閉上眼睛，雙手搭在被上，神色安然。他身邊的嬰孩早已被池雲大喊大叫吵醒，然而一雙眼睛烏溜溜滾圓，雙手牢牢抓著唐儷辭的長髮，不住拉扯，玩得專心致志，並不哭鬧。窗外陽光淡淡，春意盎然，房內光線黯淡，僅有幾絲微光透入，隱約照出，唐儷辭乃是一頭光滑柔順的灰髮。

鐘春髻奔入隔壁客房，心頭之氣卻已消了。池雲這廝雖然言語惡毒，卻並無惡意，何況其人和自己萍水相逢，也不必將他的可惡之處太放在心上。關上房門，她自茶壺倒了一杯涼茶，淺呷了一口，說不出的心煩意亂，江城被施庭鶴所殺，施庭鶴被池雲所殺，一連串的殺孽，似乎都與施庭鶴服食的那毒藥有關，只是……她明知這是江湖大禍將起的徵兆，心中卻無法全神在意，隱隱約約在想，若是他入得江湖，也許……也許形勢又會不同。

喝了幾口涼水，她輕輕吁出一口氣，突聽隔壁有嬰孩咯咯笑聲，微微一怔，那唐儷辭貴為國丈義子，為何會攜帶一名嬰兒江湖漫行？這世上不合常理之事，實是數不勝數。

「仙客來」客棧之外，兩名穿著草鞋布衣的漢子走進客棧，拍了拍那有些癡呆的中年女子，住進了客棧中剩餘的最後一間客房。

其中一人道：「草無芳，池雲那廝已經去遠了，和你我猜的一樣，他放棄姓鐘的丫頭，反撲雁門。」

另一人道：「哈哈，既然如此，你就下毒毒死那丫頭，你我好帶著她的人頭，回去覆命。」說話之間，門外那中年女子已無聲無息的歪在一旁，宛若睡著一般。

鐘春髻定下神來，攤開紙筆細細給雪線子寫了封信，只是雪線子脾氣行徑只有比池雲更加古怪，就算她這徒弟，也很難說這封信能順利傳到雪線子手上。她在心中寫明池雲所說九心丸之事，請師父出手相助，如師父見信應允，請一月之後到雁門相會。寫是如此寫，但雪線子看是不看，理是不理，她卻沒有半點把握。筆下寫的雖是請師父出山，不知不覺，總是把師父當成了「他」，若能請得月旦出山，那就好了，心底明知是落花流水一場空，卻忍不住幻想。

窗外有人走了過來，輕輕敲了敲她的窗戶，「姑娘，小生有事請教。」鐘春髻聞聲抬頭，只見窗外一位褐色衣裳的年輕人面帶微笑，輕輕推開了她的窗櫺。她驚覺不對，按手拔劍，手中劍堪堪拔出一半，鼻中嗅到一陣淡雅馥鬱的花香，腦中一暈，左手抓起桌上的硯臺對窗外擲了出去。

「啪」的一聲，硯臺落地，墨汁濺了一地，花無言負手悠悠踏進鐘春髻的房內，手背在她嬌若春花的臉頰上蹭了蹭，「可惜啊可惜，一朵鮮花……」

窗外另一人淡淡地道：「你若下不了手，換我來。」

花無言自懷裡取出一個小小的玉瓶，對草無芳道：「屏息。」窗外草無芳一閃而去，花無言拔開瓶塞，那瓶中湧起一層極淡極淡的綠色煙霧，頓時房內花草枯死，桌椅發出「呲」的一聲輕響，焦黑了一大片。鐘春髻雪白的臉上瞬間青紫，隨著綠色煙霧瀰漫，窗外的花木也漸漸發黃。

「哇——」突地隔壁響起一聲響亮的嬰啼之聲，有孩子放聲大哭。花無言「欸」了一聲，收回瓶子，只聽門外草無芳喝了一聲，「嘩」的一聲一片水霧驀地破窗而入，屋內瀰漫的綠色煙霧頓時淡去，那水霧堪堪落地，便成一種古怪的綠水，流到何處，何處便成焦黑。花無言臉上變色，能使清水衝破窗櫺而入，那是什麼樣的功力？何況是誰一眼看破他這「夢中醉」雖不能以清水解之，卻能以清水溶去？

屋外草無芳只見一人自隔壁房中走出，來人布衣布鞋，長髮未梳，似剛剛起床——他只瞧到這裡，至於此人究竟是如何拾起園中蓄水的水缸、如何潑水，又如何欺到自己身邊拍了自己一下，他全然沒有瞧見。身上著了來人一拍，半身麻痹，竟而無法出手攻敵，也無法避開，甚至口舌麻痹，連一句話都說不出來。房內花無言一聲輕笑，「解藥給你，手下留人。」只見一個白色小瓶自房內擲了出來，那灰衣人一手接住，微微一笑，「好聰明。」草無芳只覺身側人影一晃，花無言已帶著他連縱三尺，翻越屋瓦而去。

「我說與其追去雁門，不如留在此地，可惜有人聽而不聞。」灰衣人搖了搖頭，手持解藥踏入房中，打開瓶塞，敲了些許粉末下來，地上綠水變為黑水。他扶起鐘春髻的頭，將粉末灌了些進去。

等鐘春髻醒來的時候，眼前一雙烏溜滾圓的大眼睛目不轉睛地看著自己，她吃了一驚，只見和自己並肩躺著的是一個不滿周歲的嬰孩，正湊得極近地看自己。她不是中了極厲害的毒物？怎會在這裡？鐘春髻驀地起身，腦中微微一暈，幸好及時撐住床板才沒有摔下，身邊有人溫言道：「姑娘劇毒方解，還需休息，請不要起身。」她轉過頭來，眼前人滿頭灰髮，挽了髮髻，看了一會，才認出是唐儷辭，「唐公子救了我？」心裡卻猶自糊塗——以唐儷辭如此年紀，貴為國舅，方才她抵敵不住，他又如何救得了她？何況他不是抱病在身麼？

唐儷辭換了一身衣裳，方才那件乃是睡袍，穿之不雅，如今他換了件藕色儒衫，猶顯得眉目如畫。她微微蹙眉，唐儷辭右腕戴著一支銀鐲，其質雖非絕佳，然而其上花紋繁複，竟能將四季花鳥及繡花女紡等十數位人物刻於其上，那必是價值連城之物，此人實在神祕莫測。只聽他道：「妳看見施庭鶴之死，風流店自然是要殺人滅口的，畢竟九心丸之事不足為外人所道。」

鍾春髻問道：「風流店？」

唐儷辭頷首，「出賣九心丸的便是風流店，除了施庭鶴，『西風劍俠』風傳香、『鐵筆』文瑞奇也死在其下。」

鍾春髻「哎呀」一聲，「風傳香已經死了？」她頗為震驚，「西風劍俠」風傳香為人清白武功不弱，怎會服用毒物？

唐儷辭自桌上端起杯茶，遞給她，「風傳香妻室肖蛾眉為『浮流鬼影』萬裕所殺，風傳香為求報仇，服用禁藥。殺萬裕之後，風傳香身上毒發，傳染給摯友『鐵筆』文瑞奇，兩人雙雙自殺。」

鍾春髻睜著一雙明目，駭然非常，「這是什麼時候的事？」

唐儷辭手端清茶，微微一笑，「半月之前。姑娘請用茶。」

鐘春髻接過唐儷辭遞來的茶，心情仍自震盪，低頭一看，只見手中茶杯薄胎細瓷，通體透亮，其上淡繪雲海，清雅絕俗，又是一件瓷中珍品，「唐公子又是如何知曉風傳香之死？」

唐儷辭端坐在床邊椅上，「消息自雁門而來。」

鐘春髻奇道：「雁門？『信雁』江城？」

唐儷辭頷首，「施庭鶴跟蹤江城，螳螂捕蟬，黃雀在後，池雲跟在施庭鶴身後，聽到兩人在小燕湖上談話。風傳香所服用的毒物是施庭鶴所贈，服用之時，並不知道此藥乃是毒藥，殺萬裕之後毒發，施庭鶴向他勒索錢財用以購買九心丸，結果風傳香斷然拒絕，逃走之後為文瑞奇收留，毒性傳染至文瑞奇身上，兩人發現毒不可解，雙雙自斷經脈而亡，可謂義烈。」

鐘春髻道：「風傳香本是君子。」

唐儷辭道：「江城和風傳香也是摯友，他一意追查風傳香之死，查到施庭鶴身上。我猜他本想通過妳，將此事告知尊師雪線子，又或者想通過雪線子找到『明月金醫』水多婆解毒，可惜尚未見妳，已死在施庭鶴劍下。池雲沒有料到施庭鶴會拔劍殺人，救援不及惱羞成怒，現在已奔赴雁門去了。」

鐘春髻低頭默然半晌，「但在此之前，池雲早就知道九心丸之事。」

唐儷辭微微一笑，「不錯，在此之前，池雲就知道九心丸之事，那是我告訴他的。」

鐘春髻驀地坐了起來，「你？」

「嗚——咕咕——咿唔……」背後突地有一雙軟軟的小手抓住她的衣袖，她坐起來的動作太大，那嬰兒突然眉開眼笑，咯咯笑了起來，抓住她的衣袖手舞足蹈。

唐儷辭道：「鳳鳳。」那嬰孩把嘴裡剛要發出的笑聲極其委屈地吞了下去，怯怯的把手收了回來，慢慢爬進被子裡躲了起來。

鍾春髻看著那把頭埋進被子裡的小嬰兒，好生可笑，「這是你兒子？好可愛的孩子。」

唐儷辭道：「朋友的孩子，尚算是十分乖巧。」微微一頓，他道：「九心丸之事，年前已有徵兆，其中內情，尚不足為外人道。」

鍾春髻越發奇怪，目不轉睛地看著唐儷辭，此人面貌秀麗，左眉一道刀痕雖是極淡，然而深入鬢髻，依稀當年傷勢十分凶險，「唐公子身為皇親，為何離開京城遠走江湖，難道不怕家中親人掛念？」

唐儷辭道：「此事便更不足為外人道了。」

鍾春髻低頭喝了口茶，甚覺尷尬，世上怎有人如此說話？口口聲聲便稱她是「外人」，雖然她確是個「外人」，但也未免無禮。她是雪線子高徒，人人給她三分面子，倒是從來沒有見過有人對她態度如此生疏冷淡。

「姑娘毒傷未愈，我在此地的房錢留到八日之後，姑娘若是不棄，就請留此休息。」唐儷辭抱起床上的鳳鳳，「我尚有事，就此告辭。」

鍾春髻道：「但門外那老闆娘……」門外那老闆娘不是已經被殺，她如何能留到八日之後？

唐儷辭微微一笑，「她被迷藥所傷，只要睡上一日即可，姑娘休息，若是見了尊師雪線子，說到唐儷辭向故友問好。」

鐘春髻大奇，掙扎下床，「你認得我師父？」他若是雪線子的「故友」，豈非她的師叔一輩？這怎生可以？

唐儷辭不置可否，一笑而去。

鶯燕飛舞，花草茂盛，江南花木深處，是一處深宅大院。

一位藍衣少年在朱紅大門之前仰首望天，劍眉緊鎖，似有愁容。

「古少俠。」門內有黑髯老者嘆息道：「今日那池雲想必不會再來，你也不必苦守門口，這些日子，少俠辛苦了。」

藍衣少年搖頭，「此人武功絕高，行事神出鬼沒，不知他潛入雁門究竟是何居心，我始終不能放心。」

正說到此時，一陣馬蹄之聲傳來，藍衣少年回頭一看，只見一匹梅花點兒的白馬遙遙奔來，其上一位淡紫衣裳的少女策馬疾馳，衣袂飛飄，透著一股淡雅秀逸之氣，卻是不顯蠻橫潑辣，正是鐘春髻。瞧見藍衣少年負手站在門口，她一聲輕笑，驀地勒馬，梅花兒長嘶人立，鐘春髻縱身而起，如一朵風中梅花，輕飄飄落在藍衣少年面前，含笑道：「古大哥別來無恙？」

藍衣少年微微一笑，拱手為禮，「鐘妹別來無恙，溪潭一貫很好。」指引身邊那位黑髯老者，「這位是雁門門主江飛羽，『信雁』江城的父親。」

鐘春髻心中一震，神色黯然，「江伯伯。」

江飛羽捋鬚道：「姑娘名門之徒，風采出眾。說起我那犬子，和姑娘相約之後已有兩月不見，不知姑娘可知他的下落？」

鐘春髻道：「這個……江大哥、江大哥已經在小燕湖……小燕湖……」她咬了咬牙，「已經在小燕湖死於施庭鶴手下。」

江飛羽渾身大震，失聲道：「難道那池雲所說竟是……不假？」

鐘春髻道：「池雲已經到了雁門？」

藍衣少年道：「他不但到了雁門，而且未經允許擅闖雁門養高閣，把門內眾人的寢室都翻了個遍，將私人書信全悉盜走，口口聲聲，說施庭鶴害死江大哥，說雁門中必有人和施庭鶴勾結，給他消息，施庭鶴方能在小燕湖追上江大哥，殺人滅口……難道他所說竟是實情？」他踏上一步，「鐘妹，施庭鶴俠名滿天下，我怎能相信那池雲一面之辭？」

「雖然他是黑道中人，但我想他所說的並不有假。」鐘春髻黯然道：「我在小燕湖並沒有見到江大哥，只見到了施庭鶴的屍體。」

藍衣少年奇道：「施庭鶴的屍體？施庭鶴武功奇高，能擊敗余泣鳳之人，怎能被人所殺？」

鐘春髻道：「我見到他之時，他渾身長滿紅色斑點，中了劇毒，根據池雲所說，施庭鶴服食增強功力的毒藥，所以能敗余泣鳳。他死在池雲刀下，是因為劇毒發作，無力還手之故。」

江飛羽變色道：「施庭鶴中了劇毒，究竟是他自己服食，還是池雲所下？」

藍衣少年搖頭道：「不曾聽說池雲會用毒之法，他若會使毒，昨日和我動手就該施展出來，他卻不願與我拼命而退去。」

鐘春髻低頭望著自己的衣角，「池雲雖然脾氣古怪，不過我信他所言不假，何況我被其人所救……他若是下毒殺了施庭鶴，大可再殺了我，世上便無人知曉，他卻從別人手中救了我。」她心中想那二人各有其怪，唐儷辭之事少提為妙，反正那二人主僕一體，也算是池雲救了她。

藍衣少年訝然道：「他救了妳？他為何不說？」

鐘春髻暗道他也不知「他」救了我，突然覺得有些好笑，嘴角微翹，「他……」

「老子幾時救了妳？小姑娘滿口胡說八道，莫把白毛狐狸的小恩小惠算在老子頭上！」頭上突地有人冷冷地道。鐘春髻大驚，頓時飛霞撲面，平生難得一次說謊，卻被人當面捉住，跺了跺腳，不知該如何解釋。藍衣少年和江飛羽雙雙抬頭，朱紅大門之上，一位白衣人翹著二郎腿端坐起來，鄙夷地看著門下幾人，「老子要殺你雁門滿門不費吹灰之力，若老子真下毒毒死施庭鶴，費得著這幾日和你們這群王八折騰這許久？早就一刀一個統統了結。」

江飛羽啞聲道：「江城真的已死？」

池雲道：「死得不能再死了，老子雖然知道你難過，但也不能說他沒死。」

江飛羽大慟，藍衣少年將他扶住，表情複雜，要他立即相信池雲之言，一時之間，顯然難以做到。池雲在門上看著他的表情，涼涼地道：「中原白道，一群王八，既然你不信老子所說，那老子給你們引薦一人，老子說話難聽，他說的話，想必你們都愛聽得很。」

「誰？」雁門之內已經有數人聞聲而出，帶頭一人青衣佩劍，皺眉看著門上的池雲，「閣下既然是友非敵，可否從門上下來，語言客氣一些？」

池雲兩眼望天，「老子就是不下來，你當如何？」

那人拔劍怒道：「那你當我雁門是任你欺辱，來去自如的地方嗎？」

池雲道：「難道不是？」

那人氣得渾身發抖，「你……你……」

鐘春髻又是難堪，又是生氣，又是好笑，池雲口舌之利她早已試過，難怪這雁門之中最剛正不阿的「鐵雁」朴中渠會被他氣得如此厲害，只聽池雲又道：「一大把年紀沒有涵養就少出來多嘴，我看你渾身發抖，下盤功夫太差，和人動手，多半被人一勾就倒。」那人一怔，他手上功夫了得，一身武功的確弱在下盤，緊握手中長劍，對著門上的池雲，殺上去也不是，不殺上去也不是，滿臉憤憤之色。

「你要在門上坐到什麼時候？」門外有人語調平和地道：「面對江湖前輩，怎能這般說話？」雁門中人本來情緒激動，突地聽見這幾句，頓時覺得那是世上最好聽的聲音，這人說的十幾字，字字都是至理名言，都是方才自己想說但沒說出來的正理！門上池雲哼了一聲，「那要如何說話？」

門外人微笑道：「自然應該面帶笑容，恭謙溫順，如你這般，難怪雁門要將你逐出門外，不請你進門喝茶了。」江飛羽尤在傷心愛子之死，藍衣少年放開江飛羽，大步向前，打開大門，只見門外站著一位布衣少年，懷抱嬰兒，眉目秀麗，面帶微笑。他自認閱歷甚廣，卻認不出眼前少年是什麼來歷，只見他微微一笑道：「池雲？」

藍衣少年背後微風輕起，池雲已經飄然落地，拍了拍身上的塵土，悻悻地道：「算我怕了你。」對來人一指，冷冷地道：「這人姓唐，叫唐儷辭。」

藍衣少年瞠目不知以對，鐘春髻忙道：「這位唐公子，乃是當朝國丈的義子。」

江飛羽聽聞乃是皇親，心下煩憂，「公子身分尊貴，怎會來到此地？」

唐儷辭抱著鳳鳳踏入門中，鐘春髻給他引見，「這位是『清溪君子』古溪潭古少俠，這位是雁門門主江飛羽江伯伯，這位是『鐵雁』朴中渠朴伯伯。」

唐儷辭微笑道：「無法給各位前輩行禮，還請前輩諒解。」

朴中渠見他懷抱嬰兒，暗想此人不倫不類，就算真是當朝皇親，那又如何？江湖中人，還是少和這等人物打交道，於是哼了一聲，並不回答。

古溪潭問道：「唐公子身分尊貴，親臨雁門，不知有何要事？」

唐儷辭道：「不敢。我離開京城，另有要事，只不過有件事必須與雁門說清。」他看了池雲一眼，微微一笑，「我本不打算冒昧造訪，只不過想到單讓某人前來，必定鬧得雞飛狗跳，不得安寧，放心不下，還是過來打攪一二。」池雲怒目瞪了他一眼，唐儷辭只作不見，如沐春風。

朴中渠冷冷地道：「雁門這種小地方，容不下公子這尊大佛，不知是什麼事情？」

唐儷辭道：「江城查出風傳香之死和施庭鶴有關，他前往小燕湖和鐘姑娘相見，雁門之中，還有誰知情？」

朴中渠冷冷地道：「我和門主都知情，難道你想說我們二人和什麼毒物有關？」

唐儷辭微微一笑，「既然江城因此事而死，兩位不覺滋事體大？此事既然和施庭鶴、池雲、鐘姑娘相關，他們一是白道少俠，一是黑道至尊，還有一人代表江湖高人雪線子，說明其中牽涉之事，內容甚廣。雁門如能為此事提供線索，便是江湖之福。」

這番話說出來，朴中渠一怔，江飛羽為之一凜，「唐公子說的是。」他抬起頭來，「江城為摯友之死而涉入其中，但不知池少……閣下如何涉入此事？」

池雲微微一震，看了唐儷辭一眼，唐儷辭微微一嘆，「前輩可知白家『明月天衣』白姑娘離家出走之事？」

江飛羽沉吟道：「曾經聽說，但……」

唐儷辭道：「白素車是池雲未過門的妻子，池雲對白家有恩，白府白玉明白先生於兩年前答允將白素車嫁與池雲，以報答救命之恩。但兩人尚未見得幾次面，白素車便無故離家出走，至今已有年餘。池雲追查此事，白素車之離家，只怕也與那毒藥相關。」

江飛羽動容道：「如此，今日我便清點門徒，逐一盤問究竟是誰洩漏出去，城兒要在小燕湖約見鐘春髻，若不是奸細告密，城兒決計不會死在施庭鶴手上！」

唐儷辭點了點頭，江飛羽請他入屋而坐，又叫僕人上茶。鐘春髻尤自想著剛才她撒謊隱瞞被唐儷辭所救之事，突地又想起方才唐儷辭說「自然應該面帶笑容，恭謙溫順，如你這般，難怪雁門要將你逐出門外，不請你進門喝茶了」。暗暗好笑，這人言語恭謙溫順，面帶笑容，果然雁門便請他喝茶了，偷眼看池雲，只見池雲滿臉不屑，跟在唐儷辭身後，伸手幫他抱起了鳳鳳，身後雁門中人一派瞠目結舌。

過得幾日，武當清和道長趕到雁門，說起施庭鶴之死，十分唏噓，又道江湖之中已有幾處門派發現門徒服用奇異毒物，傳染不治疫病，十分棘手。江飛羽問及武林盟主江南豐可知此事，清和道長道江南山莊自從被韋悲吟所毀，江南豐攜子歸隱，自此失去訊息，兩人安危堪憂，而「天眼」聿修、「白髮」容隱、神醫岐陽幾人，在白南珠死後，也都行蹤不定，傳聞尋訪失蹤多時的聖香少爺而去，只怕短期之內不能為此事出力。眾人聽聞消息，各自嘆息，都覺前些年戰李陵宴，以及圍殺上玄、白南珠之事，如夢如幻，如今俠侶各散東西，恐怕是再不能現當年勝象。

武林名宿紛紛聚集雁門，討論施庭鶴之死，卻遲遲不見雪線子蹤跡。鐘春髻暗自嘆息，她那位師父恐怕是把她辛苦寄出的信當作兒戲，根本不理睬此事。池雲和唐儷辭在雁門客房小住，也不去理睬各位江湖前輩對施庭鶴之事的議論和看法。

第二章　江湖名宿

雁門前庭各派中人議論不休，後院客房之中，唐儷辭負手在院中散步。此時正是春暖，雁門後院中栽種了不少桃花，桃花盛開，其中又夾雜梨花、杏花，粉紅雪白，景色雅致美麗。池雲在房裡餵了鳳鳳半碗米湯，再也沒有耐心，心裡大怒這位爺胡亂收養別人的兒子，自己卻又不養，一切全都丟給自己，但若不餵，只怕這小娃娃便要餓死。抬頭看著窗外，天藍雲白，微風徐來，若非有諸多雜事，實在是出門打劫的好天氣。

唐儷辭站於一株梨樹之下，遠眺著庭院深處的另一株梨樹，右手按在腰腹之間，不言不動。天色清明，他的臉色殊好，只是眼神之中，實是充滿了各種各樣複雜至極的情緒，說不上是喜是悲。

「春很好，花很香，人——看起來心情很壞。」有人閒閒地道，聲音自庭院門外而來，「如你這般人也會發愁，那世上其他人跳崖的跳崖，跳海的跳海，上吊的上吊，刎頸的刎頸，該幹什麼幹什麼去，死了便是。」

「風很好。」唐儷辭微微一笑，「吹來了你這尊神。」

池雲對來人看了一眼，他並不認得此人。來人也是一身白衣，和池雲一襲白綢不同，來人之白衣上繡滿文字，繡的是一句「人愛曉妝鮮，我愛妝殘。翠釵扶住欲欹鬟，印了夜香無事也，月上涼天」。其人頭髮雪白，明珠玉帶束髮，容貌俊逸瀟灑，翩翩出塵，看不出多大年紀，若是看面貌，不過二十出頭。

「你為什麼心情不好？」白衣人笑問。

「在想你欠我的銀子，什麼時候才還？」唐儷辭輕嘆一聲，「雪線子，我實在想不出施庭鶴被殺之事，竟然能引動你出來見我。」此言一出，池雲嚇了一跳，眼前這位容貌俊逸的白髮人，竟然就是名傳江湖數十年的江湖逸客「雪線子」？他究竟是多大年紀了？

只聽雪線子笑吟吟地走近，「我也想不到那施庭鶴之死，竟然引得動你這頭白毛狐狸出頭露面，實在不符合你一貫的風格。」

「哦？你以為我的風格是什麼？」唐儷辭含笑。

雪線子背手在他身後慢慢轉了一圈，「你的風格，非常簡單，就是奸詐二字。」

唐儷辭道：「嗯？」

雪線子道：「就憑你這『嗯』了一聲，便可見你之奸詐了。」

唐儷辭道：「過獎了。」微微一頓，他道：「雪線子，施庭鶴之死，你最關注的一點，是什麼？」

雪線子抬手摘下樹上一朵梨花，頗有興味地嗅了一嗅，「那自然是錢。」唐儷辭微微一笑，甚是讚賞。雪線子搖了搖頭，「施庭鶴死不死無關緊要，要緊的是有人販賣毒物，從中牟利，這錢聚斂得如此之多，非常可怕啊。」

唐儷辭道：「不錯，若大部錢財都流往不事產作的一處，用於平日耕種紡織、釀酒冶金的錢就會減少，長此以往，必有動盪，其餘各業勢必蕭條。」

雪線子道：「所以啊……引得動你出來。」

唐儷辭道：「我？我是為了江湖正義，蒼生太平。」微微一頓，他又道：「話說回來，雪線子，你欠我的錢什麼時候還？」

池雲在房內噗哧一笑，雪線子輕輕磨蹭頭上的玉帶，「這個，如此春花秀美，談錢豈非庸俗？待下次有氣氛再談吧。」

唐儷辭道：「你若替我做件事，欠我那三千兩白銀可以不還。」

雪線子輕輕的「哦」了一聲，負手抬起頭來，「太難的事、麻煩的事、和美女子無關的事不幹，其餘的，說來聽聽。」

唐儷辭微微一笑，「不難，你替我找一個人。」

「什麼人？」雪線子眼眸微動，「美貌少女？」

唐儷辭道：「不錯，我以白銀三千兩，請你找白府白玉明之女『明月天衣』白素車，人是很年輕，身材是很好，相貌是很美哦。」

「好！」雪線子道：「如果人不夠美，我要收六千兩黃金。」

唐儷辭揮了揮手，微笑道：「不成問題。」

雪線子道：「還有找人的理由呢？」

「因為找不到。」唐儷辭道。

雪線子「嗯」了一聲，「世上也有你找不到的人，奇了，我走了。」他躍上牆頭，面對四面八方笑了一笑，只聽四下裡一陣驚呼「雪線子」之聲，方才掠身而去。

此人仍是如此風騷。唐儷辭搖了搖頭，池雲自屋裡竄了出來，「老子的婆娘，為何要請這老色胚找尋？一大把年紀，看來還好色得很啊。」

唐儷辭道：「因為你找不到。」池雲勃然大怒，卻又說不出什麼話來辯解一番，氣得滿臉通紅，只聽唐儷辭又道：「莫氣、莫氣，你的脾氣不好，練武之人，養心為上，不能克制自己的脾氣，武功便不能更上一層。」

池雲聽後只有越發氣結，恨不能將唐儷辭生生掐死。便在此時，門外有人輕呼一聲，「師父？」推門而入，正是鐘春髻。

「妳師父已經走了。」唐儷辭微笑。

鐘春髻低下頭來，「我料他也不在了，師父便是這樣。」池雲斜眼看她，雪線子想必當年是看中他這女徒的美貌，可惜這小丫頭空自長了一張俏臉蛋，卻和外頭的白道中人一路，是個王八，不知雪線子是怎生教出這等無聊又無趣的女娃，真真十分古怪。只聽她道：「唐公子，江伯伯和清和道長已經查出雁門之中誰是奸細，但那人毒性已發，神智失常，渾身紅斑，江伯伯把他關了起來，正在設法盤問。」

「是麼？」唐儷辭道：「可憐啊可憐。」他口中說可憐，然而面帶微笑，實在看不出究竟有幾分真心實意。

池雲「嘿」了一聲，冷冷地道：「虛情假意。」

正在議論之間，門外藍影一閃，古溪潭叫道：「鐘妹，余泣鳳來訪！」

余泣鳳？在中原劍會上被施庭鶴擊敗的「劍王」余泣鳳？池雲「嘿」了一聲，「難道他也關心施庭鶴之死？對余泣鳳而言，施庭鶴死得妙不可言，再好不過了。」

古溪潭抱拳道：「請幾位一同堂前見客。」

幾人走到前堂，只見客廳之中滿是人頭，眾賓客以及雁門門下弟子爭相列隊，只盼對那江湖劍王瞧上一眼，就在眾人充滿豔羨的目光之中，一人背劍，大步走了進來。只見此人身材極高，肌肉糾結，彷彿肩膀生得都比旁人寬闊了兩三分，皮膚黝黑，穿得一身褐紅衣裳，果然與眾不同。

江飛羽迎向前去，「劍王光臨敝門，蓬蓽生輝，請上座。」余泣鳳的目光在堂內眾人身上打了個轉，每個被他看見之人都是心頭一跳，凜然生畏，果然余泣鳳不怒而威，氣度過人。

「江門主客氣。」余泣鳳淡淡地道，他的視線從眾人臉上掠過，停在唐儷辭臉上，「我聽聞雁門捉拿了奸細，和施庭鶴之死有關，特來查看。卻不知江門主偌大本事，竟然請得『萬竅齋』主人在此坐鎮。」

「萬竅齋主人？」余泣鳳此言一出，眾人哄然一聲，驚詫聲起，議論紛紛。古溪潭暗道「萬竅齋」主人？怎麼可能？目光在客人中打量，卻沒瞧見究竟何人像那「萬竅齋」主人了。當今世上，要說誰最有錢，除了當今聖上之外，自是「萬竅齋」。「萬竅齋」是個商號，其下列有珠寶、綢緞、酒水等等行當，短短三年生意做遍天下，其主家財萬貫，富可敵國，江湖上卻幾乎無人知道其人是誰。江飛羽心忖若是那「萬竅齋」主人到了此地，自己卻是不知，雁門素以消息靈通聞名天下，這個臉可就丟大了，只見余泣鳳的目光盯在唐儷辭臉上，心下詫異，難道這位唐公子竟然是……

「你怎知我便是『萬竅齋』主人？」唐儷辭微微一笑，並不否認。

此言一出，眾又譁然，池雲涼涼地看著唐儷辭，頗有幸災樂禍之態，余泣鳳淡淡地道：「你手腕戴有『洗骨銀鐲』，此鐲辟邪養福納吉，又是古物，價值不可估量，傳聞為萬竅齋收藏，若非『萬竅齋』之主，何人敢將它戴在手上，視作兒戲？」

眾人的視線又齊唰唰地看向唐儷辭手腕，只見他腕上的確戴著一支銀鐲，其上花紋繁複，卻不知如此一支銀鐲竟然「價值不可估量」！鐘春髻俏臉一陣紅一陣白，暗道原來這支銀鐲竟然有如此意味，她早已瞧見，卻認不出它。古溪潭心道怪不得池雲那廝對唐儷辭言聽計從，原來他真是「萬竅齋」之主，但此人分明既是國舅，又是商賈，為何要插手江湖中事？

「原來余劍王也對施庭鶴中毒之事如此關心，」唐儷辭微笑道：「人同此心，我插手此事，不過好奇，余劍王瞪目於我，大可不必。」

此言一出，江飛羽嚇了一跳，唐儷辭並非江湖中人，竟然敢對余泣鳳出言挑釁。余泣鳳目中怒色頓起，臉色仍是淡淡的，「余泣鳳天生目大，對萬竅齋主人並無不敬之意。」

唐儷辭微微一笑，「劍王客氣了。」

余泣鳳不再理他，抬頭望天，「不知那名奸細人在何處？」

「人在三廂房。」江飛羽道：「我們已請醫術精湛的大夫查看此人所中之毒，只是毒性複雜至極，難以解毒。其毒能激發潛能，令人力大無窮，不知疲倦。」

余泣鳳道：「難怪劍會當日，施庭鶴能擊落我手中長劍。」

他臉上神色甚淡，語氣卻甚是怨毒，聽者皆感一陣寒意自背脊爬了起來。正在此時，屋裡有人大叫一聲，「門主！門主！」一人自走廊外衝了進來，「苟甲被人殺了！」

「什麼？」江飛羽變色道：「怎會如此？看著他的人呢？」

那人道：「張師兄和王師兄也……死在刺客刀下……」言罷撲通一聲跪倒在地，「弟子們無能……」

余泣鳳淡淡地道：「雁門召集天下英雄詳談九心丸之事，卻讓人死在雁門之中，真是荒唐！」

江飛羽苦笑，「敝門慚愧。」當下幾人加快腳步，直奔三廂房而去。

池雲和唐儷辭站在原地，看著眾人浩浩蕩蕩往三廂房而去，本來人頭攢動的廳堂頓時空曠。池雲突地道：「少爺……」唐儷辭「嗯」了一聲，輕嘆了一聲，「原來你還記得……」他沒有說完，接下去的話自然是「原來你還記得我是你少爺」。池雲當年在唐家做書童之時稱呼唐儷辭「少爺」，如今出道江湖數年，時時自稱「老子」，自不會當真自居奴僕，但逢遇正事仍是不知不覺叫了出來。

池雲「嘿」了一聲，「你不覺得余泣鳳來得太快，雁門的奸細死得太巧麼？」

唐儷辭道：「人來得太快，說明劍王之能，奸細死得太快，說明死有餘辜，有何不對？」

池雲冷冷地看著他，「你能不能說兩句正經的？」

唐儷辭微微一笑，「我一貫都很正經……」突地後堂又起一陣喧嘩，唐儷辭道：「以劍王之能，多半已經找到殺人凶手……」一句話未說完，鐘春髻已奔了過來，叫道：「余大俠已經找到殺死荀甲的凶手，那人也認了，說是有蒙面人昨夜買通他殺死荀甲，價錢是一萬兩。」

「是嗎？劍王英名睿智，唐儷辭十分佩服。」唐儷辭道。鐘春髻笑顏如花，如此快就抓獲凶手，顯然讓她十分興奮，池雲冷冷地道：「這凶手分明——」

「這凶手分明該死。」唐儷辭道。

鐘春髻叫道：「不錯！那人承認之後，已被余大俠一劍殺了，雁門上下都頗為感激余大俠除奸之舉。」

池雲忍不住道：「放你媽的狗屁！這人分明是個替……」

鐘春髻秀眉微蹙，余泣鳳找出殺害荀甲的凶手，並將之一劍殺了，分明是好事，她渾然不解為何池雲會如此義憤。唐儷辭微微一笑，正在此時，糾集在廂房中的人們紛紛走出，居中的余泣鳳昂頸背劍，如鶴立雞群。

唐儷辭迎上前去，對余泣鳳一拱手，「聽聞劍王抓獲凶手，可喜可賀，夜裡我在畫眉館設宴，劍王如果賞臉，夜裡大家一醉如何？」

余泣鳳看了他一眼，縱聲笑道：「萬竅齋主人相邀，何人不去？今夜一醉方休！」

唐儷辭又向江飛羽、古溪潭等等幾人相邀，自是人人一一應允，廳堂之中喜氣洋洋，一團和氣。唯有池雲冷眼旁觀，滿腹不快。

夜裡，星月輝亮，清風徐然。

畫眉館乃是雁縣最好的酒樓，設在北門溪之上，喝酒吃飯之際，樓下水聲潺潺，偶爾還有蛙鳴魚跳，十分風雅。雁門中雲聚的各方豪傑和余泣鳳坐了正席，唐儷辭相陪，雁門其餘眾人坐次席，主賓相應，觥籌交錯，相談甚歡。說及施庭鶴濫用毒物，害人害己，各人都是十分唏噓，對這害人毒物恨之入骨，十分切齒。

一道頎長的白色人影倚在宴席之外的長廊上，池雲斜眼看天，並不入席。

畫眉館外溪水清澈，溪邊開著些白色小花，正是春天，溪水甚足，映著天空月色徐徐流動，景色清麗。池雲冷眼相看，若是從前，如此天氣，他早已在紅梅山上和自己那幫兄弟賭錢喝酒去了。

「池兄。」身後有人叫了一聲，來人步履沉穩，氣息細緩，是個好手。

池雲頭也不回，懶懶地道：「古溪潭？」

來人藍衣束髮，正是古溪潭。池雲涼涼地道：「裡頭好酒好菜，滿地大俠，你也不去湊湊熱鬧？」

古溪潭手持酒杯，「我已在裡頭喝過一輪，喝酒此事非我所好。」

池雲道：「嘿嘿。」

古溪潭道：「看不出唐公子如此秀雅人物，酒量卻好。」

池雲冷冷地道：「你們若能把那頭白毛狐狸灌醉，海水也給你們喝空了。」

古溪潭微微一笑，「白毛狐狸？」

池雲斜眼，「你沒聽說？」

古溪潭搖頭，他年不過二十七八，行走江湖卻已有十年，關心的多是江湖恩怨，極少注意些奇聞逸事。池雲便把京城百姓經常議論的傳聞說了，當朝國丈唐為謙多年前在自家水井中打撈起一位少年，起名唐儷辭，將其收為義子。這位乾國舅來歷不明，時常離京，行蹤詭祕，京城傳說其是狐狸所變，否則便是精怪、水鬼一路，誰也不敢得罪於他。古溪潭聽了一笑了之，「原來如此……」他自己靜了一靜，過了好一會兒道：「其實今日之事，古某頗有疑問，我看池兄不願入席，不知是否一樣心有所想？」

「想什麼？想究竟是誰出價一萬兩銀子買人頭？」池雲淡淡地道：「還是想究竟是誰如此消息靈通，恰好在余泣鳳一腳踏進雁門之時，殺了荀甲？」

古溪潭微微一笑，「都有，或者還有一條……究竟是余大俠太想聽見荀甲的言辭，所以荀甲遭逢殺身之禍，還是余大俠太不想聽見荀甲的言辭，所以荀甲遭逢殺身之禍？」

池雲「嘿」了一聲，「瞧不出來你一副王八模樣，想的卻多。」

古溪潭道：「不敢，」他站到欄杆之邊望著溪水，「江湖生變，我覺得施庭鶴服毒之事，僅是冰山一角，牽涉其中的各方人物，或許很多，或許追查下去，結果十分可怕，並非只是余大俠殺死一個刺客，就能結束。」

「你害怕？」池雲嗤的一笑，「說實話，老子對江湖之中許多大大小小的『人物兒』，一則人頭不熟，二則看不順眼，這事若是鬧得天翻地覆不可收拾，撕破越多人的臉皮，老子越是高興。」

古溪潭嘆了一聲，「江湖中事，哪有如此簡單……」往身後房中看了一眼，「但不知唐公子宴請余大俠，究竟是何用意？」

「老子不知道，姓唐的神神祕祕鬼鬼祟祟，長的一張好人臉，生的一副鬼肚腸，誰知道他在盤算些什麼？」

「我看唐公子眉目之間神氣甚正，應該不是奸邪之人。」古溪潭道：「其人是萬竅齋之主，日後若當真追查九心丸之事，我方獲唐公子之助力想必甚大，只盼他莫要因為滋事體大，萌生退意。」

兩人在屋外望月看水，屋內眾人幾輪酒罷，余泣鳳眼望窗外兩人，淡淡地道：「池雲為何不入席？」

唐儷辭喝了不少，臉色仍然白皙潤澤，微微泛上一層極淡的紅暈，氣色極好，「想必是又對什麼事不滿了。」言下輕嘆一聲，「池雲性子孤僻，方才似乎對劍王殺死那刺客之事十分不快，我實在想不明白。」

余泣鳳道：「哦？難道他以為刺客不該殺？」

唐儷辭眼眸微眯，已有幾分醉意，「這個我便不明白了，人總都是一條命，能不殺，自是不殺的好。」

余泣鳳淡淡地道：「婦人之仁，唐公子若是如此心軟，怎配擁有如此家當？」

唐儷辭小小打了個酒意醺然的哈欠，「這個……便不足對外人道了……」

江飛羽一旁陪坐，皺眉道：「這個……唐公子似乎已經醉了，我先送他回去吧，大家繼續。」余泣鳳在唐儷辭肩上一拍，唐儷辭微微一震，似乎越發睏了，伏在桌上睡去。江飛羽將他扶起，對各人行禮告辭。

走到門外，池雲一手將唐儷辭接去，古溪潭請江飛羽繼續陪客，他送池雲二人回去。

回到雁門，將唐儷辭送回房間，古溪潭忍不住道：「池兄說唐公子千杯不醉，恐怕未必。」

池雲冷眼看著床上的唐儷辭，「老子說出口的話，就如放出的屁，貨真價實，絕對不假。」他瞪著床上的人，「你還不起來？」

「我若起來，便要露出馬腳了。」唐儷辭閉目微微一笑，「古少俠方才也飲過酒，難道沒有什麼感覺麼？」

古溪潭微微一怔，略一運氣，「這個……」他臉色一變，「酒中有毒！」

唐儷辭睜開眼睛，「不妨事，只是小小砒霜，以古少俠的內力修為，不致有大害。」

古溪潭心中苦笑，雖然毒量甚微，絕難發現，但吞在腹中也是不妥，看他神態安然，似乎說的只是多吃了兩口鹽巴，三兩胡椒粉而已，「是誰下的毒？」

「畫眉館新雇的一名小廝，傍晚有人出價一萬兩銀子，要他在今晚酒宴之中下毒，毒量不多，若非喝下十壇美酒，不致有事。」唐儷辭語調溫和，笑容很是愉快，「余泣鳳想必很快能察覺酒中有毒，很快便能發覺是誰下毒，又很快能逼問出有蒙面人出價萬兩買通那人下毒。」

古溪潭駭然道：「這豈非和方才苟甲之死一模一樣？難道方才那幕後之人再度出手，要下毒毒死雁門上下？」

「下三濫的手段聰明人最多施展一次，既然苟甲已死，他絕不可能冒如此大風險故伎重施。」池雲冷冷地看著唐儷辭，「你在搞什麼鬼？」

「我之平生，最討厭一件事。」唐儷辭微微一笑。

古溪潭問道：「什麼？」

唐儷辭道：「最討厭有人和我鬥心機。」

古溪潭道：「這個……只怕世上大多數人都很討厭。」

唐儷辭道：「不錯，我也只是個很普通的人。」

池雲涼涼地道：「你到底是人是妖我還搞不清楚，不過老子只是想知道那毒是不是你下的？」

古溪潭聞言嚇了一跳，只聽唐儷辭微笑道：「是。」

「你到底在搞什麼鬼？想要毒死幾十個什麼江湖大俠，揚名立萬？」池雲冷笑。

唐儷辭愜意地閉目，床上華麗的絲綢錦緞映著他秀麗的臉頰，繼續微笑道：「你們二人，都以為今日余泣鳳殺人之事並不單純，是麼？」

「不錯。」古溪潭道：「雖然頗有可疑之處，然而並無證據。」

唐儷辭道：「既然有人能在余泣鳳進門之前一天買凶殺人，證明雁門還有奸細，而你我並不知他是誰，苟甲死得如此湊巧，也許是余泣鳳幕後指使，也許不是，對麼？」

古溪潭頷首，「正是。」

唐儷辭道：「那刺客死不死無關緊要，重要的是苟甲已死，線索斷去，雁門眾人卻以為劍王英明，歡欣鼓舞，你和池雲對此事十分不滿，卻又無可奈何，是麼？」古溪潭再度點頭。唐儷辭又微微一笑，「沒有證據，不能指認凶手，所以不能和劍王鬧僵，請客吃飯拉攏感情還是要的，然而東施效顰，玩上一把，也是不妨。」

古溪潭腦筋轉了兩轉，方才恍然——這人沒有確鑿證據指認余泣鳳明為除奸，實則殺人滅口，於是指使酒樓小廝給眾人下毒，無論主謀是不是余泣鳳，必定在席，在席就要喝下這一杯毒酒。這下毒手法和今日買凶殺苟甲之法一模一樣，其他人只會以為那幕後主使再度出手，發覺此事並未完結，心中警醒。而真正的幕後主使自然明白這是有人栽贓嫁禍，但腹中飲下毒酒，手中抓住小廝，只得到一句「有蒙面人出價萬兩」，卻依然不知是誰下毒陷害，也許是唐儷辭、也許不是，這個啞巴虧和今日大家所吃的一模一樣——他哭笑不得，「唐公子，就算此計大快人心，然而砒霜畢竟是殺人之物，若是喝得太多，也是要命的。」

唐儷辭微笑道：「嗯……要下毒，自然是要下殺人之毒……對了，方才劍王對池雲你十分關心，我已告訴他你對他十分不滿，日後你在他面前不必強裝客氣，就算是拳腳交加，破口大罵，他也不會見怪的。」

古溪潭被他此言嗆了一口，「咳咳……」

池雲冷冷地道：「你倒是費心了。」

唐儷辭微微一笑，「客氣、客氣。」

三人心知肚明，余泣鳳若真是刺殺苟甲的主謀，發現池雲對其有所懷疑，必定要有行動，唐儷辭實言告之，乃是以池雲為誘餌，以求證實大家心中疑惑。如果池雲遇襲，那余泣鳳多半有問題，這道理余泣鳳自然明白，就看方寸之間，究竟是誰敢出手，一賭輸贏了。

「現在畫眉館想必形勢混亂，」古溪潭靜了一靜，略一沉吟，「我和唐公子都有飲酒，都中了毒，池兄沒有喝酒……這樣吧，池兄和我回去救人，唐公子還請在此休息即可。我們就說發現酒中有毒，回來擒凶。」

唐儷辭閉目含笑，揮了揮手，「我在此休息。」

兩人一起離去。

房中一時安靜，周遭寂靜無人。

「嗚……嗚……咿唔……」床邊竹子編就的站轎中，鳳鳳搖晃著邊框，一雙大眼瞪著唐儷辭，眼神烏溜專注，彷彿對他離開這麼久十分不滿。唐儷辭坐了起來，看著鳳鳳，伸手將他抱了起來，輕輕摸了摸他的頭，鳳鳳揪住他的頭髮，不住拉扯，眼睛頓時亮了，彷彿他生存的意義就在於拉扯唐儷辭的一頭灰髮。他輕嘆了一聲，靜了一會兒，「鳳鳳，有人說我控制欲太強，不分敵我……叫我要改、叫我要做好人……但是……但是我不知道怎麼做才是個好人……」他抱著鳳鳳仰後躺倒在床上，輕輕地道：「沒有把余泣鳳和那些賓客當真一起毒死，便算做了好人了吧……」

「嚓」的一聲輕響，門外草叢中有物微微一動，隨即「乓」的一聲窗戶打開，一陣疾風撲面而來，風中一劍穿窗而入，直刺唐儷辭胸口。唐儷辭懷抱鳳鳳，剛剛聞聲坐了起來，剎那正正迎向劍鋒，來人劍上加勁，正欲一劍刺穿兩人，突地「錚」的一聲脆響，手上一輕，劍刃驀地折斷，「霍」的一聲激射上天，「篤」的一聲釘入橫梁，竟下不來了。來人大驚，正要拔身後退，手上一緊，唐儷辭白皙的手掌將他的手連同劍柄一起拉住，「且慢！」那人驚駭欲絕，左手一沉往他頭上劈下，唐儷辭左手一托，只聽「啪」的一聲那人左手劈正自己握劍的右手，手腕奇痛入骨，「啊」的一聲叫了出來，「你……你……是人是鬼？」

「是人。」唐儷辭握著他的手不放，微微一笑，他容色秀麗端莊，在那人眼裡看來就如見了活鬼，只聽他繼續道：「還是個好人。」那人情不自禁的退後一步，唐儷辭往前一步，懷裡的鳳鳳在刀光劍影中半點也不害怕，吮著手指，十分好奇地看著來人——那是個黑巾蒙面的年輕人，一頭黑髮，身材修長，看模樣十分英挺——他突地拉住來人的蒙面巾，不住扯動，「呀呀」一聲，那蒙面巾應手脫落，露出來人的面容。唐儷辭任鳳鳳伸手去扯，也不阻攔，看了那人一眼，「原來是朴前輩門下黎兄，失敬、失敬。」

那人果然是朴中渠門下三弟子黎遠，蒙面巾跌落，他面如死灰，幾次三番想拿起斷劍自刎，然而手上冒汗發軟，實是沒有勇氣立刻就死。唐儷辭灰髮披肩，滿面溫柔地微笑，「不知黎兄可也是收了蒙面客一萬兩銀子，所以前來殺我？」他懷抱嬰兒，容顏秀麗，渾身上下沒半點殺氣，不知何故黎遠額上卻不斷冒出冷汗，心裡只盼答是，口中卻道：「我……我……」

「原來黎兄並非收了別人一萬兩銀子，那便好說話了。」唐儷辭嘆道：「那黎兄為何要殺我？」黎遠張口結舌，半句話說不出來，只聽唐儷辭道：「你若說是特別討厭我所以要殺我，我扭斷你一隻手；若說是本要殺別人闖錯了房間，我扭斷你另外一隻手；若說是……」

他還沒說完，黎遠滿頭大汗，吃吃地道：「我……是有人叫我來殺你的……」

唐儷辭微微一笑，「你若要說不知道是誰叫你來殺我，我扭斷你的脖子。」

黎遠只覺手上被唐儷辭握住之處溫軟柔潤，繼而一陣劇痛，唐儷辭把他的手臂繞在頸上，連人帶嬰兒已經到了他背後，只消他說一聲不知道，他先扭斷他的手臂，再用他的手臂勒斷他的脖子。黎遠脫口而出，「唐公子饒命！是余大俠叫我趕回殺你，因為酒中有毒他懷疑是你下的……」

唐儷辭微微一笑，「哦？你為何要聽他的話？」

「因為……因為……我和荀師兄都……上了施庭鶴的當，都中了九心丸之毒。」黎遠臉色慘白，「但在中原腹地，唯一能賣此藥的人，就是余泣鳳！」

此言一出，唐儷辭頗為意外，「不是施庭鶴，而是余泣鳳？」

黎遠撲通一聲往前跪了下來，「唐公子饒命！我們兄弟幾人和風傳香江城都是好友，風傳香的老婆被浮流鬼影害死，我們都很義憤，施庭鶴勸風傳香服藥增強功力，我們都在場，那藥江城沒吃，但是我們都吃了……天地良心……我本是為了給朋友報仇……我本來……是個好人……」

唐儷辭道：「是麼？除了你從余泣鳳手中買藥，不得不聽他號令之外，你還知道些什麼？」

「武林中有不少人像我們一樣，為了九心丸，不得不聽余大俠……余泣鳳的號令，但我知道余泣鳳背後還有主子，真正能做九心丸的地方叫『風流店』，『風流店』中有東西公主，東西公主美貌絕倫，連余泣鳳都要對她們必恭必敬，東西公主上頭還有人……至於是什麼人，我真的不知道了……」黎遠心驚膽戰地道，他瞧不見唐儷辭的臉色，那人在他背後，那是個神鬼莫測，心狠手辣的男人。突地一根手指輕輕滑到他頸後，他本以為是鳳鳳的手指，過了一會兒，那根手指慢慢自頸後劃了一圈兒，劃到他身前，有人俯身在他頸間，熱度呼吸可聞，黎遠越發驚駭，只覺那人在他耳邊輕輕呵了口氣，手指劃到他胸口心臟處，輕輕一點，柔聲道：「你回去對你的主子余劍王說……你殺不了唐儷辭，他的武功深不可測，天下第一。剛才余劍王送他的禮物，他現在還在你身上，請他檢視一二。你若想活命，就求他救你吧……不過我猜，他多半不肯救你，呵呵。」黎遠駭得渾身都軟了，唐儷辭俯身自他身後繞過他的頸，自他身前抬起頭來，對他微微一笑，其人的微笑仍是秀雅溫柔，手掌溫滑如玉，他卻覺得猶如一條毒蛇繞在身上，尚且……尚且這條毒蛇還稍略帶了一點豔氣……他雖然驚駭到了極點，眼前的人卻仍不住讓他想起這是一個美人兒……

「走吧。」唐儷辭一拂衣袖，黎遠糊糊塗塗的被他自窗口擲了出去，茫然往畫眉館奔去，心中驚駭未絕……他、他怎能是這樣一個毒如蛇蠍的美人兒……唐儷辭難道不是一個言語溫和、知書達理的讀書人麼？他分明是一個君子、是一個走江湖正道的好人，怎會……怎會是這樣的？

房中，唐儷辭姿態優雅的小小打了個哈欠，將鳳鳳放回床鋪，輕輕嘆了口氣，「唉……」

「人都快被你嚇死了，你還嘆氣？」不遠的樹上有人道：「得了便宜還賣乖！」

唐儷辭輕輕拍了拍自己的臉，「叫你去救人，怎麼這麼快就回來了？」

那樹上看戲的人，自是池雲，只聽池雲道：「我又不是大夫，你下的砒霜，大家肚痛幾天，頭髮掉上一些，自然也就好了，我哪裡會救？」

唐儷辭微微一笑，「古溪潭呢？」

池雲自樹上一躍而下，身姿挺拔瀟灑，「他自然還在救人。剛才余泣鳳在你身上下了暗勁？」

唐儷辭仰頭看了星空一眼，「一股寒性內力震我心脈，不算十分高明。」

池雲也看了星空一眼，「所以你在離席的時候就已確知殺荀甲的主謀就是余泣鳳，特地告訴余泣鳳我對他有所懷疑，只怕不是想用我為餌引他出手，而是想引他避開我直接對你出手吧？」

唐儷辭道：「這個……你若要這樣想，也是不錯。」

「余老頭武功不弱，名聲很大，怎麼會和害人的毒藥牽扯在一起？難道是假仁假義的俠客做到了頭，覺得無趣，打算做個魔頭試試？」池雲詫異道：「他和施庭鶴一起服用九心丸，為何卻會在中原劍會敗在施庭鶴劍下？」

唐儷辭道：「也許在中原劍會之時，他的確仍是清白的，敗在施庭鶴劍下這等奇恥大辱，才是他和九心丸有牽扯的因緣。」

池雲哼了一聲，「知道余泣鳳又能如何？你把方才那小子放了回去，余泣鳳多半要殺他滅口，死無對證，這事就和沒有一樣。」

唐儷辭「欸」了一聲，「對證？」他微笑道：「以池雲之為人，做事難道曾經講過道理？」

池雲瞪著他，過了一會兒，仰天大笑，「哈哈！老子以為你裝慣了王八已有一大半變成隻活王八，原來狐狸便是狐狸，就算披了一身白毛，還是隻狐狸！」他「呸」了一聲，「還是隻有毒的狐狸！」

「不敢、不敢。」唐儷辭含笑，「余泣鳳武功不錯，如果服了九心丸，想必更為難對付，你我直接找上門去，未必討得了便宜。」

池雲冷笑一聲，「那又如何？」

唐儷辭道：「那就要找一個幫手。」

池雲斜眼看他，「你不是說你自己武功高強，天下第一麼？那還需要什麼幫手？」

唐儷辭抬起手指輕輕點著自己的額角，「我武功高強不假，至於天下第一麼……我未曾和人比試，你又怎知我不是？」

池雲氣結，「老子從沒見過如你這等厚顏無恥！」

唐儷辭道：「主子厚顏無恥，書童囂張跋扈，乃正是絕配、絕配。」略略一頓，「雪線子本是個不錯的幫手，可惜其人太懶，余泣鳳又非什麼絕代美女……或者找一位武功不弱，滿腔熱血的白道大俠，嗯，古溪潭如何？」

池雲冷冷地道：「古溪潭是不錯，可惜沒有證據，要他相信你的一面之詞對余泣鳳出手，只怕不能。」

唐儷辭嘆了一聲，「那只有下下之策了。」

「下下之策？什麼？」池雲眼眸微動，突然想起這傢伙慣於……

唐儷辭道：「出錢買人，落魄十三殺手樓，從第一流到第九流的角色，出什麼樣的錢，得什麼樣的人。」

池雲嘿嘿一笑，「你想買個幫手？誰？」

唐儷辭道：「五萬兩黃金。」

池雲的眸色微微一沉，「沈郎魂？」

江湖之中，大小殺手幫派甚多，其中最為有名是朱露樓，朱露樓於數年前內訌自毀，取而代之的便是落魄十三樓。落魄十三樓內人才眾多，而其中最為出名的，自然是「冷面蛇鞭」沈郎魂，其人武功可在江湖前十之列，三年前不知是何緣故，竟肯屈尊為殺手，而且信守規則，從不失手，只消有人出得起錢，他便殺得了人。池雲說出「沈郎魂」三字，連他這等狂妄之人，心頭也是一沉，唐儷辭含笑，「不錯。」

「聽起來不錯，」池雲聽了唐儷辭這「不錯」二字，放聲大笑，「如此，老子和沈郎魂這等邪魔外道聯起手來，不把余老頭這白道大俠打趴在地，豈非丟臉至極？」

第三章　邪魔外道

數日之後。

畫眉館酒宴中毒一事漸漸傳開，江湖中人對那時常蒙面、出價萬兩銀子買命的凶手津津樂道，而萬竅齋主人竟然如此年輕，自也是大出風頭。余泣鳳對那日之事絕口不提，雁門中人在唐儷辭兩人離去之後也未發覺有何不對，盛讚唐儷辭乃是謙謙君子，貴為萬竅齋之主，願為江湖大局出力。

紫花小道，綠草茵茵，這紫花小道盡頭，是一棟白色大石壘就的石樓，樓上雕刻許多人頭，神態逼真，觀之十分詭異可怖。唐儷辭和池雲站在樓外等候，方才五萬兩黃金自殿城錢莊運來，剛剛抬進了樓中，唐儷辭發下話來買沈郎魂整整一年，落魄樓主已經答應，如今就等看人了。

「老子看你如此買法，倒像是包了個小妾。」池雲懶洋洋地道，抬頭看落魄樓的那石樓，「這小小一座石樓，怎住得下許多人？」

唐儷辭面帶微笑，上下打量那石樓，「其中想必另有玄機。」

說話之間，突見石樓之門緩緩打開，一人步履平緩，一步一頓地走了出來。

原來世上當真有人是如此模樣，池雲嗤的一笑，這人莫約三十來歲，面色蒼白，身材不高不矮，不胖不瘦，容貌長得極其普通，若非右邊臉頰烙了一隻形狀奇特顏色鮮紅的蛇，可謂是做暗樁的絕佳人選，即使你見過他十次也決計不會記得。不過沈郎魂臉上的紅蛇十分奇特，並非蜿蜒一條，也不是盤蛇，而是小小一條紅蛇頭咬著蛇尾，成一個圓環之形。唐儷辭觸目瞧見，臉色微微一變，眼色變得說不出的古怪複雜，一頓之後，隨即微笑，「沈兄大名鼎鼎，在下久仰了。」

「何事？」沈郎魂開口說話，聲音也如他的容貌一般平平無奇，雙目平視唐儷辭，目光黯淡，毫無光彩。

唐儷辭道：「請沈兄出手相助，生擒一人。」

沈郎魂冷冰冰地問：「誰？」

「余泣鳳。」唐儷辭微微一笑，「沈兄若有疑慮……」

沈郎魂淡淡地道：「沒有。」

唐儷辭道：「那很好，你我這就上路，從今日開始，你我便是朋友，這位是『天上雲』池雲。」

沈郎魂目中光彩微微一閃，剎那之間竟是耀眼奪目至極，「原來是池雲。」

池雲出手如電，一掌往沈郎魂頸上劈去，沈郎魂微微一讓，橫掌一托，兩人均感手腕痠麻。池雲哈哈一笑，沈郎魂神色不變，兩人交手一招，對對手敬意暗生，都暗道一聲好身手。唐儷辭雙手一拍，身後有人抬上三頂大轎，沈郎魂微微一怔，他做殺手也久，無論什麼古怪人物都見過，但如此八抬大轎將他抬去動手的，倒是從未見過。見唐池二人登轎，他隨即踏入轎中，坐了下來，只覺轎子被穩穩抬起，往前便走，轎夫臂力了得，轎中翠綠綢緞，掛有明珠，奢華至極。

三頂轎子慢慢抬出紫花峽，轉向殿城而去。

殿城有家錢莊，名為「萬鑫」，鑫者三金也，錢莊莊主姓黃，名字就叫三金。黃三金的錢莊並不歸萬竅齋所有，和唐儷辭乃是生意上的朋友，「黃三金」這名字雖然粗俗，她卻是個不折不扣的女人。

萬鑫錢莊之內，唐儷辭一行三人正在和黃三金喝茶。這位在殿城大大有名的女子容貌嬌媚，膚色白皙，一身金色衣裙，和她的名字殊不相當，只聽她咯咯笑道：「唐公子在我這裡提錢是我的榮幸，怎算得上勞煩？只怕我這裡粗鄙的茶水，唐公子喝不慣。」

唐儷辭微笑道：「黃姑娘客氣了，就算茶水粗鄙，有姑娘作陪，便是如沐春風。」

黃三金嬌笑起來，「你這人心眼壞得很，分明說我的茶不好，卻要繞個彎兒贊我美貌，可惜我又偏偏喜歡你這種壞男人，呵呵呵……」她環視了池雲沈郎魂二人一眼，眼色嬌媚萬狀，嘴角微勾，似笑非笑，「前陣子雪郎到我這裡借了五百兩銀子，說正在找什麼小姑娘，聽說也是追到余泣鳳家裡去了，他死了不打緊，可不能不還我銀子。」

唐儷辭放下茶杯，「他來借錢之時，可有說什麼？」

「當然，他說他借錢你還銀子。」黃三金吃吃的笑，「他說你欠他六千兩黃金，你要的人在什麼馬車裡，我聽也聽不懂，他又沒耐心再說一次。」

池雲眉頭陡然一揚，「老色鬼到底說什麼了？」

黃三金嘴裡說的「雪郎」自然便是雪線子，「他說唐公子要找的人，就在從東往南的一輛馬車裡，馬車上有花花綠綠的蛇，人就在馬車裡。不過馬車裡毒蟲太多，他嫌一一打死太過麻煩，所以人就沒給你帶回來，叫你自己找去。」

唐儷辭以白皙的手指輕輕敲了敲茶杯，「既然雪線子嫌棄那人不夠美貌，又懶惰成性不肯把她帶回來，他追去余泣鳳家中做什麼？莫非……」他微微一笑，耐人尋味。

黃三金咯咯嬌笑，「難怪他說他平生唯一知己是你，不錯，他突然看上了余泣鳳家裡一位小姑娘，從我這裡借了五百兩銀子，給人家小姑娘買花粉去了。」

唐儷辭搖了搖頭，「余泣鳳家中的小姑娘？余泣鳳自今獨身，據我調查，家中並無女婢。」

黃三金秋波傳情，盈盈看了他一眼，「我看你就不必再裝了，沒錯，如你所料，余泣鳳家中最近突然多了一位貌美如花的天仙。雪郎贊那小姑娘是如何美貌又如何美貌，見她一眼花也會死了鳥也會自殺，你知道人家書讀得少，雪郎做的詩咱是聽也聽不懂的……呵呵，總而言之，他迷上那小姑娘，這幾天都在余泣鳳家中做家丁呢，有什麼事你找他去，只消你們三個闖得進余家劍莊，雪郎又還沒有移情別戀，總會見到的。」

唐儷辭溫顏微笑，「哦？看來雪線子最近行事大有長進，除了美人之外，尚記得告訴妳許多雜事。」

黃三金陡然臉上一紅，嫣然一笑，「罷了罷了，你這死人……人家擔心你找余泣鳳的黴頭會吃虧，巴巴的幫你查了些線索，又不敢告訴你我出了手怕你生氣，只好把功勞掛在雪郎那老色鬼頭上，你知了人家的心也不感激，定要當眾拆穿我，再不見有比你更壞的人了！」

「唐儷辭是不敢承黃姑娘之盛情啊，」唐儷辭輕輕一嘆，「不過妳出了手，只會惹禍上身，我確是有些生氣。」他左手提起衣袖，右手輕輕彈了彈衣袖上的微許灰塵，「這裡若是出了什麼事，早些通知我。」

黃三金斜斜伸手，托住了臉頰，「有這麼嚴重麼？我一直不明白，以唐公子的精明歹毒，這次為什麼對這件事如此執著？很不像你的為人哦。」

唐儷辭微微一笑，「人總有些事特別執著，比如說黃姑娘，比如說我。」

黃三金眼波水汪汪的，突地憂愁起來，嘆了口氣，「不錯……我執著的就是你，而你……執著的又是什麼？」

唐儷辭道：「妳不妨想我執著的也就是妳罷了。」

黃三金盈盈一笑，笑得有些苦，「你若是要騙我，也該騙得像些。」

「姑娘近來多加小心，雪線子那五百兩銀子以此珠抵過，」唐儷辭自懷裡取出一粒珍珠，那珠子渾圓可愛，光彩照人，如有拇指大小，價值顯然不只五百兩銀子，「既然雪線子已經尋到那輛馬車，我等也該走了，今日勞煩姑娘相陪，唐儷辭深為感激。」

黃三金站了起來，「這就要走了麼？」她輕輕一嘆，「我不要你感激，你若每年能在我這裡提上一次錢，那有多好？」

唐儷辭只是微微一笑，行禮作別，帶著池雲、沈郎魂離去。

黃三金看著那三個男人離去，再看了唐儷辭喝過的茶杯一眼，嬌媚的臉上滿是淒涼之色，從第一次見面她就喜歡這人，也從第一次見面她就知道這人薄情……然而，女人終歸是女人，喜歡的，畢竟還是喜歡，而薄情的，畢竟仍是薄情。

「雪線子那老不死，世上由東往南的馬車何其多，難道老子能攔路一一查看車裡有沒裝著毒蟲？天下之大，叫人到哪裡找去？」出了萬鑫錢莊，池雲一路冷笑，看天色嫌其太白，看草木嫌其太綠，看沈郎魂嫌其是個啞巴，看唐儷辭嫌其到處留情。

「雪線子居然這麼快找到你未婚妻子，想必並非他神通廣大，乃是運氣。」唐儷辭道：「我猜他在道上撞見了那位貌美如花的小姑娘，跟蹤她到了余泣鳳的余家劍莊，然後看見了白素車的馬車，所以知道她的下落。」

池雲哼了一聲，「讓老子抓到這女人，定要一刀殺了。」

沈郎魂一言不發，似乎對他們的言論半點也不好奇。三人從城中婦人家中接回託付餵奶的鳳鳳，唐儷辭雇了一輛馬車，往南而去。

馬車之上，沈郎魂眼觀鼻、鼻觀心，盤膝坐在一旁，就如一尊木像。池雲躺在座上，兩條腿直擱到沈郎魂身上，他也不生氣。唐儷辭坐在池雲之旁，幸好馬車甚是寬敞，池雲之頭離他遠矣。馬車漸漸離開殿城，從此行進百餘里，便是關安，余家劍莊便在關安郊外。

「沈兄，」唐儷辭抱著鳳鳳，鳳鳳在馬車搖晃之中顯得很興奮，雙手牢牢抓住唐儷辭的衣領，將他的衣裳拉歪了一半，露出右肩。肩頭曲線完美，光滑柔膩，他不以為意，突地對沈郎魂道：「我有一事相問。」沈郎魂閉目不答，唐儷辭又道：「沈兄可以一問換之。」

此言一出，沈郎魂驀地睜眼，他的眼睛平時沒有神采，一旦眼中一亮，便如明珠出暈，鑽石生光，令人心中一顫。只聽他淡淡地道：「何事？」

唐儷辭指著他臉頰上的紅蛇，「此印由何而來？」

沈郎魂不答，光彩盎然的眼睛牢牢盯著車壁，過了好一會兒，他淡淡地問：「你的武功，可是由換功大法而來？」

唐儷辭眼睛眨也不眨，含笑道：「不錯。」

沈郎魂的眼睛光彩暴亮，驟地轉頭死死盯著他，「很好！」

唐儷辭目不轉睛的回視，若說沈郎魂的眼睛乃是如光似電，唐儷辭的眼色卻是千頭萬緒，就如千百種感情都倒入了一個碗中正自旋轉，根本看不出那是什麼意味。池雲睜開眼睛，望著馬車頂，這事他早就知道，唐儷辭的武功，不是他自己練的。

換功大法，乃是一門邪術。

江湖之中，若有人提及換功大法，必定聞者人人變色，尤其是經過前些年白南珠一役，江湖中人對這等邪術更是談之色變。換功大法和「袞雪」、「玉骨」一同出自《往生譜》，「袞雪」和「玉骨」是修習《往生譜》的基礎之功，而換功大法乃是它的走火入魔之術。相傳數十年前，江湖中有位魔頭修習《往生譜》走火，為求解脫，他將練成的《往生譜》功力轉注給他的徒弟，之後散功而死，然而他的徒弟卻由此獲得了數倍的武功，成為橫掃天下的絕代惡人，由此江湖中才知《往生譜》經走火轉注，竟然功力能增強數倍，若散功之人本來功力深湛，受轉注之人獲得的功力將不可計數，驚天絕世，而且不受《往生譜》真氣之苦，不會在二十五歲內夭亡。只是《往生譜》經書失傳，否則江湖之中亡命之徒多矣，說不準何時就會冒出一兩個驚世魔頭。沈郎魂眼力極佳，一眼看穿唐儷辭的武功並非自己練得，然而聽到「不錯」二字，仍是不免心神振盪，深為駭然。只見此人若無其事，容色秀麗，眉眼含笑，問道：「沈兄臉上的紅印是如何來的？」

沈郎魂默然半晌，淡淡地道：「為人所畫。」

唐儷辭問道：「何人？」

沈郎魂反問：「是何人將功力轉注給你？」

唐儷辭眼睫不動，連顫也沒有顫上一下，「朋友。」

沈郎魂再問：「他……」

唐儷辭溫言道：「死了。」

沈郎魂胸口起伏，情緒甚是激動，「他的《往生譜》由何而來？」

唐儷辭不答，過了片刻，他輕輕嘆了口氣，「他的《往生譜》乃是意外得來，他死之後，《往生譜》被人帶走……沈兄，我猜你敗在換功大法之下，被人在臉上畫了這個印記，對不對？」

沈郎魂的眼色轉為淒厲，緩緩站了起來，馬車搖晃之中，他卻站得極穩，背脊挺直，他慢慢望向窗外，過了好一會兒，他淡淡地道：「不錯……那人敗我於一招之內，點住我的穴道，花費了整整兩個時辰，以……我妻的髮簪和胭脂，在我臉上刺了這個紅印。」

池雲本來愛聽不聽，反正與他無關，入耳此句，忍不住罵道：「他媽的，這人簡直禽獸不如！他把你老婆如何了？」

沈郎魂一字一字地道：「他把我妻……扔進了黃河之中。」

池雲見他眼角迸裂，沁出了血絲，不禁嘆了口氣，「莫傷心莫傷心，老子的婆娘跟著男人跑了，老子都還沒哭哩，你哭什麼？」

沈郎魂嘴角微翹，依稀露出極淡的笑，「我與他無怨無仇，不過是路上遇見，他瞧出我身負武功，故意和我動手……我……我藝不如人……」話說到此處，唐儷辭開口打斷，「和你動手那人，眼睛長得很漂亮，是麼？」沈郎魂頓了一頓，像是滯了一口氣，淡淡地道：「果然，你認識。」

「世上敢練《往生譜》的本就沒有幾人，練而又不幸走火的更是少之又少，我的武功……和在你臉上刺上這印記的人的武功，的確是同一個人……同一個人換功所傳。」唐儷辭看著沈郎魂，語氣如往常那般平靜溫和，「但我不能告訴你他是誰，我既不知道他現在身在何處，也不知道他叫什麼名字。」

沈郎魂驀地回身，「但你卻知道他長得什麼模樣，你和他是什麼關係？是你的朋友傳功給他是麼？你怎能不知他是誰！」

池雲一邊聽著，突地冷冷地道：「這些事你居然從未告訴老子。」

唐儷辭道：「若是你問，我自是不會告訴你，但事關沈兄殺妻之仇，我雖不願說，但不得不說。」

沈郎魂臉色蒼白，那雙眼睛更是光彩駭人，「他是你什麼人？」

「他……或者會姓柳。」唐儷辭目不轉睛地看著沈郎魂，「我猜他找你動手，不是看出你身負武功，而是因為你的眼睛……你的眼睛……」

池雲跟著盯著沈郎魂的眼睛，「他的眼睛怎麼了？」

唐儷辭道：「難道你從小到大，沒有人贊過你眼睛長得好麼？」

沈郎魂怔了一怔，「什麼？」

池雲吃了一驚，失笑道：「難道他在沈兄臉上刺了個印記，就是因為他妒忌你眼睛長得好看？他奶奶的……」

唐儷辭嘆了口氣，「他若是妒忌你的眼睛長得好看，為何不挖了你的眼睛，而要在你臉上刺個印？他多半是覺得你的眼睛長得雖好，可惜相貌平平，所以要在你臉上刺個印記，以引人注目。」

池雲和沈郎魂面面相覷，半晌池雲呸了一聲，「什麼玩意兒，老子不信！」

唐儷辭微微一笑，「不信也由你。」

「他究竟是什麼人？你的朋友又是什麼人？」沈郎魂一字一字地問：「你又是什麼人？」

唐儷辭拍了拍他的背，微笑道：「坐下來吧，若是知道他的消息，必定告訴你如何？」

池雲驀地坐起，「你這幾年離京四處漂泊，說是為了找人，不會就是為了找這個人吧？」

唐儷辭按著沈郎魂坐下，「我要找的，另有其人。」

沈郎魂坐了下來，本來冷漠沉寂的一人，竟顯得有些軟弱，坐了下來，身子微微一晃，心情激蕩。唐儷辭自懷裡摸出一個小小的扁圓形玉壺，那壺極小，便如巴掌大，玉質雪白晶瑩，雕有雲紋，拔開瓶塞，只聞一陣濃郁至極的酒香衝鼻而入，刺激得池雲立刻打了個噴嚏。

那酒約莫只有兩三口，他將玉壺遞予沈郎魂，沈郎魂望了壺內一樣，酒色殷紅，如血色一般，「碧血！」

池雲懶懶地道：「你倒也識貨，這酒與黃金同價，味道和辣椒水相差無幾，喝下去便如自殺一般。」

沈郎魂仰首將那酒倒入喉中，一揚手將玉壺擲出車外，只聽車外「叮」的一聲，池雲翻了個白眼，「你可知你這一丟，至少丟掉了五千兩銀子？」

沈郎魂淡淡地道：「難道他請我喝酒，連個酒壺都捨不得？」說著看了唐儷辭一眼，「好酒！」

唐儷辭面帶微笑，就如他遞給沈郎魂酒壺，便是故意讓他摔的，「心情可有好些？」

沈郎魂的背脊微微一挺，「他究竟是什麼人？」

「三年之前，」唐儷辭道：「我之好友在周睇樓彈琴，琴藝妙絕天下……」

池雲「欸」了一聲，「周睇樓？難道是那個『三聲方周』？」

唐儷辭道：「嗯……」

池雲和沈郎魂相視一眼，三年之前，周睇樓「三聲方周」名滿天下，傳說聽了方周之琴，人人都要禁不住嘆口氣，念道「方周、方周、方周……唉……」，於是成名。

沈郎魂淡淡地道：「你所識之人，都是當世名家。」

唐儷辭微微一笑，「我難道不是當世名家？當年他在周睇樓彈琴，有日一位半邊臉白、半邊臉紅的琴客來聽琴，聽琴之後送了他一本書，說看他臉色不佳，若是得遇大難，人在絕境之時，可以打開來看。」

「那本書是什麼？《往生譜》？」池雲問。唐儷辭面帶微笑，輕輕呵了口氣，他平日溫文爾雅，舉止端莊，此時呵出這一口氣來，卻讓人依稀覺得那口氣吹進了耳朵，耳中微微一熱，只聽他說：「那本書他並沒有看，我看了，正是《往生譜》。那時候他得了一場重病，活不了多少時日，彈琴也很勉強，看完了那本書，我叫他每天練上一點，他看不懂的，我教他練，練成了以後，換功給我……」話說到此處，沈郎魂淡淡一笑，「唐公子果然當得上一個『狠』字，不愧是萬竅齋之主。」

唐儷辭也不生氣，繼續微笑道：「本來這事進行得很順利，就在換功那日，突然有兩人闖進周睇樓方周的房間，打斷換功大法，混亂之間，方周把功力傳給了三個人，然後他死了。」

沈郎魂道：「殺死我妻的那人，便是其中之一？」

唐儷辭點了點頭，嘆了口氣，「方周死後，《往生譜》被那兩人帶走，我那時受了點傷，所以至今不知道它的下落。」說到此處，他的手指不知不覺輕按著腹部，眉宇間微現痛楚之色。

池雲一直沒有說話，沈郎魂淡淡地道：「你可是對以友換功之事覺得失望？」

唐儷辭面帶微笑，看了池雲一眼，自從剛才說了一句「難道是那個『三聲方周』？」之後，他閉目躺在座上，就如睡了一般，彷若唐儷辭說了半天，他一句話也沒聽進去，此時聞言嘴角一勾，懶洋洋地道：「老子早就知道姓唐的白毛狐狸不是什麼好人，換了是老子，大概也會那麼做的，反正人總是要死的，死了能給人留下武功，總比死了白死的要好。總而言之，老子是邪魔外道，姓唐的狐狸是妖魔鬼怪，姓沈的你也不是什麼好東西，咱老大別說老二，全是一丘之貉。」

沈郎魂道：「嘿嘿。」他不再看唐儷辭，也不再看池雲，突道：「你們為何要抓余泣鳳？」

「因為余泣鳳是個壞人。」池雲哈哈一笑，「壞人抓壞人，你可是第一次聽說？」

沈郎魂道：「和我與唐公子相比，你還不算什麼壞人。」說罷，三人一起大笑。

鳳鳳一直睜著眼好奇地聽著，就似他聽得懂似的，此時小小的打了個哈欠，靠在唐儷辭懷裡，閉上眼睛。唐儷辭取出一塊手帕，輕輕替他擦去嘴邊的口水，「此去余家劍莊，還有數日路程，明日可到崖井莊，你我去吃一頓農家小菜，好好休息一日。」

沈郎魂盤膝坐起，閉上眼睛，他做殺手三年，動手之前非但用轎子來抬，還先要去吃一頓農家小菜的，果然真是從未見過。

第四章　劍莊雪郎

余泣鳳的住處，在飛凰山下，綠水溪的源頭，方圓二十里地，不算大，但也不算小。莊內亭臺樓閣，花鳥魚蟲，一樣不少，和尋常富貴人家的莊園無甚區別。在劍莊後院，最近新栽了一片白色的四瓣花卉，形如蝴蝶，十分嬌美，據說就叫白蝴蝶。

種那白蝴蝶的家丁是個新來的年輕人，頭髮雪白，據說是年幼喪母時哭得太過傷心，一夜白頭，就再也沒長出黑頭髮出來。聽到這段故事的人都很同情他，如此年輕俊秀的一個少年人，居然滿頭白髮，幸好他沒有為此自卑，而且以他的容貌要討到一房媳婦只怕不難，可惜的是雖然這年輕人長得瀟灑俊秀，他卻說他不認識字，只會種花。

滿地白花，形如蝴蝶，翩翩欲飛，映著夕陽鳥語，景色恬淡宜人。這位手持花鋤，自稱「雪郎」且不認識字的年輕人，自然就是雪線子。雪線子自然不是不認識字，實際上他不但認識字，而且寫得一手好字，他只不過懶得在賣身契上簽字畫押而已。

雪線子平生唯懶惰，除了懶惰之外，只愛花與美人。

這滿地的白蝴蝶乃是異種，在他手植之下，開得很盛，然而此花並非他所種。

種花的是一位年約十八的白衣女子，一直住在余泣鳳後院的一幢閣樓之中，很少出門。

他在這裡種花半月，只見過她兩次，其中還有一次她面罩輕紗，但依稀可見她的容色。她是個極幽雅、極清淡的女子，就如細雨之日，那婷婷擎於湖中的荷葉。她幽雅清秀，然而總帶著抑鬱之色，一旦她走出那幢閣樓，空氣中便會帶著種說不出的哀傷，一切開心愉快的事都在她的身影之間，煙消雲散。

余家劍莊的人把她奉為上賓，但誰也不知她的來歷，大家都稱呼她「紅姑娘」，她從來不笑，除非乘車外出，她也從來不出那幢閣樓。若有餘暇，她會在那閣樓的窗臺，輕撫著半截短笛，靜靜的遠眺。

世上美人有百千種，或有月之色，或有柳之姿，或得冰之神，或得玉之骨，而這位紅姑娘便是憂之花，或在哪一日便一哭謝去的那一種。雪線子一生賞花賞美人，這等美人，正需小心謹慎的觀賞，方能得其中之美。

這一日，夕陽如畫，他正在花圃中除草，突地背後有人幽幽地道：「秋水梧桐落塵天，春雨蝴蝶應未眠。期年……」

雪線子抬起頭來，一笑道：「期年誰待樓中坐，明月蛛絲滿鏡前。」身後低柔的聲音輕輕嘆了口氣，「公子好文采，我看公子氣度不凡，想必並非真正不識字之人，卻不料文采錦繡，出口成章。」

雪線子回過身來，只見身前站著一位面罩輕紗的白衣女子，腰肢纖纖，盈盈如能一掌握之，「這白蝴蝶花很嬌貴，能把它養得這般好，必是第一流的花匠。」

「實不相瞞，在下在關門峽見過姑娘一面，自此魂牽夢縈，不可或忘，所以追蹤百里，趕到此地賣身余家，只盼能時時見得姑娘一面。」雪線子出口此言，出於至誠，「至於其他，並無非分之想。」

那白衣女子點了點頭，輕聲道：「我知道，我每日都看見你在這裡種花，然後望著……望著我的窗臺。我只是不明白，你我又不相識，你為何……為何要對我這般好？」

雪線子將花鋤往旁一擲，笑道：「姑娘之美，美在眉宇之間，若蹙若顰，似有雲煙繞之，我為姑娘提了一詞，自認絕妙，不知姑娘可要一聽？」

白衣女子退了一步，「什麼？」

雪線子以指臨空寫了兩個字，「無過『啼蘭』二字，姑娘之美，如幽蘭之泣，世所罕見。」言罷搖頭晃腦，喃喃念「幽蘭露，如啼眼」，已然沉醉其中，不可自拔。

那白衣女子靜默了一會，原來是個輕狂書生，低聲道：「我未必如你所想的那般好，既然是讀書人，何必在此種花，你……你還是回家去吧。」

雪線子連連搖頭，「連姑娘芳名都未得知，在下死不瞑目，何況姑娘愁容滿面，在下不才，想為姑娘分憂。」

白衣女子輕輕一笑，「我姓紅，紅色之紅。」她自髮上輕輕拔下那朵蝴蝶花，「傻子，我發愁的事，誰也幫不了我，你手無縛雞之力，這裡危險得很，快些離去吧。這朵花給你，路上若是有人攔你，你說是紅姑娘叫你走的。」

雪線子仍自搖頭，「這裡青天白日，太平盛世，哪裡危險了？若是危險，男子漢大丈夫，我自是要保護妳的。」

紅姑娘搖了搖頭，輕聲道：「冥頑不靈。」她不再理他，回身慢慢往閣樓走，心中想若他待她有這般好，不，他若肯對她說句這樣的話，就算不是真心話，她死了也甘願，可惜他……他偏偏只對那醜丫頭另眼相看……

紅姑娘回了閣樓，雪線子將花鋤踢開些，仰躺在草地上閉目睡去。

遙遙的屋頂上，有人冷笑道：「這老色鬼採花的本事真是不賴。」

另一人微笑道：「你若說他在採花，小心他跳起來和你拼命，他平生最恨人家說他採花，他只不過愛看美人罷了。雪線子對夫人可是一心一意，他夫人已死了十來年了，他再也沒沾過其他女人一根手指。」這說話的人自是唐儷辭，這日他們三人已到了余家劍莊，剛剛翻過圍牆，到了正樓屋頂。

「這老色……老鬼的老婆已死了十來年了？他到底幾歲了？」池雲詫異。

唐儷辭道：「這個誰也不知，你不如問問他自己，小心，有護衛！」

三人迅速翻下屋頂，躲進了屋簷之下。余家劍莊說大不大，說小也不小，要找到余泣鳳在哪裡，倒是有些麻煩。這正樓共有七層，最後一層並未住人，三個人略略休息了一下，池雲突道：「雪線子在這裡鬼混了這麼久，應該知道余泣鳳住在哪裡吧？」

唐儷辭微微一笑，「問他不如問這裡的家丁，只消不要引起太大的混亂……就像……這樣——」他一伸手驀地從樓梯處抓住一人，將他提了過來，含笑問：「余劍王今日可在府上？」那人出其不意，張口就要呼救，唐儷辭「咯」的一聲卸了他下巴，手法快捷，「啪」的一聲再度接上，仍然微笑問道：「余劍王現在何處？」

那人下巴驟離又接，疼痛異常，一口氣哽在咽喉，頓時咳嗽起來，「咳咳……什……什麼……」

唐儷辭溫言道：「我等和劍王乃是故友，今日一來有要事相談。」

他的手指按在那人下巴之處，略一用力，便能再將他的下巴卸了下來，那人感覺到他指尖微微用力，臉色蒼白，「他……他在劍堂會客。」他一指正樓之側一幢黃色小樓，「那裡。」

「很好。」唐儷辭在他頭頂一拍，那人應手而倒。

池雲皺眉，「這就是余泣鳳家裡的人？未免太過膿包。」

唐儷辭一笑，「這人只怕不是余泣鳳的家丁，我猜他是個客人。」伸手在那人懷中一扯，一瓶藥丸滾落地上。沈郎魂拾起打開一聞，淡淡地道：「毒藥。」

池雲在他腰間一探，摸出一對短劍，「似乎是奇峰蕭家的弟子，躲到這裡，難道是在服藥？」

唐儷辭右手一張，一粒黑色藥丸赫然在掌心，方才他卸了這人下巴，除了讓人噤聲之外，便是取了這藥，微笑道：「不錯。」

「奇峰蕭家的確是存了不少銀子，」池雲喃喃地道：「他奶奶的，敗家子！」

唐儷辭將那藥丸擲在地上，「余泣鳳人在劍堂，你我是直接找上門去，還是……嗯？」

沈郎魂道：「上梁！」

池雲道：「當然是走大門，老子為何要躲躲藏藏？」

唐儷辭含笑道：「那我們各自行動。」

話音剛落，沈郎魂微微一晃，已失去蹤跡，池雲人現欄杆之外，堂堂一道白影直掠劍堂門前，唐儷辭尚站在正樓之上，只見沈郎魂鬼魅般的身影透過天窗翻入屋梁，潛伏無聲，池雲一落地，劍堂大門倏開，一支短劍射來，池雲衣袍一揮，那支短劍「嗡」的一聲遇力倒旋，急切池雲腰際，池雲不閃不避，只聽「錚」的一聲脆響，那刀與池雲腰間什麼東西互撞跌落，門人有人道：「我道誰是不速之客，原來是『天上雲』，但不知閣下氣勢洶洶，所為何事？」

池雲走進余家劍堂，只見四壁肅然，堂前懸著一柄金劍，堂中幾張桌椅，並非什麼稀罕之物，幾人正坐在椅上喝茶，其中一人見他進來，眉頭一蹙，正是剛才發劍之人。池雲淡淡地道：「我當奇峰蕭家大公子如何了得，原來家傳旋劍還沒學到兩成，坐在這裡和余劍王喝茶，也不怕閃了腰？」

座中幾人微微變色，剛才發劍的書生臉色尚和，「奇蘭資質平庸，學劍未成，有辱家門，但尊駕來意，當不是指導我蕭家劍法吧？」

池雲哼了一聲，看著坐中的余泣鳳，「余老頭，你年紀不小名聲也不小了，怎麼還像那蹩腳的江湖騙子一般販賣毒藥詐人錢財？你腦子進水良心餵狗腸子抽筋經脈打結了不成？出來！」他腰間「一環渡月」出，刀尖直指余泣鳳的鼻子，「老子今天是來找你的！」

池雲說話一貫話驚四座，蕭家幾人面面相覷，余泣鳳臉色不變，淡淡地道：「黃毛小子，滿口胡言！」

蕭奇蘭皺起眉頭，「天上雲偌大名聲，行事豈能如此胡鬧？且不說余大俠乃是江湖第一劍客，俠名冠天下，在座中普珠上師、清溪君子二人豈讓你在此囂狂？」

池雲目光一掠，原來坐著喝茶的幾人之中果然有古溪潭在，坐在古溪潭左手邊一位灰衣和尚披著一頭黑髮，容貌清峻略帶肅殺之氣，眉心一點朱砂，正是江湖中鼎鼎大名的「出家不落髮，五戒全不守」的普珠上師。這和尚雖然出家，但一不落髮二不吃齋，三不戒酒四不禁殺，除了不好色之外，無所顧忌，然而普珠上師生性嚴肅，所作所為之事無不是大智大勇，令人敬佩之事，是江湖正道一位受人尊敬的人物。

眼見池雲單挑余泣鳳，普珠上師沉聲問道：「你說劍王販賣毒藥，可有憑證？」

池雲一聲狂笑，「要講道理，世上便有許多事做不了，老子平生光明磊落，從不濫殺無辜，這可算憑證？」

普珠上師皺眉，古溪潭站了起來，「池雲不可！余劍王乃是前輩高人……」

他言外顯然有話，池雲不耐聽他囉嗦，喝道：「余老頭出來！」

余泣鳳緩緩站起，身上氣勁隱現，顯然心中已是勃然大怒，「和你動手，未免落人笑柄，詹決一！」

他一聲令下，門外一人飄然而入，唇角帶笑，「在。」

余泣鳳衣袍一拂，「送客出門！」

「是！」

池雲一環渡月一動，這「詹決一」年不過二十一二，容貌清秀，風采盎然，卻是從未見過。一環渡月嗡然而動，刀上銀環叮噹作響，在「詹決一」一邁步間，一環渡月冷光流離，已搶先一步直劈余泣鳳頭頂心！

詹決一青衣微飄，一環渡月乍遇阻力，「唰」的一聲連起三個迴旋，詹決一袖中一物相抵，「叮」的一聲，其人含笑卓立，他握在手上的兵器，竟是一支藥瓶。

「你——」池雲冷冷地道：「不是余老頭的家丁！」

詹決一手下不停，連擋池雲三下殺手，低聲笑道：「你的眼光，可也不錯。」

池雲道：「嘿嘿，藥瓶為兵器，很特異，一定是個從未正面涉足江湖的人！」

詹決一贊道：「好聰明！」

池雲冷冷地道：「哼哼，就算你替余老頭出頭，你當我就奈何不了他？你給我——閃開！」話音剛落，「霍」的白光一閃，余泣鳳倏然縱身，方才他坐的大椅上一隻飛刀赫赫生光，古溪潭吃了一驚，剎那之間，池雲已經閃過詹決一，一環渡月刀光化為一道白影，直落余泣鳳胸前。詹決一如影隨形，藥瓶一揚，瓶口一道淡青色的霧影飄散而出，眾人皆感一陣幽香。古溪潭低聲問道：「是毒？」普珠上師搖首，「是藥。」

那瓶中之物，是一種香草，叫做「微醺」，嗅之令人安眠，用以治療失眠之症，當然動武之際，吸入太多，也使人昏昏欲睡，手足乏力。詹決一此舉，令古溪潭略有不悅，高手相爭，動用的雖然不是毒藥，卻也非光明正大。池雲乍遇幽香，「呼」的一聲袖袍一拂，如行雲流水，直擊詹決一門面，他的衣袖竟是出乎意料的長，一拂一拖，衣袂如風，而右手刀毫不停留，如霹靂閃電，「唰」的一聲砍向余泣鳳！

這一招前擊後拂，如一隻大鵬乍然展翅，池雲一撲之勢揮灑自如，來往空中彷若御風。古溪潭暗贊一聲好！只見余泣鳳反手抓起掛在壁上那金劍，「叮」的一聲金鐵交鳴，池雲一環渡月被他劍刃所斷，驀地抽身急退，袖袍一捲，驟然裹住詹決一的頭面，輕輕巧巧落在他身後，斷刃一抬，指在詹決一頸上，「余老頭，你果然吃了九心丸！」

余泣鳳淡淡地道：「你藝不如人，還有說辭，金劍斷銀刀，不過是你功力不及。」

池雲冷冷地道：「一環渡月鋼刃鍍銀，堅中帶韌，就算你練有三十年內力，也決不能以如此一柄軟趴趴的金劍斬斷我手中銀刀！除非你最近功力激增，而你功力如何，普珠上師慧眼可見，不用老子廢話！」

余泣鳳一掃普珠上師，普珠臉色平靜，淡淡地道：「劍王身上當有一甲子功力，但並不能以此為憑，說劍王服用了禁藥。」

「江湖白道，一群王八。」池雲冷冷地道：「偷雞摸狗的小賊都比你們爽快，總而言之，余老頭，不要讓些來歷不明的人出來送死，池雲之刀，單挑你劍王之劍！」他斷刃指余泣鳳，「換劍、出來！」

「狂妄小輩！」余泣鳳放下金劍，對古溪潭道：「借少俠佩劍一用。」古溪潭解下腰間「平檀劍」，「前輩請用。」余泣鳳拔劍出鞘，陽光之下，那劍刃光彩熠熠，他淡淡看著池雲，無甚表情。

「不用劍王『來儀』，將是你的遺恨！」池雲一抖手將詹決一自大門口摔了出去，冷冷地看著余泣鳳，「出招吧！」

余泣鳳面無表情地看著他，那目光，似有憐憫之色。

梁上潛伏的沈郎魂渾然沒有絲毫聲息，就如全然消失在陰影之中一般。

詹決一踉蹌幾步，被池雲擲出門外丈許之外，剛剛站穩，突地看見一人對著他微笑，剎那之間，他變了變臉色。

那人面容溫雅，眉目如畫，只是左眉之上有一道刀痕，他對著他微笑，「花公子別來可好？」

「詹決一」很快對他也是一笑，一件事物對他擲了過來，又是一個藥瓶，「解藥！」

「啪」的一聲，來人掐住他的脖子，微笑道：「不是每次這樣就能算了，花公子請留步，我有件事要問你。」

這化名「詹決一」的青衣少年又笑了笑，這次這人究竟又是如何掐住他脖子的？他依然沒有看見，就像上次這人究竟是如何在一招之內制住草無芳？草無芳至今也茫然不知一樣。能一下掐住自己脖子的人，絲毫不能得罪。

但他要問的卻是要命的問題。

只聽來人掐住他的脖子，五指如勾，把他如死狗一般慢慢往劍堂旁邊樹叢之中拖去，一邊很溫和地問道：「余家劍莊的九心丸，現在藏在哪裡？」

劍堂之內，劍拔弩張。

劍王余泣鳳手持「平檀」，斜指池雲。池雲撩起衣裳，腰間四柄一環渡月光彩雪亮，他一貫身帶五柄飛刀，斷去一柄，還有四柄。

古溪潭心中緊張至極，余泣鳳功力顯然在池雲之上，然而池雲這人脾氣特異，非要啃自己咬不下的骨頭，此時一戰，後果不堪設想！他和普珠上師連袂而來，正是為了九心丸之事，他是對余泣鳳心中存疑，而普珠上師追查到一輛分發藥丸的白色馬車來往於余家劍莊，兩人正在和余泣鳳相談此事，但事情尚未談得見眉目，池雲便破門而來，直言要和余泣鳳動手。此人的勇氣自是非凡，但事未確定，如此魯莽，只怕事情會越發弄得不可收拾。

「開始吧！」池雲擰刀在手，刀鋒掠過門面，他略略低頭，挑眼看余泣鳳，「讓我來領教一下『西風斬荒火』的滋味……」

「西風斬荒火」乃是余泣鳳威震江湖的一劍，余泣鳳哼了一聲，平檀劍一揮，一招平平無奇的「平沙落雁」點向池雲胸口，在池雲咄咄逼人之下，他劍下仍然留情，正是前輩向晚輩賜招。池雲揮手出刀，一環渡月嗡然震鳴，突然之間空中似出現了千百隻雪亮的鬼之眼，刀刃破空之聲颼颼如鬼泣，罩向余泣鳳頭頂，這一招名為「渡命」，是「渡」字十八斬中的第八式，殺生取命，渡爾亡魂。

「平沙落雁」的劍氣與「渡命」之刀堪堪相觸，古溪潭便見自己的平檀劍極細微的崩了一角，心中大駭——劍崩，可知余泣鳳此招雖然平庸，卻是用了十成功力，一旦刀劍相觸，便是——

「噹」的一聲震天巨響，平檀劍斷！一縷髮絲掠過池雲面前，第一柄一環渡月招出落空，跌落在地，然而余泣鳳手中長劍斷了一截劍尖，原來刀劍相交，平檀劍質不如銀刀，錚然而斷。池雲探手摸出第二柄飛刀，冷冷地道：「換劍！」

「小輩欺人太甚。」余泣鳳淡淡地道：「拿劍來！」

在二人動手之時，余家已有七八名家丁趕來，聽聞余泣鳳一聲「拿劍」，其中一人拔步而上，雙手奉上一劍。眾人只見此劍古樸無華，形狀難看，猶如一柄廢劍，余泣鳳「唰」的一聲拔劍出鞘，池雲持刀居中，贊道：「好劍！」頓了一頓，他深吸一口氣，「身為劍客，身不佩劍，出手向他人借劍，是為無知；身為天下第一劍客，動手之時要他人上劍，是為無恥！」他惋惜地看著余泣鳳的佩劍「來儀劍」，「可惜一柄好劍，落於你這混帳手中，真他媽的暴殄天物！」

罵得好！古溪潭心中叫好，池雲雖然口舌刻薄，出言惡毒，但這一串話罵得痛快淋漓，正是他不好說也不敢說的話。普珠上師臉色冷漠，雙目炯炯看著二人，眼見余泣鳳持劍在手，自然而然一股氣勢宛若催城欲倒，劍勢與方才全然不同。

「紅蓮便為業孽開，渡生渡命渡陰魂！」池雲陰森森地道，雪亮的銀刀一擰，「錚」的一聲，一刀緩緩飄出，猶如刀上有無形之手牽引，刀勢飄忽，宛若幽魂，緩緩往余泣鳳身前飄去。

「劍泣風雲。」余泣鳳淡淡地道，池雲刀能懸空，是借袖風之力，其人衣袖極長便是為此，所以余泣鳳一劍未出，劍氣直指池雲手肘，真力灌處，衣袖也飄，斜斜對著池雲蹁躚不定的袖口。

嘿！這一劍出，說不定就是生死之間，余泣鳳「來儀」劍出，鐵了心要斷池雲一臂。潛伏梁上的沈郎魂至今才極其輕微地換了一口氣，確認決計不會有任何人發現，手指一動，一枚極細小的鋼針出現在指縫之間，若是池雲遇險，是要救人、還是要殺敵？他在沉思，殺人的功夫他自是一流，但救人的功夫未必好，射影針出，身分敗露之時，他有辦法避過余泣鳳的「西風斬荒火」麼？

梁上在沉思。

梁下池雲衣袖飄動，漂浮的刀刃已堪堪到了余泣鳳面前，乍然只聞一聲大喝，「錚」的一聲半截一環渡月飛上半空直釘梁上，幾乎擊中沈郎魂藏身之處，池雲刀斷換刀一瞬之間，余泣鳳只出一劍，「錚錚錚」三響，池雲連換三刀，三刀皆斷釘入廳堂四周屋梁牆壁之上，終於劍勢已盡，余泣鳳挫腕收劍，陰森森地看著池雲，「再來！」

池雲腰間只剩一刀，臉上傲氣仍存，雙手空空，一身白衣袖袍漂浮，頑劣的一笑，「當然是再來！你很好！」

余泣鳳劍刃寒氣四溢，古溪潭心中凜然，余泣鳳之劍自是震古鑠今，池雲之氣也是越挫越勇，這一戰只怕不是不可收拾，而是必有一人血濺三尺方能了結。

「最後一刀，看是你死、還是我死？」池雲的手指慢慢從腰帶上解下最後一柄一環渡月，握在手中，「最後一刀，『渡月問蒼生』，余泣鳳——」他對余泣鳳慢慢勾了勾手指，「西風斬荒火。」

「不如你所願，豈非讓江湖人說我苛待小輩。」余泣鳳淡淡地道，雙眼之中隱約露出了慘紅的瘋狂之色，「西風斬荒火！」

「哦，你不知道余劍王藏藥之地？」唐儷辭指著花無言的手指一根一根放開，「藥藏在哪裡，只有紅姑娘知道？那麻煩你帶路，我要見紅姑娘一面。」他言語含笑，表情溫柔，花無言也是一臉笑意，只是唐儷辭五指指甲深深陷入花無言頸項，留下五道傷口，微微沁血。花無言是用毒的大行家，自然知道唐儷辭指上有毒，雖然這毒不是絕毒，也是麻煩，況且自己身上有傷，許多散播空中的毒水毒粉便不能用，他相信這才是唐儷辭在他頸上掐出五道血印的本意。

指上有毒，只是本來有毒而已。

並非特意。

「紅姑娘住在暗紅閣樓，不是她自己要出來，誰也不能見她。」花無言嘆氣，「如果你和我闖進去，她一拉閣樓裡的警鐘，余泣鳳馬上知道你來了，劍莊裡高手雖然不多，但消息一旦走漏，你要查藥丸的事，將會更加困難。像唐公子這麼聰明的人，應該不會不懂吧？」

唐儷辭微微一笑，「不敢唐突佳人，既然我等魯男子不宜進門，那就只好等紅姑娘自己出來了。」他施施然看著花無言，「我不想打攪劍王見客，自也沒有時間等佳人青睞，紅姑娘如片刻之後不出來見我，我便扭斷你的脖子，如此可好？」

「這……」花無言笑道：「這自然不好，就算你扭斷我的脖子，她也不會出來的。」

「那很簡單。」唐儷辭的手鬼魅般的已搭在花無言頸上，他只覺頸項劇痛，發出「咯」的一聲，雙目一閉。正當他以為必死無疑之時，一口暖氣撲面而來，睜開眼睛，竟是唐儷辭對著他輕輕吹了口氣，柔聲嘆道：「如你這樣的人，竟然不敢為求生一搏，難道你背後的祕密，真的有那麼可怕？」

花無言望著那張秀麗的臉龐，頸項仍然劇痛難當，唐儷辭手下的勁道並沒有減輕，然而麗顏含笑，眼波如醉，卻有一股心蕩神移的豔色，他情不自禁地往後一仰，並未回答唐儷辭的問題。唐儷辭也沒有再問，兩人便如此僵持了一會，突地唐儷辭輕輕一笑，輕輕的對花無言的嘴唇再吹了口暖氣。

他在……幹什麼？花無言只聽自己的心跳砰砰直響，剎那頭腦一片空白，卻見唐儷辭放開了他，揮了揮衣袖，「你去吧。」

以他之為人，在平日定會一笑而去，但花無言卻站在原地呆了一呆，帶著滿腹疑惑和一頭霧水，慢慢離去。

唐儷辭，除卻心機過人心狠手辣之外，實在是一個……很奇怪的人。

花無言離去，唐儷辭面帶微笑，怡然四顧，望見不遠之處有一幢暗紅色的閣樓，步履安然，向它而去。走出去不過三十來步，身周呼吸之聲驟增，顯然監視他的暗樁甚多，他不以為意，瀟灑走到閣樓門前，突然看見一道白色身影睡在花叢之中，頭髮雪白，不免微微一笑。

「啊，來得真快。」躺在白蝴蝶叢中的人嘆了口氣，繼續閉目睡覺。

唐儷辭不以為意，抬起頭來，只見暗紅閣樓之上一道纖細的身影微微一閃，避去不見。他對樓上一禮，走到閣樓門前推開大門，就這麼走了進去。然而警鐘並沒有響，他踏上登往二樓的臺階，一位白衣悄然的女子正站在臺階之口，斯人清雅如仙，而雙眉若蹙若顰，尚未見得全容，一縷繾倦憂鬱之氣已幽然襲來。

如蘭。

如泣。

「紅姑娘？」唐儷辭登樓的腳步不停，徐徐而上，樓閣之中清風流動，他面帶微笑，便如踏著清風而來。

紅姑娘點了點頭，如遠山的長眉蹙得更深，「你是誰？」

「在下唐儷辭。」他含笑，已登上最後一級臺階，卻沒有再上去，站在紅姑娘身前的臺階之上，略略比她矮了一些，抬頭相看，他之眉角，宛然對著她的眼睛。

「你就是唐為謙的義子、妘妃的義兄，『萬竅齋』之主？」紅姑娘低聲問，她雖然名不傳於江湖，卻似對各種人物的出身、經歷十分了然。

「不錯。」唐儷辭站在下風之處，紅姑娘身上的幽香隨風飄過他的鼻端，「唐某遠道而來，是風聞近來江湖流傳的九心丸一事，源出余家劍莊。」

「什麼九心丸，從未聽過。」紅姑娘淡淡地道：「唐公子身分尊貴，豈能因道聽塗說之事挑釁余劍王？」她嬌怯怯的身段站在樓梯口便是一動不動，「請回吧。」

唐儷辭上下看了紅姑娘一眼，微微一笑，「姑娘不會武功。」

紅姑娘點了點頭，淡淡一笑，「然而我有千百種方法，讓你死在此地。」

「姑娘擅機關暗器。」唐儷辭微笑。

紅姑娘不否認，目光在唐儷辭身上遊移，「你腹部有傷。」

「不錯。」唐儷辭仍是微笑。

「你來余家劍莊，目的不是為了九心丸，而是為了其他。」紅姑娘一字一字地道。

「也不錯。」

「你能告訴我，讓你花費五萬兩黃金買來沈郎魂，更親身涉險到此的目的，究竟是什麼？」她看著唐儷辭，這人站在她之下，她手握閣樓七十一道暗器，權衡形勢，卻似無一道發得出去。

唐儷辭優雅地背了下衣袖，「妳我以條件交換如何？我對妳說實話，妳也對我說實話。」

「條件？你要和我談條件？」紅姑娘秀眉微蹙。

「難道世上還沒有人和姑娘談過條件？」他溫顏微笑，「姑娘消息靈通，聰慧過人，我給妳妳想要的，妳給我我想要的，妳我各得其所，莫傷和氣，豈不甚好？」

「除了藥丸，你真正想知道的，究竟是什麼？」她凝視著唐儷辭，「你是個很古怪的人。」

「我要兩個人的下落，和一個問題的答案。」唐儷辭很有耐心地道。

「兩個人？哪兩個人？」她追問。

唐儷辭笑而不答。

「那一個問題的答案呢？你想問什麼？」

「我想問一個人：如果我死了，你會不會為我掉眼淚？」唐儷辭柔聲道，隨即幽幽嘆了口氣。

紅姑娘微微怔了一下，「你想找的人和藥丸有關？」

「也許有關、也許無關，」唐儷辭仍舊柔聲道：「這就是我的目的。」

「你的目的真的如此簡單？」紅姑娘衣袖一飄，「告訴我你要找的人是誰，和你是什麼關係，我或許可以考慮告訴你藥丸的下落。」

「這樣如何？」唐儷辭微笑道：「追問他人和我的關係，無非想知道我的弱點，不如我告訴妳我的弱點，妳告訴我藥丸的下落——並且，我可以先告訴妳我的弱點，很便宜的條件，姑娘接受麼？」

「哦？可以。」紅姑娘淡淡地道：「你先說，聽了之後，我或者會翻臉不認。」

唐儷辭一笑，「我的弱點……嗯，我身上有傷，姑娘雖然不懂武功，但或者精通醫術，看得出我身上之傷。我雖然武功很高，內力深厚，但不能和人動手太久，否則傷勢發作，一屍兩命。」

紅姑娘秀眉微蹙，「你又不是身懷六甲的婦人，什麼一屍兩命？」

唐儷辭仍是笑而不答，紅姑娘微微一頓，「既然你坦言說出你的弱點，藥丸的下落也不是什麼要緊之事，告訴你也無妨，但是方才的問題，你要回答。」她顯然很是好奇了，上下打量著唐儷辭，「余家劍莊的藥丸，藏在門外那片白蝴蝶花叢之下，你去挖土，自會看見。」

「姑娘信守承諾，實乃信人。」唐儷辭微笑，「唐某這就告辭了。」他施施然轉身，拾階而下，紅姑娘一怔，「且慢！方才的問題……」

「哦……」唐儷辭回首微笑，「方才我有答應回答麼？」

「你——」紅姑娘幽幽嘆了口氣，「你真是刁滑。不過雖然我告訴你藏藥的地點，但你未必就能拿到你想要的東西。既然生擒花無言，為何你不殺了他？」她手裡握著一條白絹，絹裡不知是什麼東西，對著窗外揚了揚，「花無言不死，如今白蝴蝶花叢之外，已經伏有重兵，既然池雲、沈郎魂不在此處，定在牽制余泣鳳，只有你一個人，你能拿得下我風流店三十三殺人陣麼？真心話，我希望你能。」

「該擔心的人是誰？余劍王對上池雲和沈郎魂，勝算能有多少？」唐儷辭溫和地道：「紅姑娘不擔心麼？」

紅姑娘婷婷如玉的站在樓梯口，垂下視線，淡淡地道：「黃泉路上，有他給你作陪，難道不好？」

「嗯，一個好伴。」唐儷辭已踏出閣樓大門，回手一帶，輕輕關上了大門，「閨閣重地，還是少沾血腥為上。」

閣樓外花草茂盛，白蝴蝶更是開得滿地蹁躚，雪線子仍在草叢裡睡覺，幾隻蜻蜓飛來飛去，一片祥和景象，絲毫看不出殺機藏在何處？唐儷辭拾起方才雪線子踢掉的花鋤，當真對著泥土一鋤挖了下去。

唐儷辭，高深莫測。

紅姑娘站在二樓窗後靜觀局勢變化，這人不除，說不定陰溝裡翻船，就翻在這位天下第一富人身上。他執意要那藥丸，究竟想要什麼？不……他不是想要那藥丸，他想要的是「藏藥的地點」——想證明什麼呢？

究竟想證明什麼呢？他所說，想要兩個人的下落，想問一個人一個問題，那是真的、還是假的？

還有……所謂「一屍兩命」……她倚在閣樓窗臺，目不轉睛地看著那人往白蝴蝶花叢而去，像這樣的人，亦假亦真，不知何故，她相信他方才所說都是真的。只是究竟什麼樣的人能令唐儷辭尋尋覓覓，又是什麼樣的人，能夠讓他說出「我如果死了，你會不會為我掉眼淚」這樣的話？

不期然，她輕輕磨蹭著袖中的半截短笛，想起一人，那人伏案彈琴，縱聲而歌，縱然琴藝不佳，但彈得那麼瀟灑那麼絕烈，恍若……凡塵俗世，只剩下他，和他一個人滿懷的不合時宜，和他一個人滿懷的傷心。

唐儷辭一鋤對著花叢挖了下去，雪線子「哎呀」一聲坐起，尚未說話，只聽颼颼幾聲極細微的弦響，他又「哎呀」一聲倒下下去。唐儷辭衣袍一拂，四柄袖中刀悄然墜地，他花鋤在手，含笑以對四周緩步而出的蒙面青衣人。

三十三個，每一個都手持短笛。

說出藥丸埋藏在此，其實也是為了圍殺唐儷辭吧？他倚花鋤而立，站在三十三殺手陣外背靠竹亭手拈青草，意態悠閒的人，正是他剛才放走的花無言，見他望來，花無言報以一笑。是什麼樣的人，能令花無言寧死不叛——並且具有這樣的勇氣，受到驚嚇之後能率眾而回，片刻之間心平氣和鎮定如初……唐儷辭眼眸泛起了一絲深沉的色彩，九心丸之主、風流店的操縱者，是一個不可小覷的人物。

「颼颼」幾聲，三十三位蒙面青衣人顯然練有合搏之術，堪堪站成圈形，同時衣袖一揚，短笛之中弦聲響動，三十三支幾不可見的寒芒如蛛絲一閃流光，剎那間沾上了唐儷辭的衣袖。

唐儷辭花鋤揚起，一抔泥土潑向青衣蒙面人，寒芒沾上衣裳的時候，他已連下兩鋤，在地上挖出了一個碗口大的洞，花無言見狀喝道：「混刀！」青衣蒙面人頓時自懷中拔刀，離唐儷辭最近的一名青衣人刀光雪亮，一刀對著他的背心砍了下去。唐儷辭手肘後撞，「嗡」的一聲撞正刀刃之上，青衣人一怔，他反手擒拿，將那青衣人的刀奪了過來，略略一劃，「噹噹噹」擋開了七八支襲來的短刀，右手花鋤，又在地上挖深了三分。

原來此人左手右手一樣靈便，左手持刀、右手花鋤，看似並無區別。紅姑娘在樓上觀戰，眉心微蹙，唐儷辭功力深厚，出乎她意料的是看來臨敵經驗也很豐富，倒似常常和人動手。而以唐儷辭的舉動來看，顯然三十三殺人陣並未起到太大作用，他一心想要挖開積土，找到藥丸藏身之地。

她對著窗外輕輕揮了揮她的白手絹，花無言臉色微變，扔下青草，自地上拾起一柄長劍，對閣樓拱了拱手，「唰」的一聲拔出劍來。

嗯？唐儷辭驀然回首，身側數十把利刃交錯而過，他一刀抵十刃本來尚游刃有餘，驟的一劍自背後而來，劍風淩厲，卻是不得不擋，只得橫刀一擋，「噹」的一聲刀劍相交，花無言被他震退三步，然而右臂左肩、前腹後腰各有短刀襲來，他微微一笑，仰身避開，抬頭看了閣樓一眼，刀法突變，「唰」的一刀，砍下身側一名青衣人的左臂來。

「啊！」的一聲慘叫，那青衣人滾倒在地，唐儷辭一刀得手，毫不留情，「霍霍」一連數刀，將他身側六人砍翻在地，滿地鮮血淋漓，殘肢斷臂，剎那之間嬌美的白花叢便成修羅場。他如此威勢，剩餘的二十七人膽氣一寒，手下便緩了，花無言不以為忤，含笑出劍，「來一人傷一人，唐公子好辣的手，你自命江湖正道，如此殘傷人命，難道你不曾想過這些人也有父母妻兒麼？」他一句話未說完，手下疾刺五劍，嘴上說得是閒雲野鶴，手下刺得是偏激毒辣，招招攻的是致命要害。唐儷辭左手刀帶血一劃，刀尖上的血珠子順風飛掠，「嗒」的一聲濺在花無言清秀的臉頰上，頓時添了三分猙獰之色，只聽唐儷辭微笑道：「我幾時說我是江湖正道？」

一言未畢，劍光錯身而過，花無言大喝一聲，「花落朝夕！」乍然劍光四射如曇花盛開華麗難言，千百劍光直落唐儷辭腹部要害之處！這正是方才他自承弱點的地方！

暗紅閣樓之中果然機關密布，唐儷辭揮刀格擋，方才他和紅姑娘說話之時，樓中夾層藏有人，並且另有一套資訊傳遞之法，才能如此快捷將他談話內容傳給花無言知曉。此時青衣蒙面人已漸漸熟悉他的刀法腳步，要傷人已不容易，彼此來去的短刀距離他的身體更近三分，短笛之中寒芒暗射，更是使人防不勝防，「噹噹噹噹」刀式變化之中，唐儷辭上風之勢漸漸失去，打成了不勝不敗之局，人海戰術，一旦時間拖久，唐儷辭必敗無疑。

花無言面上帶笑，出劍越發狠毒，唐儷辭橫刀掠頸，一聲慘叫再傷一人，右手花鋤一挑一揚，只聽「啪」的一聲脆響，白花叢下一塊薄薄的石板爆裂開來，引起泥土滿天飛撒，花瓣紛飛，煙塵飄揚，煙塵散去之後，只見花叢之下乃是一具石棺。花無言臉色一變，退後三步，唐儷辭左足踏入坑中，右手一探，已將石棺中之物一把抓了起來。

嘩啦一聲，青衣蒙面人紛紛後退，那石棺中赫然藏的是一具屍骨，唐儷辭也是一怔。石棺中藏屍骨，本來並無古怪之處，但這是花叢之下，所謂藏藥之地，為何會有一具屍骨？然而屍骨提起，「啪」的一聲一個包裹自屍骨懷中跌落，滾出許多藥瓶，唐儷辭踏上一步，青衣蒙面人紛紛住手，目光炯炯都盯著地上的藥瓶。他微微一笑，足尖一推，三五瓶藥丸被他輕輕踢了出去，滾到了人群之中，人群中頓起譁然，一人撲地搶奪，剎那間短刀刀光閃動，一聲慘叫，那人已身中數十刀橫屍就地。刀刃見血，青衣蒙面人彼此相視，有些人蒙面巾下已發出了低沉的吼叫之聲。

唐儷辭笑看花無言，足尖再度輕輕一踢，又是三五瓶藥丸滾了出去，本是尋常無奇的灰色藥瓶，看在他人眼中，卻是驚心動魄。一瓶藥丸滾到花無言腳下，花無言深深吸了口氣，

「你執意找到藏藥之地，就是為了……」

唐儷辭花鋤駐地，笑容溫和風雅，「物必朽而蟲後蛀之，要將余家劍莊夷為平地，若無此物，如何著手？」

花無言雙眉一彎，露出笑意，「唐儷辭啊唐儷辭，你真是了不起得很，但你難道不想，一旦搶了此藥，風流店將立殺你之決心，而冥冥江湖之上對此藥虎視眈眈的人若無八百，也有一千。搶了九心丸，就是冒天下之大不違，立於必死之地！」

唐儷辭提起那包裝滿藥瓶的包裹，「就算我不搶此藥，今日之後，風流店也必立殺我之決心。」

花無言輕輕嘆了口氣，「像你這樣的人，為何定要趟這趟混水？江湖中多少人是死是活，或是半死不活，又和你有什麼相干了？」他捏著劍訣而立，身周三十三殺人陣已經崩潰，蒙面人為奪地上藥丸大打出手，兩人積威仍在，雖然唐儷辭手中提著大部分藥丸，蒙面人卻不敢越界搶奪，只為地上寥寥數瓶拼命。

「這瓶子裡的藥的來歷，也許和我一位好友相關，」唐儷辭看著花無言，慢慢地道：「我是一個很珍惜朋友的人……也許，看起來不像。」

花無言一笑，的確不像，「你會為了這藥丸也許和你好友有關，便如此拼命，委實令人難以想像。」

唐儷辭微笑，「世上難以想像的事很多……這藥，你沒有吃？」

花無言搖了搖頭，露齒笑道：「我吃了。」

唐儷辭道：「我聽說此藥兩年一服，你若搶了一瓶，增強的武功不會失去，而且可保數十年平安，習武之人，能得數十年平安，也是不錯了。」

花無言仍是搖了搖頭，「我很認命，服藥以後，自由便是幻想。」

唐儷辭眼波流動，看了地上的屍骨一眼，「這人是誰？」

「她是余泣鳳的老娘。」花無言笑道：「藥丸藏在余泣鳳他老娘的墓裡，普天之下，除了你這不怕死的怪人，無人敢動這棺材分毫。」

唐儷辭微笑，「佩服佩服，原來如此，這主意可是紅姑娘所想？」

花無言道：「當然……女人心海底針，紅姑娘楚楚動人，然而心機不下於你。」

唐儷辭道：「紅姑娘，是你主子什麼人？」

花無言哈哈一笑，「你猜？」

唐儷辭道：「奴婢。」

花無言「哎呀」一聲，「你怎知道？」

唐儷辭唇角微勾，似笑非笑，「或許是我見過的女人太多了，以她的氣象，實在不像個主子。」說罷，他又往暗紅閣樓看了一眼，「我猜石棺破後，紅姑娘已經不在樓中。」

花無言淡淡地道：「但我會戰死而止。」

唐儷辭惋惜地看著他，「你的劍法很美，出劍吧。」

花無言捏著劍訣的手勢一直沒變，天色漸漸黃昏，斯人年輕的容顏清秀如花，微風徐來，衣袂御風，便如一拂未開之曇。唐儷辭提著沉甸甸的包裹，左手刀在夕陽下泛著柔和的明光，隨著花無言一劍刺來，他飄然轉身，「噹」的一聲刀劍相交，花無言無言地嘆了一聲。一人從地上坐了起來，「萍川梧洲的劍法，可惜啊可惜，小子尚未練到家，如此半吊子的名劍，遇上亂七八糟的殺人刀，卻是贏不了的。」

花無言吃了一驚，匆匆一掠眼才知是倒在地上多時的花丁又爬了起來，坐在一旁看戲，只聽他又道：「嗯……看起來今天你心情很好，竟然讓他了不只三劍。」

唐儷辭笑而不答，短刀招式流暢，花無言劍勢雖然好看，卻攻不入唐儷辭身週三尺之內。正在此時，只聽「碰」的一聲驚天巨響，唐儷辭驀然回首，正見整個劍堂之頂轟然而起，被炸得橫飛出去數十丈，滾滾煙塵之中點點飛濺的是人的殘肢斷臂，有些磚塊殘肢被震上天空，跌落在不遠之處，他的臉色驟然蒼白——方才，他說「余劍王對上池雲和沈郎魂，勝算能有多少？」而紅姑娘答「黃泉路上，有他給你作陪，難道不好？」暗紅樓閣之中有密探，紅姑娘這句話的意思難道是——就是在當時她已下了必殺之令，犧牲余泣鳳，爆破余家劍堂？

池雲和沈郎魂安否？

他驀然回身，眼眸泛著出奇古怪的冷光，花無言在笑，笑得很無奈，「我說過女人心海底針，紅姑娘心機之重不下於你……你闖進暗紅樓閣，她已知余家劍莊已經暴露不可能再留，除非能殺得了你——但我和三十三殺人陣無殺你之能，既然無能殺你，剪除你的羽翼，乃是必行之道，唯一惋惜的是炸藥唯有劍堂才有，否則連你一同炸死，血肉橫飛嗚乎哀哉，哈哈哈……」他笑得很是悲哀，卻笑得前俯後仰，「你奪走藥丸不要緊，讓余家劍莊的幾十個人分崩離析不要緊，甚至殺了我花無言也不要緊，但是你說你是個很珍惜朋友的人，哈哈哈……你讓朋友去送死，是你讓你的朋友去送死……」

唐儷辭眉間微蹙，輕輕咬了下嘴唇，眉目之間湧起一絲痛楚之色，「原來如此。」他握刀的左手背輕按腹部，「你留下來，便是準備送死的？」

花無言立劍在地，「炸毀劍堂，是我親自下令……你可還滿意？」

「你要死，可以。」唐儷辭平靜地道，他握刀踏前一步，再踏一步，傍晚的涼風拂他之面而過，帶起幾縷烏髮掠面而過，「我殺你之後，再去救人。」

花無言「唰」的一劍衝了過來，唐儷辭不再容情，短刀一閃之間血濺青袍，隨後劍光爆起，如月光沖天之亮，刀光瑩瑩，血色濃郁充盈刀身，「啪」一聲地上瀝血三尺，如龍蜿蜒。

雪線子在方才爆炸聲響的時候已無影無蹤，不知是逃命去了，或是前去救人。冰冷的兵器交接之聲，無言的刀光劍影，突地一聲弦響，溫柔如泉水漫吟，潺潺而出，花無言滿身血汙，聞聲淒然一笑，揮劍再出，唐儷辭聞聲回頭，劍風披面而過，斬斷數莖髮絲，烏髮飄零委地，混同血汙冷去。花無言踏前一步，縱身而起，連人帶劍撲向唐儷辭胸口空門，唐儷辭翻身一個大迴旋閃避，花無言劍勢似比方才更為凌厲，合著那溫柔淺唱的弦聲，劍劍奪命……

刀光血影之中，有人近在咫尺，撥弦而歌，「青蓮命，白水吟，萍川梧州劍之名。可嘆一生愛毒草，庸不學劍負恩情。美人緣，負美人，恩師義，負恩師，行路空踏錯不行……」

歌聲悽楚，歌者縱情放聲，極盡動情任性。花無言目中有淚隨劍而墜，點點落在血泊之中，唐儷辭刀光如練，閉目之時一刀洞穿花無言心口，一聲悲號，斯人倒地，而弦聲錚然，唱到一句「……拂滿人生皆落雪，歸去歸去，歸去其身自清」。花無言倒地，歌聲絕止，就如四面八方誰也不在似的。

「你為何要求死？」唐儷辭的刀洞穿花無言的心口，隨他一同倒地，尚未拔出。

花無言平臥在地，天色已暗，天際隱約可見幾顆星星，「我……我是……」他笑了出來，「不肖子，一生忘恩負義，不學劍、練毒草、入風流店、服食九心丸……都是我一意孤行，拋棄妻子、氣死恩師，我沒有回頭之路……哈哈，拂滿人生皆落雪，歸去歸去，歸去其身自清……」他緩緩閉上眼睛，「尊主真是如此的……善解……人意……」

血，不再流了。

他去了。

唐儷辭將他放下，霍然站起，看了暗紅閣樓一眼，那人就在樓中，橫琴而彈。

是風流店的尊主，是什麼樣的「尊主」能將下屬之死當成是一場盛舞，為之縱情高歌，卻不把滿地屍骸當成一回事？他提起九心丸的包裹，往劍堂廢墟而去。

暗紅樓閣之中，有人黑紗蒙面，背對著窗口，橫琴於膝，亂指而彈。溫雅秀麗的假面，出乎尋常的心狠手辣，很像一個人。

但那個人已經死了，被殺死的人不可能復活。

他並沒有看花無言之死的過程，也沒有看唐儷辭一眼，從頭到尾他都背對著戰局，專心致志地撥弦而歌。歌，不盡情全力，便不純粹。

「尊主，此地危險，要是池雲、沈郎魂未死，三人返頭截擊，勢難脫身。」紅姑娘輕聲說，她已換了身衣裳，持著燭臺給黑紗蒙面人照明。

「走吧。」黑紗蒙面人微微一頓道：「厚葬。」

「是。」紅姑娘低聲道，默默持燭往閣樓地下而去，黑紗蒙面人將橫琴棄在樓中，緩步而下，兩人的身影很快消失在地道深處。

第五章　一屍兩命

劍堂廢墟一片殘垣斷瓦，仍不住有黑煙粉塵上飄，烈烈的火焰處處燃燒，合著滿地血汙，宛如一幕煉獄。雪線子站在倒塌的房檐上，「找死人真是麻煩，唉，但是不找，難道讓那兩個人在這裡變鬼？要是死了以後怪我見死不救，來纏著我，那可是大大的不妙。」他去折了一支樹枝，在殘垣斷瓦中東戳西戳，拖著聲音叫道：「小池雲——小池雲——」

「唉，若不是你忙著睡覺不肯幫手，怎會弄得不可收拾？」唐儷辭很快趕來，「你來的時候，就是這樣？」

雪線子道：「我又不會比你快多少，炸藥一炸，自然就是這樣的，要是兩個小子真在裡面，諾，這些地上一塊一塊的，說不定就是他們了。」

唐儷辭微微蹙眉，手按腹部，額上微見冷汗，「別再說了，找人吧，我相信池雲和沈郎魂不會這麼容易就死。」

「哈哈，要是這兩個都死了，禍害人間的壞人又少了兩個，正應該拍手稱快。」雪線子笑道：「要是你也死了，我就該去放鞭炮了。」

唐儷辭微微一笑，「流芳不過百世，遺臭卻有萬年，壞人總是不容易死的。」

雪線子斜眼看著他的神色，「你不舒服？」

唐儷辭嘆了口氣，「嗯……找人吧。」

兩人在廢墟上東翻西找，余家劍莊初時尚有打鬥之聲，還有人為那幾瓶藥丸拼命，過不多時，也許是勝負已分，紅姑娘等人又已撤離，四下靜悄悄的，夜色漸起，日間的一切彷彿是一場噩夢。

「你們兩個在這裡幹什麼？」突地空中有人冷冷地道：「人都死光了，還不走嗎？」

雪線子猛一抬頭，只見池雲坐在遠遠的樹梢上涼涼地看著兩人，「喂！我們是為你們擔心，兩個沒有良心的小壞蛋，剛才劍堂發生什麼事？你們兩個無恙否？」

唐儷辭站起身來望著池雲微笑，池雲坐在樹上揮揮手，「只有第三流的庸手，才會被火藥炸到，又只有第九流的呆子，才會在廢墟上找人，姓沈的早已走了，是我好心留下來等你們，否則也早就走了。」

「余泣鳳如何了？」唐儷辭提著那袋藥瓶，含笑問：「你贏了？」

池雲冷冷地道：「勝負未分，也永遠都分不了了。」

「他死了？」雪線子笑問：「是你殺的，還是被火藥炸死的？」

池雲不耐地道：「我怎麼知道？他被姓沈的射了一針，姓沈的針上有毒，我怎知道他是被毒死的，還是被炸死的？」

雪線子「嗯」了一聲，「沈郎魂的射影針？以余泣鳳的身手，有這麼容易被暗算？」

「嘿嘿，余老頭『西風斬荒火』威力實在了得，他劍還未出手，劍氣已經震斷屋梁，姓沈的從上面掉下來，讓他嚇了一跳，我趁機發出最後一刀。但是普珠和尚認出姓沈的一劍向他砍去，古溪潭出手阻攔，形勢一片混亂。同時蕭奇蘭莫名其妙的向余老頭發出兩記旋劍，姓沈的早有預謀在此時射出毒針，加上我的一刀，余老頭在三方攻勢之下中針倒地。」池雲冷冷地道：「其他人打得一片混亂，也不知在鬥些什麼，我便走了。」

「小池雲你真是深得我心，」雪線子讚嘆道：「沈郎魂還在房裡被人追殺，你就走了？」

「他若是這樣就死，怎麼值得五萬兩黃金？五萬兩黃金是這麼好賺的？」池雲翻白眼，「我在余老頭家裡上下翻了個遍，沒有找到我那老婆的影子，老鬼，你究竟在哪裡看到白素車的馬車？」

「可能跟著其他人一起撤走了吧？」雪線子道：「你老婆人太高、腰太細、臉太長、胸太小，眼睛和眉毛之間距離太寬，嘴巴和鼻子之間距離太長，耳朵太大，肩膀傾斜，還有她牙齒不夠白……」他仍自滔滔不絕地說下去，「不像閣樓裡那位紅姑娘，哎呀呀，那個氣若幽蘭人似菊花，毫無缺點……」

「老色鬼！」池雲全身瑟瑟發抖，咬牙切齒道：「你、怎、對、她、如、此、了、解？」

唐儷辭微微一笑，「那就是雪郎的奇妙之處，不可為外人道也。」他拍了拍池雲的肩，「走吧，你無恙就好，藥丸到手，余家劍莊瓦解，余泣鳳死，雖然不盡如人意，但今日之事，已算成功。」

池雲仍指著雪線子，充耳不聞唐儷辭的話，「老色鬼，今天你不給老子說清楚，老子絕不放過你！」

雪線子「哎呀」一聲，笑道：「人生最愛尋常事，賞花賞月賞美人。小池雲，那忘恩負義的女人不要也罷，下次我介紹你認識一些真正賢良淑德你走江湖交朋友逛山河玩風月她都絕對不會過問更絕對不會落跑的好姑娘如何？」他一笑而去，身影如一道白芒掠空遠去而後消失。池雲暴跳如雷，破口大罵，「誰對那女人癡情了？但名是老子的女人，你就不能碰老子的女人一下！要殺要打那是老子的事，老色鬼！下次見面，一環渡月伺候！」

唐儷辭再拍拍他的肩，溫言道：「好了好了，沈郎魂哪裡去了？」

「回崖井莊客棧去了。」池雲斜眼看著唐儷辭提的包裹，突然嗤的一笑，「他說今晚要去燒了崖井莊的那間破廟。」

唐儷辭眼角微揚，似笑非笑，「為什麼？」

池雲大笑，「因為和尚乃是世上最討厭的東西！」

唐儷辭微笑，「那麼讓他去燒，燒完了，給方丈五十兩黃金重建便是。」

池雲嘖嘖地道：「你這人真的很奇怪，有時候殺人不眨眼，有時候濫好人得不可救藥。」

唐儷辭溫言道：「一整天不見鳳鳳，不知情況如何，快回去吧。」

兩人回到崖井莊井雲客棧，沈郎魂果然已在房中等候，那張平凡無奇的臉一如既往，絲毫看不出他方才經歷了怎樣驚心動魄的一戰，桌上放了兩碟小菜，他正獨自品酒。唐儷辭衣袖微拂，在他身邊坐下，「沈兄好興致。」

沈郎魂淡淡地道：「過獎。」他既不說究竟如何從普珠上師劍下脫身，也不說爆炸之時他身在何處，就似一切都未發生過。

池雲奔進房中，鳳鳳正在床上爬著，見他進來，睜著圓圓的大眼睛，嘴巴一扁就放聲大哭，大半日不見，他已餓得狠了。池雲將他抱起，鳳鳳一口向他手指咬下去，淚眼汪汪如桃花含水，「嗚嗚……嗚嗚……」池雲吃痛，悶哼一聲，被這小子咬已經習慣了，這小子雖然沒長牙，什麼都敢咬，不愧是屬狗的。

房中，唐儷辭和沈郎魂對坐飲酒。沈郎魂徐徐喝酒，心氣平定，唐儷辭眉間痛楚之色越來越重，靜坐半晌，沈郎魂突然問：「這是舊傷？」唐儷辭閉目點了點頭，沈郎魂道：「可否讓我一試？」

唐儷辭一笑伸手，沈郎魂左手三根手指搭上他的脈門，略略一頓，隨即皺眉，唐儷辭微笑道：「如何？」

沈郎魂道：「奇異的脈象，不可甚解。」

房裡池雲給鳳鳳餵了些糖水，走了出來，往椅上一倒，懶洋洋地道：「別理他，姓唐的十有八九是在整你。」

沈郎魂喝了一口酒，「高手過招，身上帶傷是致命的弱點，你既然做下今日之事，就要有所打算，身上的傷不打算治好麼？」

「有所打算？」唐儷辭微笑，「什麼打算？」

沈郎魂淡淡地道：「被人殺的打算，江湖生涯，有人自詡黑道，有人自詡白道，終歸不過是殺人與被人殺而已。你既然做下攻破余家劍莊，逼死余泣鳳，搶奪九心丸這樣的大事，就要有被人復仇、劫物、栽贓嫁禍、誣陷甚至殺人滅口的打算。」

唐儷辭道：「沈兄之言十分有理。」

他十分認真地說出此言，沈郎魂反而一怔，住嘴不說。

池雲躺在一旁涼涼地道：「姓沈的你替你自己擔心就好，一年時間，跟著姓唐的阿儷少爺，老子看你那五萬兩黃金岌岌可危，很可能變成給你樓主的撫恤。」

沈郎魂閉目不答，唐儷辭溫言道：「池雲，你去拿杯涼水過來。」

池雲懶洋洋地起身，「做什麼？」

唐儷辭自搶來的包裹裡拿出兩瓶九心丸，各自倒出一粒，池雲端來一杯涼水，唐儷辭將一粒藥丸放入涼水之中，一粒藥丸放入自己酒杯之中，片刻之後，放入酒杯中的藥丸化去，涼水中的藥丸只是微溶。唐儷辭舉起杯子晃了晃，那藥丸方才化去。沈郎魂睜開眼睛，和池雲一同詫異地看著唐儷辭，心道這人在做把戲麼？

果然……唐儷辭目不轉睛地看了那溶去藥丸的酒杯良久，突然端了起來，淺淺喝了一口。池雲和沈郎魂剎那大驚，兩人出手如風，一人截臂一人點肩，然而雙雙落空，唐儷辭已將那口混著藥丸的酒喝了下去。池雲怒道：「你幹什麼？」沈郎魂也是變了顏色，此藥喝了下去，若是中毒，豈非生不如死？唐儷辭放下酒杯，舌尖在唇沿略略一舔，「果然是他。」

「是誰？你幹嘛把那藥喝下去？」池雲抓住他的手腕，「你要找死不成？」

唐儷辭微微一笑，「這藥的藥性是我告訴你的，難道池雲你從來沒有覺得奇怪——為何我對此藥如此瞭解？」

池雲一怔，「你……」

沈郎魂眼眸一動，剎那光彩暴閃，「難道你——」

唐儷辭道：「我第一次吃這藥的時候十一歲，十三歲的時候已吃到厭了。」

池雲道：「你十三歲的時候？他奶奶的阿儷你是出身在什麼地方？怎會有這種見鬼的藥？」

沈郎魂目中光彩更盛，唐儷辭身世離奇神祕，為何能服用九心丸仍不死？難道他一直在服用？

「這藥發作起來讓人生不如死，但如你的命夠硬，對自己夠狠，熬過去那一陣，三年、五年之後仍是一個好人。」唐儷辭道：「只不過大多數人忍不了那種痛苦，寧可自殺了事。我……」他頓了一頓，嘆了口氣，「我十一歲的時候是吃著玩的，十三歲的時候中毒已深，要擺脫這藥的毒性，並非易事。但當時我有三位好友，其中一位善於化毒之術，是他幫我解毒，一年之後，不再受此藥控制。」唐儷辭語氣慢慢的由溫和轉為平淡，如一粒珍珠緩緩化為灰燼，「我們感情很好，他是一個好人，我年少之時胡作非為，卑鄙無恥的事做過不知多少，身邊的親友無不對我失望，但他並未放棄我……他說：你控制欲太強，不分敵我，你要改，要做一個好人。可惜我畢竟讓他失望，唐儷辭天生心腸狠毒手段暴戾，三年前我叫方周練換功大法，讓方周死，換絕世武功給我，那件事讓他失望透頂，暴怒而去，從此恨我入骨……」

池雲哼了一聲，「該死的總是要死的，就算你不讓他練換功大法，難道他就不會死？」

沈郎魂淡淡地道：「換了是你兄弟重病要死，你真的狠得下心教他練些必死的武功，從一個快死的人身上圖利麼？」

池雲閉上眼睛，想了半晌，嘆了口氣，「大概也會那麼想吧？但真要下手，老子做不出來，雖然老子是黑道，黑道有黑道的義氣，不會做這種泯滅良心的事。」

沈郎魂道：「我亦不會。」

池雲充滿嘲諷味兒的嗤的一笑，「這才顯出唐大公子唐大少爺與眾不同精明老練之處，不過，算不上什麼要遭天打雷劈的大事。」

唐儷辭微笑，「承贊了。」

沈郎魂再喝一口酒，表情平靜，「這位恨你入骨的好友，知道解九心丸之毒的方法，你要尋找你這位好友的下落，所以追查九心丸之事……但是沈某不解的是——為何你追查的不是友方，而是敵方？」若是懂得解毒之人，應站在白道一邊，為何唐儷辭苦苦追查的卻是風流店製毒一方？沈郎魂一雙眼睛光彩耀眼至極，「莫非你懷疑——」

「不錯！」唐儷辭的語調忽而柔和起來，「九心丸和我當年吃的那藥並非完全相同，但我懷疑含有那藥的成分，如今證實確是如此，當今世上，除了他之外，沒有人知道如何製造這種毒藥。」他輕輕一笑，「懂得如何製造毒藥的人在我十三歲那年都已死光死絕，我說這話，你們該相信絕無可疑。」

唐儷辭說出「死光死絕」四字，有何人敢說不是？若非已把人挫骨揚灰，讓人死得慘不忍睹，他不會說出這四個字。池雲和沈郎魂面面相覷，池雲呸了一聲，「你的意思是說，現在製造九心丸害人無數的幕後黑手，就是你那叫你做好人的好友？他媽的什麼玩意兒？」

「是啊……」唐儷辭眼簾微垂，一股似笑非笑，似喜非喜的神韻透了出來，「雖然以我認識的他而言，必然不會，但唐儷辭為人行事，只論可能、不講道理——世事有無限可能，人性，更是捉摸不定，令人難以相信。」

沈郎魂皺起眉頭，「你這位好友，叫什麼名字？」

唐儷辭推開眼前摻毒的酒水，提起酒瓶喝了一大口，淺淺一笑，「我不知道他叫什麼名字，他已改名多年了。」

沈郎魂淡淡的再問：「既然他恨你入骨，你找他做什麼？」

唐儷辭閉上眼睛，倚靠在椅背上，「我要告訴他一件事，希望他日後不再恨我。」

「什麼事？」池雲懶洋洋地問：「難道你要把萬竅齋幾千萬黃金的身家送他？有錢能使鬼推磨……」

唐儷辭道：「不是，我要告訴他方周未死。」

此言一出，沈郎魂悚然變色，「怎麼可能？換功大法之下，怎可能人未死？傳功之後，散功之時，《往生譜》殘餘真氣逆沖心臟，必定心脈碎裂而亡，怎可能未死？」

唐儷辭嘴角微勾，仍是那股似笑非笑、似喜非喜的神韻，「是啊……不過方周本是心臟受傷，在他左心之上有缺損，無法癒合所以病危，散功之時真氣自破裂的傷口衝出，沒有炸裂他的心臟，而我、而我……」他手按腹部，輕輕一笑，「我把他的心臟挖了出來，埋進我的腹中，接上我的血脈，保他受損的心臟不死，而方周缺心的身體被我浸入冰泉之中，等他的心臟痊癒，我再把他的心還他，他便不會死。」他的神色柔和，似眷戀極地看著自己的手指，慢慢地道：「方周若不練換功大法，便沒有這一線生機，《往生譜》殘餘真氣強勁淩厲，代替心臟推動血液流轉，延緩了他死亡的時間，能容我做埋心之舉。至於冰泉我早已備下，浸入冰泉之後，血液氣息瞬間停止，只要尋到良醫，等到心臟癒合，就有救命之望。」

池雲和沈郎魂面面相覷，將人心臟挖出，埋在自己腹中，提供血液氣息使其自行癒合，然後利用冰泉云云將人救活，簡直匪夷所思，近乎癡人說夢，胡說八道！池雲直截了當地道：「你瘋了！」沈郎魂雖然一言不發，心裡也道：你瘋了。

唐儷辭左手一動，順著臉頰緩緩插入自己髮中，白玉般的手指，灰亮的髮色，是秀雅柔潤的美，也有妖異絕倫的媚，「我不過是想要救人而已，就算上天註定他非死不可，但我不准……我若不准，神也無能、鬼也無能……我什麼事都做得出來，」他一句一句柔聲說，聽的人一寸一寸毛骨悚然，沈郎魂低聲道：「你——」頓了一頓，沒說下去，池雲哼了一聲，「你就是比江湖上大大小小的魔頭更陰險歹毒、更不擇手段罷了，恭喜恭喜，你是天下第一的奸、天下第一的邪、天下第一的狠！」

唐儷辭微微一笑，「承贊承贊，我將此事告訴你們，日後若有中原劍會前來尋仇、風流店來殺人滅口等等等等，你們兩人定要保我平安無事。」

池雲兩眼望天，「某某人不是自稱武功高強、天下第一？何必要我保護？」

唐儷辭溫文爾雅地拂了拂衣袖，提起酒壺再喝一口，施施然道：「因為你們身上都是一條命，我身上是兩條命。」

兩人面面相覷，池雲呸了一聲，「他媽的老子不幹！」

「余家劍莊事後，你打算如何？」沈郎魂杯中酒盡，酒壺卻在唐儷辭手中，只得停杯，「你究竟只是想找故人，續故人之情，還是當真要殲滅風流店，為江湖蒼生毀去這害人之藥？」

唐儷辭為他斟了一杯酒，微微一笑，「事到如今，我是為了江湖正義、蒼生太平，我的故人故情，便是蒼生太平之一。」

他說得冠冕堂皇，沈郎魂微一皺眉，池雲已經當場拆穿，「哼哼，故人故情就是蒼生太平，說到底你還是為了你自己的事，不是為了啥江湖正義。」

唐儷辭道：「你真是聰明至極，不過並非人人都如你這般毫無追求，切莫將小人之心用以度君子之腹。」

池雲嗆了一口，「咳咳……你是君子……」

唐儷辭微笑道：「自然，在紅姑娘美色之下坐懷不亂，自然是君子。」

池雲躍起身來一拳往唐儷辭身上打去，唐儷辭不閃不避，池雲拳到中途，硬生生頓下，「我去給鳳鳳餵米湯！」轉身就走。

唐儷辭怡然自若，提酒而飲，沈郎魂淡淡地問：「他為何不打？」

問出此話的意思，就是唐儷辭確是該打。卻見唐儷辭舒舒服服地躺下，對上空輕輕吹出一口酒氣，「今日一戰，池雲翻遍余家劍莊上下，手太髒，一拳打在我身上，衣裳仍是他要洗。」沈郎魂瞪目半晌，不再說話，閉目養神。

片刻之後，客棧小二送來酒菜，幾人細嚼慢嚥，細細品那小菜的滋味，酒未過三巡，沈郎魂右耳一動，「有人。」

池雲停筷仔細一聽，又過一會才聽見細微的腳步聲，嘿嘿一笑，「當殺手的果然就是當殺手的。」

唐儷辭夾起一塊豆腐，「猜來者是誰？」

池雲懶洋洋的打開酒壺壺蓋喝酒，「腳步聲如此輕微，定是武林中人。」

沈郎魂道：「是女子！」

唐儷辭手腕的洗骨銀鐲在燈火下閃爍，右手指尖輕輕蹭了蹭那銀鐲表面的花紋，「是鐘姑娘。」

話音剛落，門外有人輕輕敲門。唐儷辭微笑道：「鐘姑娘請進。」門開了，門外之人果然是鐘春髻，聞聲十分訝異，「唐公子怎知是我？」

唐儷辭道：「因為令師雪線子。」

他只說了七個字，鐘春髻臉上一紅，眉間甚有尷尬之意，「唐公子果然是師父知己。」

沈郎魂和池雲自是不解，卻不知雪線子一生最愛賞花賞美人，鐘春髻偏偏是個大美人，若是帶了他這乖徒兒在身邊，有何位美人還願意與雪線子交心閒談，玩那花前月下之事？所以雪線子一貫是對這徒兒避之唯恐不及，方才從余家劍莊脫身後，撞到尋師而來的鐘春髻，他連忙指點鐘春髻到崖井莊井雲客棧來，說炸掉余家劍莊害死余泣鳳的凶手就在這裡，叫她帶古溪潭前來替天行道，總之鐘春髻莫跟著他就好。

「聽說唐公子破了余家劍莊？」鐘春髻聽聞這樁驚天動地的大事，卻沒有多少震驚之色，反而有些愁眉深鎖，「其實我本是和古溪潭古大哥同來，只是路上遇到些事耽誤了。古大哥和普珠上師也都覺得余劍王可疑，但唐公子炸了余家劍莊殺了余泣鳳，豈非線索斷去，也死無對證？如此一來，如何取信天下英雄說中原劍會的劍王，就是販賣九心丸的惡賊？中原劍會又豈能善罷甘休？施庭鶴和余泣鳳兩條人命，又都是俠士，必定引起滿城風雨，不知會有多少人前來尋仇。」

唐儷辭微微一笑，「取信天下英雄說余泣鳳販賣禁藥，又能如何？」

鐘春髻一怔，池雲往嘴裡丟了塊羊肉，涼涼地道：「天下王八信也好不信也好，要滅九心丸，就是要殺殺殺殺殺，誰賣殺誰，一直殺到做藥的那個混蛋，事情就了結了，當然，還要殺得越快越好，殺得越快，被害的人就越少。」

鐘春髻秀眉輕蹙，「如此你又怎知有沒有錯殺無辜？」

池雲冷冷地道：「小丫頭，手腳慢了吃這藥的人就更多，難道那些人就不無辜？」

鐘春髻又是一怔，池雲說的分明就是歪理，她卻不知如何反駁，「古大哥和普珠上師就在三里之外的亂梅崗，蕭大哥出手助你，被余泣鳳打成重傷。」

池雲冷冷地道：「誰叫他自不量力，誰要他出手相助？」

鐘春髻怒顯顏色，「你——」

唐儷辭道：「蕭大俠想必是因為家中門人私服禁藥，影響惡劣，見你刀挑余劍王，出手助你，池雲你該上門言謝才是。」他不理池雲滿臉不屑，對鐘春髻微微一笑，「既然眾人都在亂梅崗，我們過去會合，看看對蕭大俠的傷勢有沒有幫助。」

鐘春髻心道唐儷辭比他這書童斯文講理得多，不禁對他微笑，「如能得唐公子之助，實為武林之福。」

唐儷辭溫言道：「姑娘言重了。」

沈郎魂默不作聲，耳聽唐儷辭說要前往亂梅崗，突地身形一飄，鐘春髻只覺臉上勁風一拂，沈郎魂已入房出房，把鳳鳳抱了出來，淡淡地道：「走吧。」

鐘春髻看了唐儷辭一眼，無端端臉上一紅，暗道此人怎能讓江湖最強的殺手去抱孩子？若是月旦，唉……若是月旦，想必是時時刻刻都把孩子抱在自己手上……心思紛亂了一陣，輕輕嘆了口氣，「走吧，我帶路。」

亂梅崗，梅開如雪亂。

滿崗的白梅，幽香似有若無，入骨銷魂。

鐘春髻帶著一行人來到亂梅崗，初入數步，連池雲都覺渾身輕飄飄的，滿心煩躁都在梅香之中淡去無形。放眼望去，白梅深處有人家，一幢灰牆碧瓦的小小庭院座落梅花深處，清雅絕倫。

「好地方。」唐儷辭的目光落在屋前的一處墳塚上，那是一處新塚。沈郎魂亦打量了墳塚一眼，草草一個土墳，墳上一塊石碑，石碑上提了幾個字「癡人康筳之墓」，筆跡清俊瀟灑。

「亂梅崗現為普珠上師的清修之地，不過這本是他摯友的居所。」鐘春髻道：「此地的主人已在兩年前過世了。」

唐儷辭道：「普珠上師乃佛門聖僧，普珠之友，自也非尋常人。」

鐘春髻道：「我也無緣，未曾見過這位高人。」

池雲冷冷地看著那石碑，「這位康筳，是男人還是女人？」

鐘春髻一怔，「這個……」她還真不知道。

池雲翻了個白眼，「那妳怎知他是個高人？說不定普珠和尚金屋藏嬌，在這裡養了個活生生的大美人……」

鐘春髻勃然大怒，「唰」的一聲拔劍出鞘，「你怎可一而再再而三，如此侮辱人？」

池雲哼了一聲，「老子愛說什麼就說什麼，小丫頭妳奈我何？」

鐘春髻被他氣得渾身發抖，「你、你……」

唐儷辭在池雲肩上一拍，「在前輩高人面前，不可如此胡說。」

沈郎魂微微皺眉，癡人康筳，他似乎在什麼地方聽說過這個名字……然而太久之前的記憶，已無從尋起。

正在此時，庭院大門一開，黑髮披肩的冷峻和尚當門而立，他們在門外說些什麼，普珠上師自是一一聽見，臉上冷峻依然，毫無表情。古溪潭的聲音傳了出來，「三位遠來辛苦，請進吧。」

唐儷辭三人走進房中，房內綠意盎然，種植許多盆形狀可愛的花草，和普珠上師冷峻的氣質渾不相襯，顯然並非普珠手植，然而幽雅清閒，令人觀之自在。床上躺著一人，面色蒼白，唇邊滿是血汙，正是蕭奇蘭。

「蕭大哥中了余泣鳳一劍，胸骨盡碎，命在垂危，」鐘春髻黯然道：「那一招『西風斬荒火』實在……」原來適才池雲、余泣鳳對峙之時，蕭奇蘭出手相助，觸發劍氣，余泣鳳

「西風斬荒火」全數向著蕭奇蘭發了出去，才會遭沈郎魂暗算，仔細算來，實是蕭奇蘭代池雲受了這一劍。

池雲伸手一把蕭奇蘭的脈門，「老子和人動手，誰要你橫裡插一腳？如今半死不活，真是活該。這傷老子不會治，姓沈的，你來。」

沈郎魂按住蕭奇蘭頸側，略一沉吟，「普珠上師如何說？」

古溪潭道：「胸骨盡碎，幸而心脈受傷不重，這一劍受池兄刀氣逼偏，穿過肺臟，外傷沉重。內腑受余泣鳳強勁劍氣震傷，經脈寸斷，就算治好，也是功力全廢，唉……」

唐儷辭雪白的手指也在蕭奇蘭的脈門上輕輕蹭了一下，「我對療傷一竅不通，不過可有什麼奇藥、珍品可療此重傷？蕭大俠英勇義烈，不該受此苦楚。」

古溪潭搖了搖頭，黯然無語。沈郎魂淡淡地道：「舉世無雙的奇藥，自然可以療此重傷，你若有千年人參萬年何首烏或是瑤池金丹白玉靈芝，就可以救他的命。」

唐儷辭輕咳一聲，「千年人參萬年何首烏沒有，不知此藥如何？」他從袖中取出一枚玉製的小盒，約莫核桃大小，盒作緋紅之色，似極了一個小小的桃子，打開小盒，盒中衝出一股極其怪異難聞的氣味，眾人無不掩鼻，古溪潭問道：「這是？」

盒中是一枚黑色的藥丸，其氣並非奇臭，但令人中之欲嘔，鐘春髻首先抵擋不住，退出房門，在門外深深吸了幾口氣，再閉氣進來。

「這是一種麻藥，服下此藥，十二個時辰內痛覺消失，然而神智清醒。」唐儷辭道：

「如果各位有續經脈接碎骨的能耐，蕭大俠服下此藥之後，即使開膛破肚，十二個時辰之內不致有事，並且神智清醒，可以運氣配合。」

沈郎魂微微變色，「這可是麻沸散？」

唐儷辭合上桃形盒子，那股怪異的氣味隨之淡去，「這是比麻沸散更強的麻藥，對身體無害。」

沈郎魂心中一動，他當日能將方周之心埋進自己腹中，連接血脈，想必也是服用這種藥丸，卻不知他用何物連接血脈？

「如果將他胸口打開，拼接碎骨不成問題，只是斷去的經脈並非有形之物，要續經脈，必要打通他全身所有閉塞之處，恐怕要眾人合力才能完成。」古溪潭精神一振，「幸好人手眾多，不知治蕭兄之傷，需要幾位高手？」

沈郎魂淡淡地道：「你、我、池雲、普珠四人。」

古溪潭道：「我去與上師商量。」他奔出門外，和站在門口不言不動的普珠交談幾句，「上師答允救人，只是四人如出手救人，此地安危就在唐公子和鐘姑娘肩上了。」

鐘春髻提劍在手，「各位儘管放心，鐘春髻當拼死保各位功成圓滿。」

池雲冷冷地道：「只怕就算妳拼死也保不了什麼圓滿。」

唐儷辭舉袖一攔，含笑擋在鐘春髻面前，「不可對鐘姑娘無禮，生如你這般倜儻瀟灑，語言本該客氣斯文些。」

池雲兩眼一翻，「老子便是喜歡惹人討厭，如何？」

唐儷辭道：「不如何，個性頑劣而已。」他對古溪潭微笑，「事不宜遲，各位著手進行，我與鐘姑娘門外守護。」

古溪潭點頭，沈郎魂在蕭奇蘭身上按了幾下，點住數處穴道，刺下數枚鋼針，開始詳細解說如何運氣合力，各人都是此中行家，各自出手，開始緩緩運氣，待經脈駁接真氣貫通之後，再開胸治療碎骨之傷，比較妥當。

唐儷辭和鐘春髻並肩站在門口，鐘春髻望著門外墳塚，幽幽一嘆，「此次鬼丸風波，不知幾時方休，又不知幾人不幸，世上多少避世高人，如若都能出關為此出力，那就好了。」唐儷辭望著屋外梅林，沒有說話，鐘春髻看了他一眼，此人容貌秀雅，舉止溫文得體，又是乾國舅、萬竅齋和池雲之主，不知在此事之中，能起到怎樣的作用？人走到如他這一步，權利兩得，又如此年輕，為何眼色如此……如此……她低下頭來，不敢直視唐儷辭的眼睛，那是一雙秀麗至極的眼睛，然而眼中神色複雜多變，多看兩眼，不知為何，自己就有心力交瘁之感。

他神祕莫測，看似白面書生，她卻隱隱約約感覺到他軀體之內，內心深處，必定和外表不同。

「鐘姑娘在想什麼？」在她心神不定之際，唐儷辭微笑問，他雖然沒有看她，卻似乎把她看得清清楚楚，「或是感慨什麼？」

「沒什麼。」她低聲道：「唐公子能和池雲、沈郎魂為友，我覺得不可思議而已。」

唐儷辭微微一笑，似乎在這清雅絕倫的居所，白梅的幽香也讓他有些神思飄散，本想說些什麼，終還是沒說。

房裡被沈郎魂放在椅上的鳳鳳突然放聲大哭，唐儷辭回身將他抱了出來，鳳鳳立刻破涕為笑，牢牢抓住他的灰髮。

「唐公子生來便是此種髮色？」鐘春髻的目光移到唐儷辭髮上，滿頭銀灰長髮，實是世所罕見。

唐儷辭舉手一掠髮絲，「聽說江湖中也有人滿頭白髮，其人就叫做白髮，不是麼？」

鐘春髻點頭，「我和白大俠有過一面之緣，不過他的白髮和老人的白髮一般無異，你的頭髮卻是銀灰色的，從未見有人天生如此。」

唐儷辭微微一笑，「那妳便當我天生如此罷了。」

鐘春髻一怔，這話是什麼意思？此人神祕，說話費解，她頓了一頓，還是不再深思的好。過了片刻，「春意無端貫青華，草木曾縈幾家綠，雲菩提，梅花碧，何處琴聽人聲泣。」唐儷辭倚門而立，輕輕蹭著腕上銀鐲，「鐘姑娘風采怡人，想必雅擅詩詞，不知此詞如何？」

鐘春髻在心中反覆斟酌過幾次，「不知是何曲？」

唐儷辭道：「我也不知是何曲，很久之前，聽人唱過。」

鐘春髻道：「詞意淡雅出塵，不知為何，卻有淒婉之聲。」

唐儷辭微微一笑，「那寫此詞的人，姑娘以為如何？」

鐘春髻沉吟道：「想必是出塵離世、心性寧定的隱者，方能觀春之靜謐。」

唐儷辭道：「嗯，此詞我問過三個人，三人都是當世名家，大致之意，與姑娘相同。可惜……」

鐘春髻微微一怔，「可惜什麼？」

唐儷辭眼望梅林，梅林清雅如雪，宛若詞意，「寫這詞的人，是我的摯友。」

鐘春髻道：「是你的摯友，那好得很啊，有何可惜之處？」

唐儷辭道：「我那摯友風采絕世，慈悲心腸，無論是人品容貌，堪稱天下無雙……我沒有見過美人六音的風采，但深信我那摯友絕不在六音之下。」他說這話的時候，語氣很平淡，因為平淡，所以聽起來很真，鐘春髻心道你也是翩翩公子，既然你如此說，那人想必真是人間罕見的美男子了，不過男子漢大丈夫，美不美又有什麼干係？只聽唐儷辭慢慢地道：「在他當年的住處，也有一片梅林，他也愛梅，這首詞是他住在梅林中時，為梅葉而寫。可惜的是，如此風華絕代的摯友，在我喝的酒中下毒，將我打成重傷，擲入水井之中，然後往井中倒了一桶桐油，放了一把大火。」

「啊！」鐘春髻低聲驚呼，「他為何要害你？」

唐儷辭微微一笑，「因為我是邪魔外道。」

鐘春髻渾然不解，唐儷辭一隻白皙的手指按在唇上，不知為何，竟能吹出曲調，幽幽清清，乃是陌生的歌謠，離世絕塵的清雅之中，蘊涵的卻是絲絲淒涼。幾句調終，唐儷辭嘆了一聲，「我是邪魔外道，所以不明白，菩薩為何也會入魔？是我害的嗎？」

鐘春髻不明他意中的恩恩怨怨，目不轉睛地望著他，唐儷辭又是微微一笑，「我心有所思，卻讓姑娘糊塗了，對不起。」

他如此柔聲而道，鐘春髻臉上微微一紅，對此人本是渾然不解，但那一雙秀麗而複雜的眼睛，唇間清雅淒婉的曲調，還有這一聲溫柔的歉意，讓她一顆心突然亂了。宛郁月旦秀雅溫柔的影子似乎有些朦朧起來，唐儷辭秀麗的臉頰如此清晰，這兩人相似又不似，她開始有些分辨不出其中的差異……

鐘春髻畢竟不是黃三金，她分不清楚，唐儷辭背後的影子是邪氣，而宛郁月旦背後的影子是霸氣，一個女人可以恣意去愛一個霸氣的男人，但萬萬不能去愛一個邪氣的男人。

門內五人凝神運功，蕭奇蘭蒼白的臉上開始有了血色，而胸口重傷處鮮血不斷湧出，如果續脈不早一步結束，就算成功，蕭奇蘭也會因失血過多而死。普珠上師內力深厚在幾人之上，倏然出手，在蕭奇蘭胸口再點數下，點的並非穴道，卻能阻血液運行，傷口溢出的鮮血終是緩了。就在普珠上師點下數指的瞬間，陡然蕭奇蘭體內一股熱力迴避過來，眾人驟不及防，各自悶哼一聲，唇色剎那變紫，池雲怒上眉梢，古溪潭沉聲喝道：「是毒！」

普珠上師並不作聲，袖袍一拂，將三人手掌震離蕭奇蘭的身體，雙掌拍上蕭奇蘭的後心，頭頂心白氣氤氳，他竟獨自一人擔起治療之力！古溪潭啞聲叫道：「普珠上師！」
這毒下在余泣鳳劍鋒之上，刺入蕭奇蘭胸口深處，經幾人運氣化開，反傳眾人之身！和蕭奇蘭接觸得越久，中毒越深，普珠上師將眾人震開獨力療傷，那是捨身救人之大慈大悲！池雲吐出一口紫血，破口罵道：「他奶奶的！和尚快放手……」
普珠上師充耳不聞，面容平靜，略帶殺氣的臉龐隱約露出一股圓潤聖潔之意，蕭奇蘭吐出一口鮮血，咳嗽了幾聲，緩緩睜開了眼睛，「放……手……」
房內療傷生變，鐘春髻聞聲回首，唐儷辭眼眺梅林，反應截然不同，緲緲白梅之間，隨著暮色陰沉，似乎飄散出絲絲寒意，落梅繽紛，影影綽綽。
「鐘姑娘，我有一瓶藥物，妳進去，若是誰也無法動彈，先給普珠上師服用。」唐儷辭溫言道：「房內就拜託姑娘了。」
「外面難道——」鐘春髻並未發覺門外有敵，失聲道：「難道有人？」
唐儷辭微微一笑，袖中藥瓶擲出，「救人要緊，姑娘進門吧。」
鐘春髻心思微亂，接藥轉身奔入房中，若是門外真的有敵人來襲，憑唐儷辭一人抵擋得住麼？踏進房中，池雲幾人面色青紫，各自運氣抗毒，這毒厲害非常，遲得片刻便已侵入經脈之中。普珠上師獨力救人，蕭奇蘭臉色轉好，他卻甚是清醒，知道是自己傳毒眾人，神色痛苦。鐘春髻手握藥瓶，見狀不敢遲疑，倒出一粒藥丸，塞入普珠上師口中。普珠上師功力深湛，尚未陷入無法挽回之境，解藥入喉，正值加緊運氣之時，全身血氣運行，很快化開藥丸，臉上的青紫之色逐漸褪去。鐘春髻將解藥分發眾人，心下詫異，為何唐儷辭會有解藥？難道他竟能預知余泣鳳在劍上下了什麼毒？

普珠上師緩緩收功，蕭奇蘭臉色緩和，疲憊已極，沉沉睡去。池雲幾人調息守元，各自逼出毒性，雖然中毒不深，但這毒霸道至極，中毒片刻，就讓人元氣大傷。鐘春髻手按劍柄，凝神戒備，她是名師之徒，雖然雪線子教之無意，她卻學之有心，見識不凡，眼看這毒烈如火焰，中毒之後臉色青紫，損人真元，心中微微一震：難道這竟是消失江湖多年的「焚天焰」？聽說此毒別有奇異之處，中毒之人越多，又聚在一起，毒性就越強，若是一人中毒，反而易解。

屋外一片寂靜，只餘梅落靜夜之聲，彷若連站在門口的唐儷辭都在這份靜謐之中消失了。鐘春髻凝神靜聽，只聽林中落梅漸漸的多了，紛紛揚揚，似乎無聲地颳起一陣旋風，隨即「嗒」的一聲輕響，毫無人跡的梅林中就似憑空多了一隻腳，往前輕輕踏了一步。

「嗒」的另一聲微響，屋後也有人輕輕踏出一步，梅林之中那人再進一步，屋後之人也往前一步，梅林中那人再進一步，屋後之人卻不動了。

唐儷辭倚門而立，梅林中一個淡紅色的人影緩步而來，屋後轉角之處，一個灰衣人靜靜站在牆角，落梅繽紛縹緲，突聽一聲低沉恢弘的弦聲遠方一響，猶如鼓鳴，又如墜物之聲，聲過之處，梅花急劇墜落，瞬間滿地梅白，猶如落雪。

弦聲一聲、兩聲、三聲……寂靜恢弘，如死之將至，隱隱然有天地之音。

淡紅色的人影動了，踏著弦聲而來，一聲、一步。

屋後之人不動，不言。

唐儷辭面帶微笑，看著踏弦聲而來的紅衣人。

那是個面容俊俏的年輕人，衣上繡滿梅花，梅是紅梅，和林中雪梅渾然不同，雙手空空，未帶兵器，林風徐來，撩起衣袖蹁躚，他的雙手手腕之上各刺有一朵紅梅，手白梅紅，刺眼異常。屋後之人是什麼模樣他不知道，但顯然，不會比眼前這位紅梅男子差。自換功以來，唐儷辭尚未遇到真正的對手，不知眼前背後這兩位是否能讓他另眼相看？

弦聲隱約響了三聲，隨即靜止，那沉斂的氣氛宛若陰雨欲來，濃雲橫聚，壓頂欲摧。

屋內池雲突地睜開眼睛，他行功尚未完全，突然停下，掙扎地站了起來。鐘春髻吃了一驚，急急將他按住，低聲道：「怎麼了？毒傷未愈，你起來做什麼？」

池雲衣袖一擺，「唰」的一聲將她推開，「咿呀」一聲開門而去，雪白的背影消失在門縫之間。她怔了一怔，這人雖然口齒惡毒，卻是重情重義，中毒之軀，仍不肯讓唐儷辭一人當關，只是以池雲此時的狀況，就算出得門去，又能幫到什麼呢？略一沉吟，她點了房內眾人的穴道，此時此刻，讓他們奮起動手，不過送死而已。

大門一開，池雲身影閃了出來，唐儷辭微笑道：「這時是你要站在我身後，還是我依然站在你身後？」

池雲臉色蒼白，低咳了一聲，「什麼時候，說的什麼廢話！就憑你，擋得住七花雲行客麼？他奶奶的就算老子完好如初，也未必擋得住一兩個……咳咳……」

唐儷辭衣袖一舉，衣袖飄拂如雲，將池雲擋在身後，「既然你擋不住一兩個，那只好站在我身後了。」

池雲呸了一聲，閃身出來，「放屁！這些人武功自成一派，合奇門幻術，動手的時候會施放各種古怪藥物，又會陣法，乃天下最討厭的對手之一。」

唐儷辭湊近他身後，微笑道：「真有如此可怕？」

池雲凝視對手，絲毫不敢大意，「七花雲行客」共有七人，世上誰也不知其本名，各人各給自己起了個古怪名字，平時江湖雲行，亦正亦邪，此時前來，難道竟然成了風流店網羅的高手？一念尚未轉完，突地背後寒毛直立，驚覺不好，只聽「啪」的一聲輕響，頭腦一陣暈眩，背後人溫柔嘆道：「我叫你站在我身後，誰讓你不肯？不過我便是明知你不肯，才這樣說……」

池雲仰後栽倒，唐儷辭一把接住，背後一靠房門，大門一開，他將池雲遞給身後的鐘春髻，微笑道：「麻煩鐘姑娘了。」

鐘春髻將人抱了回來，低聲道：「七花雲行客非是等閒之輩，唐公子千萬小心。」

唐儷辭往前一步，房門合閉，他整了整衣袖，衣裳潔然，「是啊……看客人不願趁人之危，便知是好對手。」他這一句是對梅林中那紅梅男子說的，那紅梅男子不言不動，風吹梅花，越墜越多，在他身周下著一場不停的梅花雪。

「你，有傷。」落梅斜飄，掠眉掠鬢之際，那人低聲道，聲音沙啞，如石磨轉動，和俊俏的外表渾然不配。

唐儷辭舉手為禮，「不知兄臺如何稱呼？為何事前來？如此摧花，令人惋惜。」

那人低聲道：「我，在算卦，非是摧花。」

唐儷辭道：「落梅為卦，莫非兄臺做的是梅花易數？」

那人沙啞地道：「我，就是梅花易數。」

梅花易數，乃是落梅為卦的一種方法，這人竟然自稱梅花易數，莫非其人自居為一卦？又或是真正精通此術，癡迷到走火入魔的地步？

唐儷辭微微一笑，「不知梅花兄算出了什麼？」

梅花易數道：「你、殺了余泣鳳，該死。」

唐儷辭道：「這梅花兄算得就不對了，余泣鳳非我所殺，乃是劍堂意外爆炸，不幸身亡，與我何干？」

梅花易數道：「梅花，說你殺了余泣鳳，我，說你殺了余泣鳳，你就是凶手。」

唐儷辭道：「原來如此，承教了。」

鐘春髻在門後窺視那「梅花易數」，只覺此人行動之間略顯僵硬，雙目無神，說話顛三倒四，似乎神智不清，心裡駭然，世上有誰能令七花雲行客變得如此？梅花易數只怕是被什麼邪術控制了心神，關鍵也許就在剛才那幾聲弦響。屋側陡然風聲如嘯，那灰衣人身影如電，剎那搶到唐儷辭身側兩步之遙，手持之劍劍長八尺，竟如一柄長槍，劍尖駐地，劍氣掠土而過，其人身周丈許方圓之內飛砂走石，淪為一片空地！唐儷辭和身後房屋在他劍氣之內，頓時唐儷辭衣髮俱亂，屋後屋瓦震動，牆上白灰簌簌而下，似有地震之威。鐘春髻受此震動，在門後連退三步，失聲道：「狂蘭！」

原來「七花雲行客」共有七人，此七人原名為何世上誰也不知，在江湖上經常出現的共有三人，號為「梅花易數」、「狂蘭無行」、「一桃三色」。這幾人為中原劍會貴客，每年劍會之期，都被列為劍會評判之一，每位參與劍會比武之人所施展的劍術武功，都要經過這幾人的眼，寫下評語。雖非白道中人，七花雲行客也絕非奸邪之輩，和余泣鳳交往甚篤，但不知為何余泣鳳淪為風流店座下棋子，連七花雲行客也被其網羅，風流店究竟有何妖法邪術，能操縱這些人的意志？

門外唐儷辭一人對上梅花易數和狂蘭無行，梅花易數神智似清非清，狂蘭無行一身灰衣，披頭散髮，渾然不知究竟是清醒還是糊塗，然而狂蘭長劍橫掃，梅花易數衣袖一揚，十來朵白色落梅破空而來，凌厲之處勝於刀刃，直襲唐儷辭上身十數處大穴！

唐儷辭背靠房門，此時此刻，他卻眉頭微蹙，手按腹部，微微彎腰。門後的鐘春髻整顆心都懸了起來，幾乎脫口驚呼，危急之刻，唐儷辭要是舊傷發作，無法抵敵，那房內五人豈非全無生還之望？十數朵白梅破空，唐儷辭橫袖一掃，梅花被袖風擊落，然而狂蘭八尺長劍帶著淒厲的劍嘯，已緊隨白梅之後攔腰砍來，這一劍非但是要把唐儷辭一劍砍為兩截，連他身後房門都要一劍砍開，梅花易數白梅失手，人影如花蹁躚，搶入劍光之下，梅葉刀夾帶點點寒芒，盡數攻向唐儷辭雙腿雙足。「啪」的一聲輕響，唐儷辭空手奪白刃，右手雙指捏在狂蘭長劍之上，然而雙指之力難擋一劍之威，雖然劍勢已緩，卻仍是斬腰而來。梅花易數矮身攻擊，梅葉刀已至唐儷辭膝旁，若是一刀下去，便是殘疾！

鐘春髻臉色蒼白，如此攻勢，世上幾人能擋？

卻聽唐儷辭在疾劍厲刀之中柔聲道：「鐘姑娘，來者只有兩人，帶人離開！」他驀地雙指一扣，狂蘭長劍應他雙指之力，竟而一彎，「叮」的一聲恰好擋住膝邊梅葉刀，長劍隨即彈回，劍勢不減，唐儷辭背靠房門無處可退，梅花易數一伏躍起，梅葉刀「唰」的一記掃頸，雪亮的刀光之中乍然爆射出一片淡紅之色，那是刀柄處噴出的霧氣！這兩人一人出手已是絕頂高手，兩人聯手，不過兩招，唐儷辭已在必死之地！

「我還真不知道……拼真功夫，究竟能拼得了幾個……」唐儷辭幽幽地道，梅葉刀掃頸而來，他右手握拳橫擋，只聽「噹」的一聲脆響，梅葉刀斬在洗骨銀鐲之上，刀入鐲半分！唐儷辭橫腕力抗，梅花易數全力下斬，一時膠著！狂蘭長劍隨後而來，劍刃沾到唐儷辭衣上，已聞衣裳撕裂之聲，唐儷辭左手自懷裡取出一樣東西，「叮」的一聲架住狂蘭長劍，其物掠空，發出一陣銳利的嘯聲，卻是半截銅質短笛。三人同時發力，唐儷辭右腕擋刀左手架劍，全身都是空門，然而梅花易數和狂蘭無行都覺一股烈如熾火的真力自銀鐲銅笛上倒行灌入自己經脈，運氣相抗，三人已成內力拼比之勢，雖然唐儷辭再無第三隻手抵擋攻擊，梅花易數和狂蘭無行卻也無法分心出手。地上風沙靜止，梅花不再，清雅絕俗的居所，兩招過後宛如一片廢墟。

他有意拼比內力，那是給她帶人走脫的機會。鐘春髻心念電轉，帶走還是不帶走？唐儷辭一人力拼梅花狂蘭二人，能拖延多久？她點開普珠上師身上穴道，低聲問：「大師，怎麼辦？」

普珠上師一拂袖，房中眾人穴道全開，他唇角溢血，冷冷地道：「你等先走！」

鐘春髻急道：「大師，你真力未復，怎能動手？要走一起走，要留一起留。」

古溪潭閉目調息，急欲恢復幾層功力，那是堅決不走的意思，池雲滿臉怒色，方才唐儷辭使詐將他擊昏，他還餘怒未消，自也是不走的。沈郎魂調息一周天停下，淡淡地道：「既然你們不走，我和鐘姑娘帶蕭奇蘭先走，此地不宜傷患。」他也不說他去哪裡，將蕭奇蘭抱起，「日後我自會和你們聯絡，走了。」人影一晃，他已帶人先走，鐘春髻跺了跺腳，暗道此人怎麼自作主張？抱起鳳鳳隨後追去。

古溪潭、池雲幾人，雖非武功獨步天下，但如此遭逢暗算卻是少見，尤其對池雲而言，更是平生奇恥大辱，略一喘息，幾人打開大門。只見門外三人戰況膠著，梅花易數和狂蘭無行頭頂白氣蒸蒸而起，唐儷辭獨對兩大高手，臉色暈紅。梅花易數刀柄之處不住有淡紅色霧氣散出，非香非毒，不知是何物，幾人開門一嗅，各有窒息之感，不約而同閉住呼吸，站到上風換了口氣。

「離開！」唐儷辭臉色暈紅，嘴角微微一勾，他竟還能說話，這兩字飽含真力，聲音不大，震得梅林簌簌震動。

普珠上師黑髮飄拂，頂在夜風之中，拂起的是一股冷峻肅殺之氣，「不殺惡徒，絕不離開！」他掌上運勁，緩緩舉到梅花易數身後，這位和尚，竟是不管是否光明正大，便要一掌斃敵！唐儷辭右手銀鐲一動，梅葉刀驟進三寸，抵在他頸項之側，刀尖觸頸，流下一滴鮮血。

「離開！」普珠上師掌勢一頓，古溪潭變色叫道：「唐兄你——」為何寧死不要援助？為何定要眾人離開？

池雲一邊看著，唐儷辭眼瞳一轉一眨，他咬牙切齒的低聲罵了兩句，突地出手點中普珠上師和古溪潭的穴道：「我走了！」

唐儷辭微微一笑，「不送。」

池雲夾起二人，怒道：「你若死了，老子和你沒完沒了！」他向著沈郎魂的方向，一掠而去。

梅林再度寂靜無聲，未過多久，遙遙響起一聲弦響，如潮水褪去，似乎比方才響起的幾聲更為遙遠了。梅花易數和狂蘭無行驀地收刀收劍，向著來時方向飄然而去。

唐儷辭收勢站定，站到上風之處深深吸了口氣，氣息運轉，吐出一口淡紅色的長氣，負手臨風而立，站了一會兒，他拈住風中一片亂飛的梅瓣，放在鼻端輕輕嗅了下，「紅姑娘，引弦攝命之術雖然神奇，但也非無法可解，妳這連環三局雖然不成，卻是精彩。」

「唉……」梅林之中傳來一聲輕嘆，「謀事在人，成事在天，今日不成，你怎知日後如何？」這聲音幽怨清雅，正是紅姑娘的語調。

唐儷辭棄去指間梅瓣，回過身來，柔聲道：「妳可知今日之事，我有幾次可以要妳的命？」

梅林中的女聲幽幽地道：「三次，你入閣樓之時，我第一次撥弦之時，以及……此時。」她緩緩地道：「但第一次你不殺我，是你要藥丸的下落；第二次你不殺我，是因為梅花易數和狂蘭無行在前，而池雲突然闖了出來，你自忖無能保池雲、又闖過兩人攔截而殺我；而此時，是因為你不想殺我，我說得對不對？」

唐儷辭輕輕一笑，「嗯……姑娘彈琴之術，我很欣賞。」

紅姑娘幽幽嘆道：「但今日我敗得不解，我在余泣鳳劍上下焚天焰之毒，相信他至少能傷及你們其中幾人，只消有人出手療傷，必定中毒，而花無言為你所殺，你定有焚天焰之解藥，解藥在手，你方雖重創而不死。你們果然在此療傷，我遣出梅花易數和狂蘭無行，本以為你等當會一擁而上，以重創之軀相互救援，而梅葉刀中引弦水散出，各位必定成我琴下之奴，你卻為何力阻眾人上前相助，令我功虧一簣？」

唐儷辭緩步走向梅林，撥開林中白梅枝幹，望著林中撫琴而坐的白衣女子，「以低音重弦，彈出遙遠之音，姑娘撥弦一聲，我就知道妳坐鎮梅林之中。以紅姑娘如此容貌心機，豈能無端涉險，涉險則必有所圖。派遣梅花易數、狂蘭無行兩人出面動手，表示姑娘無殺人之心，否則我方處在劣勢，風流店若高手盡出，今日就是流血之局。」他含笑而對紅姑娘，「既然不要命，那就是要人了，再看梅花易數和狂蘭無行的模樣，豈能不知，紅姑娘想要的是什麼？」

白衣女子撫琴一聲弦響，「但你怎知引弦攝命之術？」

唐儷辭柔聲道：「引弦攝命之術成功的關鍵有三，第一，受術之人意志薄弱，容易受樂聲影響；第二，受術之人身體虛弱，氣血能為樂聲所激；第三，必須服下引弦之水，增強樂聲的誘導之力。」

紅姑娘指尖「嗡」的一震，顯然唐儷辭如此深知引弦攝命術，大出她意料之外，「不錯……」

唐儷辭俯身在她琴弦上一撥，「咚」的一聲琴響，如泉鳴天奏，動聽至極，紅姑娘仰身向後，正欲脫手放琴，唐儷辭的手輕輕按在她的手背上，柔聲道：「姑娘無心殺我，可以理解為對我頗有好感麼？」

紅姑娘臉色一寒，尚未說話，唐儷辭手指一動，拾起她的手指，在弦上一撥，發出「叮」的一聲，悅耳清脆。一聲過後，唐儷辭放手，紅姑娘臉色陰沉，她從小精明多智，就算屈居為婢，也從來沒有人敢小瞧了她，一生之中從未有人敢對她如此輕薄，偏生此人武功又高，狡詐狠毒，自己精通的種種異術似乎他都十分瞭解，受此侮辱，竟然一時打不定主意要如何是好。只聽唐儷辭慢慢地道：「引弦攝命之術雖然神奇，其實不過是一種毒物引導的催眠之術，尤其必要受術之人心有所專，樂聲趁虛而入，方能在人心中留下不可磨滅的印象。致命弱點，乃是各人對樂聲理解不同，未必都能如施術者心願，有些人受術之後狂性大發，有些人突然自殘，而絕大部分恍恍忽忽，成為廢人。能和施術者心靈相通的受術者可遇不可求，要練到如梅花易數、狂蘭無行那般，實是罕見。」紅姑娘淡淡應了一聲，唐儷辭坐在她瑤琴之前，如好友對坐賞花，「紅姑娘可是對我心存期待，希望我能成為第三位梅花易數，故而只帶兩人前來，想要將我收為己用？」他柔聲道：「若是如此，唐儷辭受寵若驚。」

「你以為呢？」紅姑娘臉色霜寒，憂鬱秀雅的眉尖有殺氣隱然而出。

唐儷辭手按琴弦，「我以為姑娘在余泣鳳雁門一事後，已知我會找上門去，設下毒劍之局，犧牲花無言，都是為了今日收服唐儷辭。可惜唐儷辭自私至極，竟未出手救蕭奇蘭，不中焚天焰之毒，令姑娘算計成空。」

紅姑娘淡淡地道：「我之錯失，只在不知你竟是引弦攝命之術個中高手！」

唐儷辭柔聲道：「姑娘讚譽了，我使用引弦攝命之時，姑娘恐還不會。」

紅姑娘臉上怒色一顯，隨即寧定，淡淡地道：「我今日未高手盡出，將你們趕盡殺絕，已是放你一馬，唐公子縱是不感恩，也不該如此辱我！」

唐儷辭撫琴手指一動，「錚」的一聲微響，唇邊似笑非笑，「姑娘想要我如何感恩，我便如何感恩如何？」

「你——」紅姑娘怒動顏色，「無恥！」

唐儷辭手指再動，又是「錚」的一聲微響，驟然她心頭猛跳，熱血沸騰，幾乎站起身來，大驚之下，袖中刀出「噹」的一聲斬斷琴弦，捂胸變色，「你——你竟然——」唐儷辭左手縈弦，右手仍在弦上輕撥了幾下，叮咚叮咚，曲如仙樂，聽在紅姑娘耳中卻如催命鬼哭，她站起身來接連倒退，臉色慘白，嘴角溢血，「你、你、你……引弦……攝命……」唐儷辭右手越彈越快，眼簾微合，意甚陶醉，琴聲如珠玉墜地，急促而悅耳。紅姑娘尖叫一聲，踉蹌轉身便逃，瞬間梅花易數、狂蘭無行兩人乍現，將她攜住，一掠而去。

人走，琴止，音停。

亂梅崗外五里，一頂白色轎子在路中靜靜等待。梅花易數、狂蘭無行將紅姑娘扶到轎前，轎中人訝然一聲，「妳受傷了？」

紅姑娘捂胸踉蹌站定，先行了一禮，「唐儷辭狡詐至極，不肯輕易涉險，不中焚天焰之毒，眾人未能和梅花易數動手，引弦水失效，令我算計成空……最可惡的是，唐儷辭故意留下，將我截住，令梅花易數和狂蘭無行必須留下護我，不能追敵，最後竟然以言語引開我的注意，施用引弦攝命之術，妄圖控制我的心神……此人……奴婢我非殺不可……令人恨甚！」

轎中柔和的女聲道：「妳無事就好，引弦攝命之術是妳專長，為何唐儷辭也會？」

紅姑娘搖頭黯然，「此術乃尊主所傳，我也不知為何唐儷辭竟然精通此術，幸好他施展引弦攝命，並無引弦水輔佐，畢竟不能當真將我制住，否則……真是一念輕敵，遺恨終身。」

轎中人柔聲道：「進轎來吧，回無琴殿再說。」

紅姑娘踉蹌進入轎中，白色轎子輕飄飄抬起，梅花易數和狂蘭無行兩人護衛，往遠處而去。

梅林之中，唐儷辭趺坐於地。

「一人之力，能敵梅花易數、狂蘭無行二人，敗局之勢，仍能力挽狂瀾。」林中突然有人道：「萬竅齋之主果然了得，只是一日數戰，就算是武功才智絕倫的唐公子，也是強弩之末……」

唐儷辭閉目而坐，眉宇間忍耐痛楚之色越來越明顯，手按腹部，額上有冷汗冒出，「閣下觀戰已久，鷸蚌相爭，若要收漁翁之利，現在可以開口了。」

林中一人自樹後走了出來，黑衣黑劍，容貌冷若冰霜，年三十三四，「漁翁之利，成某不稀罕，只是你救我師弟一命，方才你若失手，我會救你。」

唐儷辭臉色蒼白，微微一笑，「成兄莫非是古少俠的師兄……『霜劍淒寒』成縕袍？」

黑衣人淡淡地道：「不錯，你可還站得起來？」

唐儷辭扶梅站起，微笑道：「聽聞成兄劍術絕倫，疾惡如仇，今日一見果然風采盎然。」

成縕袍冷冷地道：「你帶我師弟胡作非為，殺了劍王余泣鳳，惹下數不盡的麻煩，若非看在你方才捨身命他離開，我非斬斷你一手一足不可，閒話少說，跟我走！」

唐儷辭重重呵出一口氣，「成兄風骨，果然出眾……嗯……」他按住腹部的左手慢慢將衣裳糾成了一團，腹部衣裳不知何時竟滲出一片血漬，「嗒」的一聲，一滴鮮血自衣角滴落，濺在落梅之上。

成縕袍微微一怔，伸手將他扶住。唐儷辭右手入懷拿出一個灰色藥瓶，咬開瓶塞，服下一粒白色藥物，棄去空瓶，衣袖一振將他推開，微笑道：「走吧。」他轉身前行，點點血跡順衣而下，踏血而行，他毫不在意。

踏著自己的血跡，非但是表面，連內心深處也毫不在意，並且重傷之軀不肯受人扶持，心狠、骨傲、武功不弱、才智絕倫，的確是能令溪潭心折的人物。成縕袍走在唐儷辭身後，心中殺機一掠而過，正是這等人物，方能惹天下第一等的麻煩，說不定會將溪潭帶入不可預知的險境……此人雖在白道一方，行事大有邪氣，若一日走入歧途，必殺此人！

亂梅崗東方八里之地，有一處破廟。

夜星耀眼，明月無聲，破廟外數棵大樹，枝幹蒼勁，參天指雲。

沈郎魂將蕭奇蘭安置在此，未過多久，池雲帶著普珠上師和古溪潭前來會合，解開二人穴道，普珠上師向池雲行了一禮，謝他相救之情，便一旁打坐。這和尚雖然殺性甚重，卻非不明世理，以此時真氣大損之身，方才出手能擊斃梅花易數，卻也必被三人真氣當場震死，不過是不願見唐儷辭為己受難而已。古溪潭卻沒有普珠上師好定力，眼見唐儷辭狀況不知如何，怎能讓伯仁為己而死，心念起伏，只想回去救人。池雲搬了塊凳子坐在破廟門口，手中一柄長劍一拋一接，卻是亂梅崗普珠上師房裡的掛劍，涼涼地道：「哪個想走回頭路，先從我身上踩過去。」

鐘春髻懷抱鳳鳳，那孩子似乎受了驚，一雙大眼睛含淚欲哭，聽池雲惡狠狠的語氣，哇的一聲大哭起來，「哇……嗚嗚嗚……哇……」房中吵鬧至極，沈郎魂不言不動，靜坐調息，自方才至今，他的真力已恢復三層，不像方才那般毫無抵敵之力。

「一群烏合之眾，略施小計便一敗塗地，還要妄談什麼除惡救人，連自己都救不了，你們能救得了誰？」屋外有人冷冰冰地道，兩人走入廟中。

池雲持劍指在唐儷辭胸口，冷冷地道：「你沒死？」

唐儷辭衣上血跡已乾，臉色也已恢復正常，一指將長劍推開，「讓你失望了？還不坐下好好調息，我不想再救你一次，主僕顛倒，有悖常倫。」

池雲呸了一聲，擲劍在地，「老子本要救你，若不是你突施暗算，怎會如此？」

唐儷辭轉目看眾人，偏偏不去看他，微笑道：「大家無恙就好，蕭大俠傷勢如何？」

池雲咬牙切齒，然而唐儷辭談笑問傷，卻不能跳起大罵。

「真氣已通，人清醒了，還不能說話。」沈郎魂淡淡地道：「要找個清靜的地方給他開膛，修復碎骨。」

一旁成緼袍冷冰冰地看著古溪潭，「自不量力，胡作非為！」

古溪潭滿臉尷尬，他對這位大師兄一向敬畏有加，何況成緼袍的聲明地位遠在他之上，師兄訓話，師弟豈敢不聽？

「跟我回青雲山練劍，」成緼袍道：「師門劍法學不到五成，混混江湖也就罷了，還敢惹到余泣鳳頭上，還跟著炸了人家房子，你當中原劍會真是眼瞎耳聾的啞巴，任你欺凌是麼？死到臨頭，猶敢自稱行俠仗義，笑話！」

他這番話陰森森地說出來，古溪潭心中大震，「大師兄，我……」

成緼袍人影一閃，驀地抓住古溪潭左肩下三分處，那是他全身防備最弱之處，成緼袍個子瘦削，臉色蒼白，看似並不魁梧，卻將古溪潭一把提起，淡淡對眾人道：「各位請了。」言罷閃身而去，輕功之佳，世所罕見。

「好功夫！」沈郎魂淡淡地道。

池雲坐在一旁，涼涼地道：「功夫雖好，裝模作樣，惹人討厭。」

成緼袍來去如風，鐘春髻尚不及說話，他已離去，此時嘆了口氣，「大凡江湖高手，都有些怪脾氣。」她心裡想的是你池雲的怪癖，只怕遠在他之上，眼看唐儷辭衣上有血，不禁問道：「你受傷了？」

眾人的目光頓時都看往他衣上那片血跡，唐儷辭微微一笑，「不妨事，各位身體如何？」

普珠上師道：「無妨。」

鳳鳳眼見他回來，破涕為笑，雙手揮舞，要撲向他懷裡。唐儷辭將鳳鳳抱過，「今日大家都很疲憊，風流店雖然敗退，但恐怕仍有其他人追蹤。我等若是分頭離開，恐怕會是被各個擊破之局，若是一起行動，行跡太過明顯，也免不了如今日般連綿追殺，直至全軍覆沒。」他看了普珠上師一眼，「大師以為如何？」

普珠上師黑髮飄拂，「我能自保，會離開。」

唐儷辭微笑，「那就是強者離開，餘下一起行動了。大師修行辛苦，我也不好挽留，不過要離開，也要等毒傷痊癒再走，比較安全。」

普珠上師對他一禮，「不必，後會有期。」僧袍飄飄，黑髮披拂，這位帶著殺氣的冷峻和尚轉身離去，亂梅崗舊居、一同遇劫的難友，於他而言便如身後飄零的落葉，於他前行無礙，更不在心上留下半點痕跡。

「這位大師，真和你有三分相似之處。」唐儷辭看普珠上師離開，看了池雲一眼。

池雲怒道：「什麼相似之處？」

沈郎魂淡淡地道：「和你一般有個性。」

池雲一怔，鐘春髻忍不住好笑，論我行我素，普珠上師和池雲真是半斤八兩，的確有那麼幾分雷同。

唐儷辭道：「鐘姑娘就和我等一起行動，我有件事要和姑娘商量。」

「什麼事？」鐘春髻道：「鐘春髻知無不言。」

唐儷辭微微一笑，「聽說姑娘自貓芽峰而來，不知是否知曉碧落宮之所在？」

她吃了一驚，「碧落宮？唐公子難道想往碧落宮一行？」

唐儷辭含笑，「你我惹了刹星風流店，又得罪了江湖白道之巔中原劍會，雖然說各位都是不懼風波之人，但打打殺殺未免疲憊，不想過奔波疲憊的日子，唯有嫁禍東風了。」

鐘春髻失聲道：「嫁禍東風，難道你想嫁禍碧落宮？這怎生可能？」

唐儷辭輕輕一笑，「不，我只是想借碧落宮之威名，過幾天安穩日子。」

池雲皺眉，「你想將大家帶上貓芽峰去？以碧落宮的神祕和傳說，風流店和中原劍會自然不敢輕易上貓芽峰動手，但宛郁月旦何許人也，怎麼可能讓你把這種天大的麻煩帶上他碧落宮去？癡人做夢！」

「如今江湖數分，祭血會亡，江南山莊勢微隱退，『白髮』、『浮雲』、『天眼』等正道俠士行蹤不明，各大門派並無出色之人，中原劍會如日中天，風流店身處暗潮，實力莫測，至於你我和萬竅齋，勉強也算一份。」唐儷辭溫言道：「尚有十三殺手樓，塞外獵騎等勢力，但論實力地位名望，能抗衡各方力量，獨立於江湖之外的，只有碧落宮。碧落宮傾向何方，何方在聲望、實力甚至道義上便有絕對優勢，碧落宮既然如此重要……」他衣袖一拂，輕輕巧巧轉了個身，「宛郁月旦應該明白，人不惹江湖，江湖自惹人，今日就算不是我找上門去，自也會有別人找上門去。究竟借力給誰，便要看宛郁月旦其人，究竟成功到什麼份上了。」

各人面面相覷，鍾春髻忍不住輕咳一聲，「話雖如此，但是他……他……」

唐儷辭微笑問道：「他什麼？」

鍾春髻微微一震，突然驚覺他方才所言，也許正是在等她這一句，「他……宛郁月旦他不願再涉江湖，他不願碧落宮歷險。」

唐儷辭輕輕一笑，「如果我能給他不歷險的方法呢？或者——我有讓他再涉江湖的籌碼呢？」

眾人瞠目結舌，鍾春髻不可思議地看著他，心裡全然不信，名利權勢，月旦全都有了，唐儷辭就算用數千萬的黃金去換，只怕也換不到宛郁月旦一聲應允，而除了錢之外，唐儷辭還有什麼呢？

池雲和沈郎魂相視一眼，沈郎魂淡淡地道：「上貓芽峰！」

西北貓芽峰。

滿山冰稜，白雪皚皚，清澈的藍天，不見一絲浮雲。

江湖傳說碧落宮往南而遷，不知何時，它最後卻是停在了西北，而停在西北這個消息，也是它搬到貓芽峰一年之後，方才有人偶然得知。至於碧落宮究竟在貓芽峰什麼位置，江湖中人多方打聽探察，卻始終沒有尋到。

雪域的遠方遙遙傳來了馬蹄聲，是一行數人慢慢來到了貓芽峰下，由此開始，冰雪越結越厚，氣候嚴寒刺骨，若非一流高手，絕難行走。數匹馬在貓芽峰腳下停住，幾人躍馬而下，仰望山峰。

「他媽的，這什麼鬼地方！這種地方真的可以住人嗎？黃毛丫頭妳真的沒有騙人？」池雲口鼻中呼出白氣，雖是一身武功，也覺得冰寒刺骨，「就算是大羅金仙住在這裡，不凍死也活活餓死。」

鐘春髻輕笑，「住習慣了，那就什麼都好，這裡開始只能步行，馬匹讓牠們自行回去吧。」她解開韁繩，那匹被凍得瑟瑟發抖的白馬立刻長嘶一聲，往來時方向奔去。

眾人紛紛放馬，馬群離去，沈郎魂才淡淡地道：「無退路了。」沒了馬匹，要是求援不成，在這冰天雪地，要從容離開並非易事。

唐儷辭仍是身著布衣，渾然沒有他身邊的池雲瀟灑倜儻，微笑道：「鐘姑娘帶路吧。」

鐘春髻縱身而起，直上冰峰。沈郎魂托著剛剛接好胸口碎骨的蕭奇蘭，兩人平平躍起，跟在鐘春髻身後，蕭奇蘭雖不能行動，但一百四五十斤的人托在沈郎魂手中渾若無物。池雲暗贊了一聲，跟著躍起，唐儷辭跟著攀岩，冰天雪峰，強勁的寒風，似乎對他們並無太大影響。

貓芽峰峰高數百丈，鐘春髻這一上，就上了一百來丈。池雲跟在她身後，終於忍無可忍，「黃毛小丫頭，老子沒耐心和妳爬山，這鬼地方連烏龜都不來，碧落宮到底在哪裡？」

鐘春髻再躍上兩丈，「就快到了。」

池雲冷冷地道：「原來碧落宮上不上下不下，就擱在這冰山中間？他媽的這連塊平地都沒有，連顆草都不長，哪裡來的宮殿……」他一句話沒說完，眼前突然一亮，他看到了一片七彩玄光，眨了眨眼睛，才看清楚那是一片晶瑩透亮的冰石，光滑圓潤，在陽光之下閃耀七彩光芒。

唐儷辭站定，「真是好高。」

鐘春髻訝然，「唐公子知道入口在此？」

沈郎魂道：「這塊冰如此光滑，必定是常常有人摩擦，莫非是入口的機關？」

池雲伸手便摸那塊冰石，的確觸手光滑，他突地用力一推，那塊冰竟而輕飄飄的移開，露出一個七彩絢麗的隧道：「難道宛郁月旦把整座山挖空？冰塊裡面，難道也能住人？」

「冰塊裡面，確實是可以住人的。」鐘春髻笑道：「但他們並不住在冰塊裡面，跟我來。」她當先走入隧道，這隧道雖然神祕，卻無人看守，幾人進入之後，她關上了封門冰石，隨即前行。冰雪隧道並不長，另一端的出口，竟然是雪峰的另外一邊，眾人低頭看腳下變幻湧動的風雲，縱是沈郎魂也有些心驚，若是由此墜下，必定粉身碎骨。強勁的寒風中，一條繩索搖搖晃晃，一段縛在冰雪隧道的出口處的一塊大冰之上，繩索引入濃密的雲氣裡。方才在冰峰另一端下仰望，並未看到雲彩，而在這一端卻是雲霧密布，似是山峰聚雲之地。鍾春髻一躍上繩，往雲中走去，眾人一怔，池雲不願服輸，搶在鍾春髻身後，幾人魚貫上繩，仗著輕功了得，雖然膽戰心驚，卻也有驚無險，穿過雲霧，走不過二三十丈，臉頰突然感覺到陽光，眼前豁然開朗，繩索的另一端竟是縛在另一處斷崖之上，此處山崖和對面雪峰渾然不同，樹木青翠，土地肥沃，一隻灰色松鼠見到眾人踏繩而來，也不害怕，歪著頭看著，一雙小眼睛滴溜溜的轉。

「曉秋！曉秋在嗎？」鍾春髻踏上斷崖，揚聲叫道。

青翠的樹林之中，一位青衣少女帶笑奔了出來，「哎呀！我以為小春妳闖江湖就不回來了，天天想妳……啊！」她驟的看見這許多人，呆了一呆，「你們……」

在她遲疑之間，只見樹林中兩道人影一閃，一人立於人群之左，一人立於人群之右，為夾擊之勢，右首那人問道：「鍾姑娘，這是怎麼回事？」

鍾春髻臉現尷尬，「我……這幾位是萬竅齋唐公子一行，想見宮主一面。」

唐儷辭微笑行禮，沈郎魂亦點頭一禮。

右首那人眉頭一蹙，「這——」

「幾位客堂先坐吧。」左首那人緩緩地道：「宮主在書房寫字，請各位稍待。」

宛郁月旦眼睛不好天下皆知，說他在寫字分明乃是胡說，池雲口齒一動便要說話，忍了一忍終是沒說，滿臉不快。鍾春髻歉然看了大家一眼，「左護使，唐公子不是惡人，我可以見宮主一面麼？」

「宮主說，近日無論誰來，一律說他在寫字。」左首那人靜靜地道。

「可是——」鐘春髻忍不住道：「從前我來的時候，從來沒有看見他寫字，他……他又看不見筆墨，寫……寫什麼字……」

「宮主說他在寫字。」左首那人仍然靜靜地道。

鐘春髻的目光不由自主的落在唐儷辭身上，她來碧落宮多次，從未受到這樣的對待，心裡委屈至極。池雲涼涼地看著唐儷辭，心裡幸災樂禍，沈郎魂扶著蕭奇蘭，蕭奇蘭口齒一動，有氣無力的正欲說話，唐儷辭舉袖擋住，微微一笑，「不管宛郁宮主在寫字還是畫畫，今日唐某非見不可。」他說出這句話來，鐘春髻大吃一驚，他的意思，難道是要硬闖？

此言一出，出乎左右二使的意料，左首那人皺眉，「本宮敬你是客，唐公子難道要和你我動手？」

唐儷辭衣袖一拂，「我和你打個賭，不知左護使你願不願意？」

左護使道：「什麼？」

唐儷辭溫言道：「你贏了我送你五千兩黃金，我贏了你替我做件事。」

左護使皺眉，「賭什麼？」

唐儷辭踏上一步，身若飄絮剎那已到了左護使面前，臉頰相近幾乎只在呼吸之間，只見他右臂一抬輕輕巧巧架住左護使防衛而出的一記劈掌，「我和你賭——他說他在寫字，只不過想區分究竟誰才是他宛郁月旦真正的麻煩，知難而退的人他不必見。」

左護使仰身急退，撤出長劍，臉上沉靜的神色不亂，劍出如風往唐儷辭肩頭斬去。唐儷辭站定不動，池雲一環渡月出手，當的一聲刀劍相接，唐儷辭柔聲道：「我賭只要你死了，他必定出來見客。」

鐘春髻大驚失色，池雲掌扣銀刀，冷冷地看著左護使，「你未盡全力。」

左護使靜默，過了一會，突地收起長劍，「看來你們不達目的，絕難甘休，要殺我你們也並非不能。」他看了池雲一眼，「但你也未盡全力。」

池雲翻了個白眼，「你客氣，老子自然也客氣，只不過像你動手這麼客氣，宛郁月旦躲在書房寫字危險得很，說不定隨時都會有不像老子這麼客氣的客人衝進書房去見他。」

左護使靜了一靜，竟然淡淡露出微笑，「宮主真的在寫字，不過也許他一直在等的人，就是你們也說不定……」

左右護使斯斯文文地收起兵器，讓開去路。鐘春髻又驚又喜，「這是怎麼回事？」

左護使道：「宮主交代，凡有人上山一律說他在寫字，如來人知難而退，任其退去；如有人不肯離去願意等候，便任其等候；又如果來人確有要事，無法阻攔，那請蘭衣亭待客。」

蘭衣亭是碧落宮的書房，鐘春髻又是歡喜又是疑惑，「唐公子我帶路。」她帶頭奔進樹林，唐儷辭看了左護使一眼，微笑而去。

一行人離去後，左護使閉目而立，右護使淡淡地道：「如何？」

左護使道：「不如何。」

右護使道：「他有殺氣。」

左護使不答。右護使道：「如你不及時收手，你以為他可真會下令殺你？」

左護使仍是不答，過了好一會兒，他緩緩地道：「我以為，殺一人求一面，在他而言並不算什麼，宮主盡力避免的禍端，或許就是由此人帶來。」

右護使淡淡地道：「但宮主要你我先自保。」

左護使「嗯」了一聲，再無其他言語。

蘭衣亭。

蘭衣亭，衣著藍，鶴舞空，雲之岸。

蘭衣亭在碧落宮坐落的山頭之頂，這座山頭處於冰峰之間旋風之處，氣候與別處不同，乃是貓芽峰百丈之上的一處支峰，絕難自下爬上，唯有通過那冰雪隧道踏繩而入。山頭有圓形熱泉湧動，溫暖濕潤，而山頭下十來丈處又是冰雪。

雖是溫暖的地域，然而山巔之上卻仍是冷的。

蘭衣亭外盡是白雲，迷蒙的水霧自窗而進、自窗而出，風從未停息，夾帶著自高空和對面冰峰捲來的冰寒，猛烈的吹著。

這是個絕不適合做書房的地方，卻做了書房。

年。

唐儷辭終於見到宛郁月旦，那個傳說中戰敗祭血會，帶領碧落宮再度隱退世外的溫柔少年。

宛郁月旦也聽見了唐儷辭進來的聲音，這個近來名揚武林，殺施庭鶴、余泣鳳、炸余家劍莊的主謀，和九心丸有牽連的惡徒，是萬竅齋之主、當今國丈的義子。

「鐘姑娘，我和唐公子有事要談。」宛郁月旦顯然已經接到宮中的消息，知道來者是誰，溫柔秀雅的臉上仍是令人如沐春風的溫暖，眼角的細紋仍是舒張得如此令人心情平靜。

鐘春髻帶著池雲幾人悄悄退出，只餘下唐儷辭一人。

斜對著唐儷辭站在書桌之後的藍衣少年，容顏秀雅溫柔，一雙眼睛黑白分明，煞是好看，凝視人微笑的樣子令人如沐春風，就如他身著的淡藍衫子，那三月微醺的好天氣一般。

「在下唐儷辭。」唐儷辭站在門邊，直視著宛郁月旦，他也面帶微笑，若是身旁有人看著，多半只覺這兩人的微笑相差無幾，若不是宛郁月旦仍然顯得稚氣了一些，唐儷辭則微略端麗了一些，這兩人就如一雙兄弟。但不知在他們彼此眼中看來，對方卻是如何的人物、以及如何的存在？

「那兩個人在談什麼？」被鐘春髻拉著離開蘭衣亭，池雲嘿嘿一笑，「宛郁月旦看起來就像個小孩子，軟趴趴一拳打下去滿地打滾的小娃娃。」

鐘春髻臉現慍色，「你……你總是不說好話，嘴上刻薄惡毒，有什麼好？」

池雲呸了一聲，「老子不和妳一般見識！」

蕭奇蘭被沈郎魂托著緩緩行走，突地道：「既然宛郁月旦早已料到有人會找上門來，蘭衣亭中說不定會有埋伏。」

沈郎魂淡淡地道：「若亭子裡坐的是唐儷辭，便可能有埋伏，亭子裡坐的是宛郁月旦，便不會有埋伏。」

蕭奇蘭嘆了一聲，「就算沒有埋伏，他也必早已想好了拒絕的理由。」

「白毛狐狸想要的生意，從來沒有做不成的道理。」池雲涼涼地道：「他開出來的價碼，只怕連宛郁月旦也想像不到。」

鐘春髻心中一動，「你猜他會對月旦說什麼？」

池雲淡淡地道：「我猜……宛郁月旦重視什麼，他就會和他談什麼。」

蕭奇蘭忍不住問：「宛郁月旦重視什麼？」

鐘春髻呆了一呆，相識幾年，月旦究竟重視什麼？

「他……重視碧落宮吧……」池雲兩眼望天，「那多半白毛狐狸會和他談什麼如果宛郁月旦要逐客的話，他就要炸掉碧落宮之類的……」

沈郎魂「嘿」了一聲，「胡說八道！」

池雲瞪眼，「難道你就知道他在打什麼主意？」

沈郎魂閉嘴不答，蕭奇蘭咳嗽了幾聲，「九心丸之事滋事體大，就算宛郁月旦不願涉足江湖，此事遲早也會累及碧落宮，宛郁月旦是聰明人，應該明白事理。」

鐘春髻輕嘆了一聲，月旦避出世外，卻未脫出江湖，他是偏安一隅的人嗎？為何執意……執意獨善其身，為何不能像唐儷辭一樣為江湖出力，為何令人感覺不到絲毫熱血……

「咿呀」一聲，出乎眾人意料，蘭衣亭的門開了，唐儷辭走了出來。鐘春髻不料兩人談得如此快，失聲道：「怎麼樣了？」

唐儷辭髮髻被風吹得有些微亂，衣裳獵獵作響，微笑道：「宛郁宮主雄才大略，自是應允我等想在碧落宮住幾日，就住幾日。」

鐘春髻瞠目結舌，池雲忍不住罵了聲，「他媽的小兔崽子裝腔作勢……」

沈郎魂卻問：「條件呢？」

唐儷辭輕輕一笑，「這個……方才他寫了三個字，我答應告訴他一個人的下落。」

蕭奇蘭忍不住問：「什麼人？」

沈郎魂問：「什麼字？」

唐儷辭指著蘭衣亭，「字在亭中，宛郁宮主的字，寫得極是漂亮。」

眾人的目光情不自禁投入蘭衣亭中，書桌上幾張白宣被風吹落，滿地翻滾，宛郁月旦站在一旁，不知是瞧不見還是不在意，並無拾起的動作。白宣沙沙翻滾之間，眾人看見那紙上墨汁淋漓，清雅端正的筆跡寫著一個「名」字、一個「利」字，和一個「義」字。

那是什麼意思？

名、利、義，以及一個人的下落，就能讓宛郁月旦趟這趟渾水，借出碧落宮之力，給他們幾人暫時的安寧之所麼？

第六章 借力東風

唐儷辭西上碧落宮，行跡消失在貓芽峰的消息，這幾日在江湖中傳得沸沸揚揚，江湖各門派都對宛郁月旦此舉大為不解。中原劍會連續折損兩大高手，而唐儷辭殺施庭鶴、余泣鳳二人，也未向武林做出正式的交代，更沒有合理的解釋。雖然雁門江飛羽力證施庭鶴牽連九心丸一事，乃是沽名釣譽的惡徒，被殺是死有餘辜，但雁門並非江湖大派，人微言輕，聽者寥寥，又何況就算施庭鶴是惡徒，余泣鳳卻是堂堂中原俠士，聲名遠播，唐儷辭帶黑道高手池雲、十三樓殺手沈郎魂二人闖入余家劍莊，殺余泣鳳，炸毀余家劍莊，還掘了余泣鳳老娘的墓穴，種種惡毒之處，令人髮指。雖然不知為何萬竅齋之主唐儷辭要殺劍王余泣鳳，但這二人都是人上之人，短短數日之間，謠言四起，唐儷辭之名盡人皆知，有人說他是驕傲狂妄，自以為是的魔頭；有人說他是高瞻遠矚，為江湖除害的英雄，有人說這二人相鬥，無非相關利益，多半源於兩人當初有什麼約定；更有人說唐儷辭殺余泣鳳無非是窮極無聊，想要在武林中大出風頭。種種議論不一而足，而宛郁月旦竟而讓幾人入住碧落宮，更是引起軒然大波，有人說碧落宮必定也被唐姓魔頭夷為平地，宛郁月旦必定早就死了，更有人說宛郁月旦不敢得罪唐儷辭，乃是不敢得罪朝廷官府等等等等，然而議論雖多，這幾日江湖卻出奇的平靜。中原劍會相邀各派劍手在好雲山一會，詳談唐儷辭一事，然而距離詳談之期也有八日之久，好雲山一會似乎並無結果，而傳說中害死「西風劍俠」風傳香和「鐵筆」文瑞奇的九心丸也未現身江湖，似乎江湖上根本從來沒有過這種東西，純是無稽之談。

眾說紛紜之中，十日一晃而過。

貓芽峰上，碧落宮左護使向宛郁月旦遞了一份飛鴿傳書，乃是對目前江湖局勢的簡述，宛郁月旦自是看不見紙上內容，左護使一如慣例，已是淡淡念過一遍。宛郁月旦倚爐而坐，身邊白玉暖爐雪白秀雅，襯得他的人更是稚雅纖弱，聽後淡淡一笑，「你可也是覺得奇怪？」

左護使搖了搖頭，靜立面前，並不說話。宛郁月旦端起參湯喝了一口，「鐵靜對唐儷辭有什麼看法？」

左護使沉默良久，「禍星。」

宛郁月旦眼角褶皺略略一張，「那簷兒呢？」他說的「簷兒」，正是碧落宮宮主右護使。

鐵靜道：「他覺得不錯。」

宛郁月旦笑道：「他必是看上了哪一個對手。」

鐵靜淡淡一笑，「他這幾日都在思索克制飛刀之法。」

宛郁月旦一笑，「宮中畢竟寂寞，找到對手也是件很好的事，你下去吧。」

鐵靜行禮退下，宛郁月旦合上參湯湯蓋，閉上眼睛，靜靜地思索。

唐儷辭，毒如蛇蠍的男人，邪魅狠毒的心性，偏偏有行善的狂態，大奸大惡、大善大義，交融交匯，別有異樣的光彩，這樣的男人，非常吸引人和他合作，一看他行善的結果。不過與蛇相謀，即使這是一條好蛇，甚至是一條勾魂攝魄的豔蛇，也不能說……他就是無毒無害……他慢慢睜開眼睛，窗外望去，遠處是座座冰峰，藍天無暇，雲海無邊，在他眼中只是一片血紅，天有多遠，江湖就有多遠，腥風血雨，也就有多遠。

「小月。」何曉秋在門口悄悄探了個頭，「你在幹什麼？」

「曉秋？」宛郁月旦微笑，「什麼事？進來吧。」

「我哥和那個池雲又打起來了，你不管管？」何曉秋走了進來，「我哥還說唐公子給咱們惹麻煩，現在貓芽峰下來了好多形跡可疑的人，都在試探碧落宮在哪裡，都是衝著唐公子來的。小月你幹嘛留他們下來？」何曉秋的大哥何簷兒，正是宛郁月旦的右護使。

「他們都不是壞人，我要是把他們趕走了，山下那些人定會殺了他們，那他們豈不是很可憐？」宛郁月旦輕輕嘆了口氣。

何曉秋「啊」了一聲，「那我們是在救人了？」

「是啊。」宛郁月旦又輕輕嘆了口氣。

「那你為什麼要嘆氣？」何曉秋皺眉看著宛郁月旦，「我看那個唐公子一點也不像被人追殺的樣子，還在那裡看書哩。好好笑那麼大一個人，知書達理的樣子，竟然看《三字經》，而且一頁看好久，都不知道在看什麼。」

「是嗎？」宛郁月旦道：「妳最近在看什麼書？」

「我？我好久不看書了，在這裡都沒有什麼新書看，那些老頭子寫的古書我又不愛看，詩詞啊抄本啊，又傳不到我們這來。」何曉秋低下頭，「不過我知道搬到這裡是為大家好，我一點也不怨。」

「難為妳了。」宛郁月旦的眼色有些黯，「大家都吃苦了。」

「我一點也不苦，大家一點也不苦。」何曉秋道：「為了搬到這裡，小月你……你連阿暖的墓都……」她黯然了，說不下去，為了搬到這個人跡罕至的地方，宛郁月旦捨棄了聞人暖和楊小重的墳墓，讓那兩座墳永遠的留在江南，即使每年那日，他都會前去拜祭，但捨棄的……又豈僅僅是兩座孤墳而已？貓芽峰冰天雪地，路途遙遠，何況此地遠在百丈之上，需渡繩而過，遷墳難之又難，又何況誰也不知大家究竟能在這裡停留多久，所以只好如此。

「曉秋，這樣的日子，妳快活嗎？」宛郁月旦慢慢地問。

「我……」何曉秋低聲道：「只要小月快活，我就快活，大家也都快活。」

「那是從前快活，還是現在快活？」他柔聲問。

何曉秋眼眶裡慢慢充滿了淚水，「當然是……阿暖在的時候……小的時候……快活……」她顫聲說，突然轉過身，「我去吃飯了。」她掩面奔了出去。

宛郁月旦嘴角牽起淡淡的微笑，笑得有絲淒涼，傻丫頭，離吃飯還有一個時辰呢，不會騙人的小孩子。從前快活，阿暖在的時候快活，小的時候快活，不必過這種流離失所的日子，碧落宮啊碧落宮，爹啊爹，你當年究竟是如何撐起這一片天，能頂住碧落宮偌大名聲，能讓它平安無事，能讓它遠離江湖塵囂之外，能讓我們真的那麼開心呢？

也許……是爹遇上了好年份，可是爹，有一點我不想羨慕你，我不要碧落宮再走到被人殺上門前，血濺三尺的那一天，我不要過太多流離失所的日子，我不要宮中的劍寂寞，不要宮中的人流淚，所以——我要變得更強，總有一天，我要迎回那兩座墳，總有一天，我要天下再無人敢走到我碧落宮門前指我牌匾道一聲「碧落」！我要宮中下一代、下下代都如我小時候一樣，過簡單開心的日子。

所以……

宛郁月旦手握那杯參湯，緊緊握住，握得指節發白，所以……阿暖，我已經回不去了，永遠不能再是那個躺在草地裡睡覺捉蜻蜓的孩子，雖然我很想回去……可是我不能，因為我是宮主。

客房之中，唐儷辭背靠兩床被褥，倚在床上看書，那兩床被褥一床是他自己的，另一床是池雲的，碧落宮的被褥自是柔軟雪白，靠上去無限舒適。而唐儷辭背靠兩床被褥，仔仔細細地看《三字經》，池雲滿臉青鐵地坐在另一張床上打坐，方才唐儷辭還微笑道打坐調息應平心靜氣，別無雜思，如他這般滿懷憤懣，心緒不平，只怕會走火入魔，還是不打坐為好，不如給他沏杯茶來，那番話說得池雲臉色越發青鐵，牢牢坐在床上打坐，便是不下來。

門外有人緩步而入，身材不高不矮，腳步聲一如常人，正是沈郎魂。唐儷辭書卷一引，請他隨意坐，沈郎魂微一點頭，並不坐，淡淡地道：「我有件事想不通。」

「想不通？」唐儷辭翻過一頁書，「想不通宛郁月旦為何肯讓你我在貓芽峰停留？」他左腕上洗骨銀鐲閃閃發光，襯著白皙柔潤的膚色，煞是好看。

沈郎魂點頭，「有何道理？」

唐儷辭眼看書本，嘴角含笑，「你以為宛郁月旦是什麼人？」

沈郎魂淡淡地道：「高人。」

唐儷辭的目光從第一行移到第二行，「他不是高人，他是王者。」

沈郎魂微微一震，「王者？」

唐儷辭微微一笑，「江湖王者，不居人之下，不屈人之威，弱則避走天涯，強則威臨天下。碧落宮在宛郁歿如手中覆滅，在宛郁月旦手中重生。宛郁歿如是守成之材，碧落宮神祕之名在他手上發揮到了極至，但神祕只是一種虛像，神祕的利處在令人起敬畏、恐懼之心，神祕的不利之處有二。第一、神祕之宮，閉門自守，必無朋友；第二、宮中人馬罕能外出，如畢秋寒這等人太少，外出也不敢自稱碧落門下，宮中弟子武功雖高，紙上談兵、高閣論道者居多，不免脫離實際。所以——」

沈郎魂道：「所以李陵宴揮師門前，碧落宮就遭遇幾乎滅門之禍。」

唐儷辭道：「不錯，有第一個挑起面紗的人，就會有第二個、第三個……而碧落宮在洛陽一戰顯露最後實力，並不如傳說中驚人，因此避走天涯，這『神祕』二字已不可能作為立宮之本。」他的目光自第三行移到第四行，「所以之後……碧落宮若不想作為遠避江湖的喪家之犬，不願放棄中原之地，勢必有所作為，這並不取決於宮主是不是宛郁月旦，而是形勢所趨，不得不然——因此——」他微微一笑，「因此宛郁月旦答允讓你我入住碧落宮，不是他吃錯了藥或者他怕了你我，而是他有君臨天下之意，我有打亂風雲之心，合情合意，才能相安無事。」

「這幾年碧落宮潛伏江湖之外，想必實力大有長進，而碧落宮回歸武林需要一個好的契機，恰逢你追查九心丸一事連殺施庭鶴、余泣鳳二人，江湖風雲變色……」沈郎魂淡淡地道：「但是他如何確定借力給你是對的？」

唐儷辭唇角微勾，勾起一抹紅潤柔滑的麗色，「那就牽涉到所謂『王者』的判斷，宛郁月旦判斷我能給他這個契機並且——所有和我合作的人都知道……」他語調慢慢的變柔，眼角微翹，唇線慢揚，那語調柔得勾魂攝魄，「我給的籌碼一向……非常優厚，基本上你想要什麼，我就能給你什麼……」

沈郎魂淡淡笑了笑，這是他第一次在唐儷辭面前笑得有些表情，不知是信或是不信。唐儷辭翻了第二頁書，「今天你來，我很高興。」

沈郎魂道：「哦？」

唐儷辭合上書本，微笑道：「說明你當我是朋友。」

沈郎魂瞪了他一眼，他一貫很少說話，即使說話也無甚表情，此時突地冒出一句，「我實在想不通，你究竟是個聰明人，還是個大傻瓜。」

唐儷辭笑出聲來，閉目靠在被褥上睡去，「我卻知道，為贖回老婆的屍體賣身做殺手的人，一定是個大傻瓜。」

沈郎魂一怔，突地一笑，「連這種事也能打聽到，真不愧是天下第一狐狸精。」

沈郎魂之所以入十三殺手樓甘當頭牌殺手，確是因為他妻子墜入黃河之後，遺體被殺手樓樓主所獲，為贖回妻子遺體，沈郎魂入樓拔劍，收錢取命。世人都以為沈郎魂冷酷無情，正邪不分，其實這人不過愛妻之情遠勝於對手中劍的敬意而已。

江南山巒起伏，鬱鬱蔥蔥，臨東海之濱，蟲月江之畔，有山名好雲。其山並不高，不過數十丈，然而在群山之中，此座矮峰常年雲霧繚繞，極少令人得見真顏，並且因為太過潮濕，岩石泥土上生滿青苔，滑不溜手，山雖不高，卻極難攀登，空氣中水氣太盛，常人難以呼吸，因此卻是一方禁地。

問劍亭。

好雲山之頂，縹緲雲氣之間，隱約有一處簡陋的木亭，以山頂樹木劈下釘成，同樣生滿青苔，亭中幾塊板凳，一無長物。

一個黑衣人背後站在木亭中，水氣氤氳，滿頭黑髮微染露水，猶如染霜。另一人白衣披髮，手中握劍，卻是個和尚，正是普珠上師。

「依你所言，余泣鳳府中暗藏藥物，內有殺手，確與九心丸之事有所牽連。」黑衣人冷冷地道：「但你可是親眼看見唐儷辭自棺材裡取出藥物？即使他取出藥物，你又怎知定是九心丸而不是其他？難道不可能是唐儷辭栽贓嫁禍余泣鳳？其中各有五五之數，以上師的定性修為，當不該就此出手，如今余泣鳳身死，余家劍莊毀，死無對證，上師何以向少林交代？何以向中原劍會交代？」

普珠上師雙眼微閉，「事發突然，我的確沒有看見唐儷辭開墳取藥，也不知其藥究竟是不是傳說中的毒藥，但蕭奇蘭、池雲、沈郎魂同時對劍王出手，我阻攔一人，阻攔不了其餘二人，而貴師弟亦出手阻攔於我，情勢混亂，在那同時，劍王已身中沈郎魂暗器，生死不明。」

黑衣人正是古溪潭的師兄成緼袍，「在下師弟魯莽任性，信人不明，我已將他關入青雲劍牢，閉門思過。師弟年紀輕輕不明事理，上師身為前輩，不該與他一同糊塗。」他仰頭看雲，「劍王數十年來聲望卓著，身為中原武林泰山北斗，豈是容幾個人一番胡鬧就能扳得倒？即使上師對他心中存疑，也該穩步求證，請中原劍會出面處置，如今余泣鳳暴斃，他的親人、朋友、門徒眾多，他一死便是結下不計其數的仇人。余泣鳳曾是劍會劍王，不能證明他販賣毒藥，他之死中原劍會便不能善罷甘休，否則偌大劍會顏面何存？唐儷辭奸詐狡黠，遠避貓芽峰碧落宮，礙於碧落宮對江湖武林的恩情，中原劍會不能出手拿人，但上師你和我那愚昧師弟卻免不了一場麻煩。」

普珠上師淡淡地道：「你早早將古溪潭關入青雲山劍牢，是早已預知此事，縕袍為人處事犀利如劍，眼光見識亦是犀利如劍。」

成縕袍「嘿」了一聲，「上師近日最好一直待在問劍亭，至少來此地的人都不是雜碎之輩，有交情尚好說話。」

普珠上師淡淡地道：「我若有罪，自會領罪。」

成縕袍冷冷地道：「若真有罪，領也無妨，只怕你不是有罪，只是有錯而已，領了便是冤死。」

普珠上師端起放在板凳上的一杯清茶，喝了一口，「普珠平生，行該行之事，殺該殺之人，若有罪，下地獄贖。」

成縕袍冷冷地道：「你倒是很合適和唐儷辭合作，那人行事一派狂妄，只消你不在乎對中原正道的影響，你也可和他一般殺你認為該殺之人，不必對世人做任何解釋！可惜你出身少林，人在正道，再不守清規也不得不顧及聲名影響，是你之恨事。」

普珠上師淡淡地道：「以身為鑑，引人向善，也是行善，也是修行。」

「兩位好興致，在問劍亭品茶。」突地一聲長笑，一位白衣人自亭外飄然而入，白衣紫劍，年在四旬，雖然已是中年，不脫翩翩風度，當年定是風流少年，正是中原劍會第四高手

「風萍手」邵延屏，「人在問劍亭，怎能不問劍？兩位小動筋骨便是邵延屏的福氣，哈哈。」

中原劍會以劍術排名，去年施庭鶴擊敗余泣鳳得劍王之名，但劍術排名以每年知名之戰和劍會元老評議計算，故而劍會排名仍是余泣鳳為第一，成縕袍列第二，普珠上師位列第七，而邵延屏名列十九，施庭鶴擊敗余泣鳳後位列第三，但他的第三之位一向難以服眾，身死之後更是無人提及。每年中原劍會元老會事先約定一地召開劍會，中原劍會仍是武林一大盛事，能在劍會排名，更是習劍者一生榮耀。而好雲山問劍亭是劍會私約之所，凡是劍手踏入問劍亭，便是拔劍待客之時，任何人都可上前挑戰。

成縕袍臉色一沉，冷冷地道：「少陪！」他閃身出亭，直掠入樹叢之中，連看也不看邵延屏一眼。

普珠上師面無表情，邵延屏也不生氣，揮了揮衣袖嘆了口氣，「這人還是這般目中無人，不知世上能入他眼的人能有幾個？眼高於頂，難怪年過三十還討不到媳婦，劍術不能位列劍會前十的女子，在他眼裡恐怕都是母豬。」

普珠上師不聽他胡說八道，淡淡地道：「請了。」亦要轉身離去。

「且慢！普珠上師，」邵延屏笑嘻嘻地道：「你可聽說劍會元老已做出決定，要抓唐儷辭一夥？」

普珠上師腳下一頓，「是麼？」

邵延屏道：「劍會已派出人手，要上貓芽峰和宛郁月旦一談，請他交出人來，如果順利，劍會將在三月之後召開武林大會，公開處置。」

普珠上師淡淡地道：「劍會決議，我自尊重。」

邵延屏道：「少林大觀代掌門寫信過來，要你回少林解釋劍莊一役的詳情，劍會將和少林聯手澈查余家劍莊，當然，也會澈查唐儷辭此人，總而言之，劍莊發生的事情，一定要大白於天下。」

普珠上師頓了一頓，往前便走，既不搭話也不回頭。邵延屏又嘆了口氣，「脾氣古怪的陰沉和尚，果然很是討厭。」他自懷裡取出個小金算盤撥了幾下珠子，俊朗的臉上流露出一絲盤算思索之色，亦有無奈之色。他雖是劍會中第十九劍，卻是劍會管事，元老決議的各事項由他著手調配人手逐步實施，這是個苦差，邵延屏做得並不怎麼樂意，但除他之外，卻別無第二號人物能當此任，他只能勉為其難。

一隻飛鴿撲啦飛來，落在問劍亭之頂，邵延屏一揚手，飛鴿落入手中，打開鴿腿上縛著的紙卷，他驀然一驚，「哎呀」一聲，失聲道：「雁門一夜被滅……難道——」

五月五日，雁門被滅，死者四十八，屍體全悉布滿紫色斑點，乃是中毒而死。

五月六日，奇峰蕭家被滅，死者二十二，全悉被人吊死橫梁，屍身之上亦布滿紫色斑點。

五月七日，青雲山遭劫，有白衣女子闖入其間，毒殺青雲山劍道三人，另有二人受創，至今神智不清，古溪潭幸在牢中無事。

五月八日，池雲嶽虎山遇襲，有白衣女子闖上山寨，施毒傷人，幸而雪線子不知何故恰在嶽虎山，擊退白衣女子，無人受傷。

五月九日，國丈府現刺客，有白衣女子夜闖國丈府，殺奴僕一人，卻未傷及唐為謙。

一連串的事件發生得如此密集，顯然是有所預謀，而接連出現的「白衣女子」已令江湖震動，說明已有新的武林勢力崛起，而這個勢力的崛起，明顯針對唐儷辭一行人而來。

是傳說中調製「九心丸」的組織「風流店」麼？為何風流店之中出手的盡是白衣女子，難道風流店之主是一個女人麼？一時之間，江湖人心惶惶，自危者多矣，各種流言四起，有人道唐儷辭殺余泣鳳，株連如此多派門，委實罪大惡極；有人卻道既然余泣鳳之死引發神祕組織如此報復，余泣鳳定然是風流店中人錯不了，唐儷辭殺他乃是除惡，正是英雄俠義；更有人道近來江湖不太平，中原劍會和各大派門再無動作，只怕慘禍接連發生，各路英俠應當攜手，詳查余泣鳳之死，嚴懲殺人下毒的風流店等等等等。

近來單身在江湖行走的人少了，若見到白衣女子更是心中發毛，猶如撞鬼。短短數日，又發生數起血案，武林人盲目針對白衣少女下手，殺死數名無辜少女，平添幾樁仇怨。

貓芽峰上，蘭衣亭中。

宛郁月旦和唐儷辭正在對坐喝酒。

這兩個人都號稱千杯不醉，實際上宛郁月旦真的從未醉過，而唐儷辭醉過兩次，那兩次都已喝到千杯之外，故而這兩個人喝酒就如喝茶一般，並且喝的是烈酒。

他們喝的是和黃金同價的「碧血」，這酒常人喝一口就醉，而那酒味不是酒鬼也無法欣賞，那兩人卻當作茶喝，閒談幾句，一口一杯，再閒談幾句，再一杯，如此這般，一早上他們已喝掉了一罎子「碧血」，作價黃金五百兩。

「風流店下手立威，幫了你一個大忙。」宛郁月旦喝酒之後臉色沒有絲毫變化，仍是那般纖弱，言語柔和，彷彿不染一絲酒氣，「時局變化，你有什麼打算？」

唐儷辭喝酒之後，他本來臉色殊好，喝酒之後更是紅暈滿臉，如桃李染醉，美玉生暈，煞是好看，「我在這裡喝酒，本來風流店最好的打算是等中原劍會與你碧落宮兩敗俱傷，它收漁翁之利，不過它既然出手出得如此快，說明它有等不下去的理由。」

「那該是兩年前賣出去的毒藥，即將發作，如果風流店銷聲匿跡，藥物斷絕，服藥之人暴斃，傳染累及他人，賣藥之事立刻被證實，風流店的處境便很不利。」宛郁月旦含笑道：「既然不能銷聲匿跡，仍要賣藥，那振作聲勢，先下手為強，不失為上策之一。」

唐儷辭愜意地喝了一口「碧血」，「聲勢很好，值得一讚。」

宛郁月旦微笑，「你留在碧落宮喝酒，造成中原劍會與我對峙，似有長期僵持的跡象，便是要逼迫風流店早早現身，以成三足鼎立的局面。」

「它該是自忖這幾年受九心丸控制的人不少，自身實力不弱，我逼它如此，它也不可能就此收手，既然被說是賣毒之教，它就索性大開聲勢，開門做生意了，這亦是做好生意的一把訣竅。」唐儷辭微笑，「以它的氣焰，自然不在乎此舉是不是讓唐儷辭從中得利。」

宛郁月旦舉杯微笑，目光在酒杯上流轉，「不談江湖，今日天氣真好，可惜貓芽峰上沒有池塘，否則一定有許多蜻蜓。」

「蜻蜓？」唐儷辭給自己和宛郁月旦再斟一杯，「這麼高的山峰頂上，不會有蜻蜓。」

「是啊，我喜歡蜻蜓。」宛郁月旦輕輕嘆氣，「你會唱歌麼？這麼好的天氣，沒有人唱歌很可惜。」

「哈哈，」唐儷辭揚眉微笑，「唱歌？」

「天上人間酒最尊，非甘非苦味通神。一杯能變愁山色，三箋全迴冷谷春。歡後笑，怒時瞋，醒來不記有何因。古時有個陶元亮，解道君當恕醉人。」宛郁月旦對杯輕唱，笑意盎然。

「呀，」唐儷辭擊掌三聲，「可是唱的醉曲，卻無醉意，滿臉的笑，真是唱得沒有半點真心真意，全然口是心非。」他也是面帶微笑，語調溫柔，並無玩笑的意思。

「二十三年來從未醉過，我不知道喝醉的感覺是怎樣，」宛郁月旦嘆了口氣，「你醉過嗎？」他溫柔的眉眼看著唐儷辭，「看起來很醉，實際上醉不了，可會很累？」

「那看起來不醉，也根本醉不了，豈非更累？」唐儷辭唇角微勾，酒暈上臉，唇色鮮豔異常，猶如染血，「我醉過。」

「醉，是什麼感覺？」宛郁月旦道：「可是好感覺？」

「是什麼樣的感覺……你如果肯陪我這樣喝下去，三天之後，你就知道什麼叫醉……」唐儷辭說這幾句唇齒動得很輕，眼簾微閉，就如正在人耳邊柔聲細語，雖然此刻並非真正親近耳語，若有女子看見他如此神態，必會心跳，然而宛郁月旦什麼也看不見。

「聽起來很誘人，可惜我沒有時間……」宛郁月旦道：「風流店崛起江湖，既然雁門蕭家都遭滅門，動土都動到國丈府上，那麼來我這裡也是遲早的事。」他提起了酒壺，壺裡只剩最後一口酒，打開壺蓋宛郁月旦一口喝了下去，微笑道：「只是不知道是誰先到，誰後到？」

「你為『名利義』三字借力給我，不知到時可會後悔？」唐儷辭舉杯對空中敬酒，身子往前微微一曲，他在宛郁月旦耳邊悄聲問，「若有人血濺山前，你可會心痛？」

宛郁月旦臉色不變，柔聲道：「你說呢？」

「我說……你這人最大的優點，便是做事乾淨俐落，從不拖泥帶水；最大的缺點，是骨子裡溫柔體貼，不管表面上怎樣的無動於衷，心裡總是會疼痛、會受傷……」唐儷辭躺回椅中，舒適的仰望天空，「有時候，甚至會自己恨自己……是不是？」

宛郁月旦微笑，「你這人最大的缺點，是狠毒倡狂，根本不把別人當一回事；最大的優點……卻是不管你如何歹毒，做的都不是壞事；最奇怪的是分明你這人可以活得比誰都瀟灑快活，卻偏偏要做一些和自己渾不相干，對自己只有壞處沒有好處的事。」

「我？我為江湖正義，天下太平，我做一些和自己渾不相干的事，是蒼生之幸。」唐儷辭輕輕地笑，「我和你不一樣，不為誰傷心難過。」

「總有一天，會有人讓你知道傷心的滋味……」宛郁月旦道：「就像總有一天，我會知道醉的滋味……對了，聽說你出現江湖就一直抱著個嬰孩，那嬰兒現在哪裡？怎不見你抱著？」

「鳳鳳？」唐儷辭仍是輕輕地笑，「問這話是什麼意思？想知道我的弱點？貓芽峰太冷，我把他寄在別人家中。」

「你很執著那孩子，那是誰的孩子？」宛郁月旦問，此時天色漸晚，他雖看不到暮色，卻感到山風漸漸涼了。

「一個女人的孩子。」唐儷辭道，如桃李染醉的臉頰酒暈已褪了一些，眼色卻仍似很迷離。

「哦？」宛郁月旦淡淡一笑，沒再問下去。

正在此時，鐵靜緩步而來，「啟稟宮主，有人闖山。」

正在他說話之間，兩人已遙遙聽見對面貓芽峰主峰傳來打鬥之聲，宛郁月旦眉頭微蹙，「誰在水晶窟裡？」水晶窟，便是通向碧落宮的那條冰雪通道。

「本宮上下遵循宮主之令，棄守水晶窟，現在水晶窟裡的是池雲和沈郎魂。」鐵靜淡淡地道：「但闖山的是成縕袍。」

唐儷辭和宛郁月旦相視一眼，均感訝然，中原劍會居然讓成縕袍出手到碧落宮要人，真是出人意料，此人武功絕高，目空一切，連余泣鳳也未必在他眼裡，怎會聽劍會指揮？卻聽鐵靜繼續道：「成縕袍身負重傷，闖入水晶窟，池雲、沈郎魂守在水晶窟中，阻他去路，成縕袍仗劍衝關，三個人打了起來，只怕片刻之後便有結果。」

他說得面不改色，宛郁月旦和唐儷辭都是吃了一驚，宛郁月旦站了起來，「成縕袍身受重傷？他不是為劍會要人而來？是誰傷了他？」

唐儷辭道：「他重傷闖碧落宮，定有要事。」說話之間，對面山峰隱約的刀劍聲已停，隨即兩道人影一晃，池雲、沈郎魂攜帶一人疾若飄風，直掠唐儷辭面前，沈郎魂手上的人正是成縕袍。

「他受的什麼傷？」宛郁月旦看不見成縕袍的傷勢，出口問道。

「他身上一處外傷，只是皮肉受創，還傷得很輕，糟糕的是他的內傷。」池雲冷冷地道：「這人身負重傷還能從水晶窟一路衝殺過來，要不是衝到懸崖前力盡，我和沈郎魂不下殺手還真擋不住，這麼好的身手，世上居然有人能令他受如此重傷，真是不可思議。」

沈郎魂一手按住成縕袍脈門，成縕袍已經力盡昏迷，毫不反抗，他淡淡地道：「這傷傷得古怪，似乎是外力激起他內力自傷，走火入魔，真氣岔入奇經，傷勢很重。」

「可有性命之憂？」宛郁月旦道：「鐵靜將他帶下客堂休息，請聞人叔叔為他療傷。」

鐵靜應是，沈郎魂道：「且慢，這種傷勢不是尋常藥物能治，成縕袍功力深湛，要為他導氣歸元，救他命之人的內力要在他之上，碧落宮中有比成縕袍功力更深的高手嗎？」

鐵靜一怔，宛郁月旦沉吟，「這個……」成縕袍身居劍會第二把交椅，要比他功力更高，舉世罕有，就算是余泣鳳也未必能比成縕袍功力更深，碧落宮少則少矣，老則老矣，青壯年多在祭血會幾次大戰中傷亡，要尋一個比成縕袍功力更深之人，只怕真是沒有。

「就算是碧漣漪也未必能和成縕袍打成平手，」沈郎魂淡淡地看向唐儷辭，「你說呢？」

唐儷辭坐在椅中微笑，「我自然是能救他。」

宛郁月旦聞言眼角褶皺一舒，眉眼略彎，笑得很是開心，「那勞煩你了。」

池雲斜眼看唐儷辭，「你自忖功力比他高？」

唐儷辭溫文爾雅地道：「當然。」

池雲冷冷地道：「那還真看不出來你有這種水準。」

唐儷辭微微一笑，「韜光養晦，抱含內斂，方是為人正道，如你這般張揚跋扈，難怪處處惹人討厭。」

池雲冷冷地道：「我便是喜歡惹人討厭。」

鐵靜嘴角微露笑意，不知是覺得唐儷辭自稱「韜光養晦」、「抱含內斂」好笑，還是覺得這兩人鬥嘴無聊。沈郎魂面色淡淡，將成縕袍提了起來，轉身往唐儷辭房中走去。

半日之後，午夜時分。

成縕袍沉重的呼出一口氣息，頭腦仍是一片暈眩，緩緩睜開眼睛，三十來年的經歷自腦中掠過，記憶之中自出江湖從未受過這種重創，也從未吃過這種大虧，依自己的脾氣必認為是奇恥大辱，不料心情卻很平靜，就如自己等待戰敗的一日，已是等了許久了。

房中未點燈燭，一片黑暗，窗外本有星光，卻被簾幕擋住，光線黯淡至極，只隱約可見桌椅的輪廓。這裡是哪裡……他只依稀記得重傷之後，人在冰天雪地，只得仗劍往雪峰上闖，闖入一冰窖之後，窖中有人阻他去路，至於是什麼人？他那時已是神智昏亂，全然分辨不出，之後發生了什麼更是毫無記憶。深深吐納了幾下，胸口氣息略順，內傷似已好轉許多，究竟是誰有如此功力能療他傷勢，這裡又究竟是何處……調勻呼吸之後，視線略清，只見房中無人，桌上擺著一座小小的紫金香爐，花紋繁複，幾縷輕煙在從窗戶簾幕縫隙中透入的幾絲微光中嫋嫋盤旋，卻是淡青色的，不知是什麼香，嗅在鼻中，並沒有什麼特別的味道，只覺心情平和。

慢慢坐起身來，知曉已是夜半時分，成縕袍調息半晌，下床掛起簾幕，打開窗戶，只見窗外星月滿天，綠樹成林，而山風凜然，遠望去仍見雲海，顯然自己所在是一處山頭。山風吹來，眩暈的神智略略一清，頓感心神暢快，而神智一清之際，便聽見一絲極微弱、極纖細的樂聲，自不遠之處傳來。

樂聲非簫非笛，似吹非吹，不知是什麼樂器，能發出如此奇怪的樂曲，而曲調幽幽，並非天然形成的風聲。成縕袍循聲而去，靜夜之中，那樂聲一派蕭索，沒有半點歡樂之音，卻也並非悲傷之情，彷彿是一個人心空了，而風吹進他心竅所發出的回聲。不知為何，成縕袍突然想起十多年來征戰江湖，為名利為公義，為他人為自己，浴血漂泊的背後，自己似是得到了莫大的成就，但更是雙手空空，什麼都不曾抓住。

循聲走到樹林盡頭，是一處斷崖，樂聲由斷崖之下而來，成縕袍緩步走到崖邊，舉目下看，只見半山崖壁上一塊突出的岩臺，岩臺上草木不生，一顆乾枯衰敗的矮松橫倒在岩臺上。一人將矮松當作凳子，坐在松木上，左手拿著半截短笛，右手食指在笛孔上輕按，強勁的山風灌入笛管，發出聲音，他食指在笛孔上逐一輕按，斷去的短笛便發出連續的樂聲，笛聲空寂，便如風聲。

這人是唐儷辭。

怎會是他？

坐在這狂風肆虐，隨時都會跌下去的地方做什麼？這人不是不分青紅皂白，要追查九心丸之密，自命以殺止殺，自命是天下之救世主麼？半夜三更，坐在斷崖之下做什麼？思考天下大事？成縕袍面帶嘲諷，滿身欲望，充滿野心的人，也能學山野賢人，吟風賞月不成？他唇齒一動，就待開口說話，突地背後不遠處有人輕輕嘆了口氣，「噓……切莫說話。」聽那聲音，溫柔年輕，卻是一位少年，看樣子他已在崖上坐了有一陣子，山風甚大，他氣息輕微，自己重傷之後卻沒發覺。成縕袍回頭一看，只見十來步外的一棵大樹之下，一位淡藍衣裳的少年背靠大樹而立，仰臉望天，然而雙目閉著，似在聆聽。

「你是誰？」成縕袍上下打量這位藍衣少年，如此年紀，如此樣貌，位居雪峰之上，莫非這人是——淡藍衫子的少年道：「我姓宛郁，叫月旦。」

成縕袍眼瞳起了細微的變化，「這裡是碧落宮，是你救了我？」

宛郁月旦搖了搖頭，「救了你的人在崖下。」

成縕袍淡淡「哦」了一聲，「果然……」

宛郁月旦手指舉到唇邊，「噓……噤聲……」

成縕袍眉頭一皺，凝神靜聽。

在狂嘯的山風之中，崖下岩臺斷斷續續的笛聲一直未停，糾纏在剛烈如刀的山風嘯響中，依然清晰可辨。聽了一陣，成縕袍冷冷地道：「要聽什麼？」

宛郁月旦閉目靜聽，「他是一個很寂寞的人……」

成縕袍冷冷地道：「行走江湖，誰不寂寞？」

宛郁月旦微微一笑，搖了搖頭，「他是一個很寂寞的人，但你聽他的笛聲，他自己卻不明白……他並不明白自己很寂寞，所以才有這樣的笛聲。」

成縕袍道：「是麼？」

宛郁月旦道：「成大俠不以為然？」

成縕袍淡淡地道：「一個狂妄自私，手段歹毒，滿腹野心的人，自然不會明白什麼叫寂寞。」

宛郁月旦睜開了眼睛，「狂妄自私，手段歹毒，滿腹野心……成大俠以為唐儷辭崛起江湖，追查九心丸之事，是有所野心，想成就自己的名聲、地位，將江湖大局攬在手中，而獲得心中的滿足，並非真正為了天下蒼生。為此唐儷辭不擇手段，絲毫不在乎是否會枉殺無辜，未對武林做出任何交代，便動手殺人，攪亂江湖局勢，導致人心惶惶。這十二個字的意思，可是如此？」

成縕袍冷冷地道：「算是吧。」

「但在我看來，他插手江湖局勢，並不是全都為了掌握江湖大權，成就名聲地位。」宛郁月旦慢慢地道：「當然……他是一個充滿欲望的人，名利、公義、權勢、地位、金錢，每一樣他都要牢牢掌握，而以唐儷辭之能為，也都掌握得了，但是……他最強烈的欲望，卻並不是對這些東西的渴求。」他的眼睛睜得很大，在月色之下熠熠生輝，煞是好看，「……是對情的渴求。」

成縕袍冷冷地看著宛郁月旦，宛郁月旦緩緩地說了下去，「他是個很重感情的人，所以——他要拯救江湖——因為他過去的好友，希望他做個好人……理由，只是如此簡單而已。」

成縕袍淡淡地道：「你似乎很瞭解他？」

宛郁月旦緩緩轉過身來，面對著傳來笛聲的山崖，「我和他……就如同彼此的鏡子，都能將對方照得很清楚。」

成縕袍冷冷地道：「今夜和我談話的目的，莫非是想告訴我唐儷辭是個重情重義的大好男兒，而要我劍會對他刮目相看？」

宛郁月旦微笑，「有時候人做事和說話不一定要有目的，只是心中在想的時候，遇到合適的人和合適的地點，便很自然的說出了口。」

成縕袍「嘿」了一聲，冷笑不答。

山風突地增強，變得越發凌厲，風中的笛聲隨之淹沒，兩人耳邊都只聽狂肆無邊的呼嘯之聲，伴隨著崖下枯枝斷葉的折斷崩裂之音，宛郁月旦聽了一陣，「今夜是風嘯之夜，高山雪峰氣候變化無常，叫他上來吧。」他緩緩說完，轉身往樹林中走去，視線雖然不清，但道路走得熟了，和常人無異。

這位相貌溫和的少年宮主，雖無攝人的氣勢，不會武功，但言談之間絲毫不落人下風，的確是難得一見的人才。成縕袍往前幾步，踏在崖邊，山風掠身而過，頓感氣息閉滯，心裡微微一凜，這山風非同尋常，若是常人，只怕立刻被捲上天去，他內傷初愈，真氣未復，站在崖邊竟有立足不穩之感。往下一看，只見唐儷辭已從那枯樹上站了起來，但他不是要起身回來，卻是踏上枯樹之巔，站在風口，足臨萬丈深淵，就此目不轉睛的看著足下那不可預測的冰川雲海，足下枯樹咯咯作響，隨時可能在狂風中斷去，他銀髮披散，衣袂在風中幾欲碎裂，突地閉上眼睛，舉起手中斷笛，輕輕轉了個身，猶如舞蹈。

驟然一道劍氣襲來，白芒一閃，破開山風雲氣，直襲唐儷辭足下枯樹。唐儷辭聞聲揮笛相擋，只聽「叮」的一聲金鐵交鳴，他手中握的卻是半截銅笛，受此一劍之力，足下枯樹應聲而斷，墜入萬丈深淵，他縱身而起，輕飄飄落上崖頂，對出劍之人微微一笑，「起來了？」

「你不是要跳下去？我斷你立足之地，你又為何不跳？」成縕袍冷冷地道：「上來做什麼？」

唐儷辭道：「豈敢，我的性命是成兄所救，我若跳了下去，豈非辜負成兄一片美意？身體髮膚受之父母，不可毀傷。」他的衣裳在狂風中略有破損，髮髻全亂，自雪峰颳上的冷風吹得他臉頰通紅，桃顏李色，隱隱浮過一層豔麗之意。

「半夜三更，百丈斷崖，有何可看？」成縕袍負手轉身，「還是在反省，被你攪得天下大亂的江湖，該如何收拾？」

唐儷辭微微一笑，「半夜三更，百丈斷崖之上，狂風大作，正是好風景好時辰，你雖然沒有看見，難道沒有聞到麼？」

成縕袍微微一頓，「聞到？」

唐儷辭袖袍一拂，「聞到這風中的香氣，桂花、蘭草、玫瑰、茉莉等等一應俱全，好生熱鬧。」

「香氣？」成縕袍驀然省起，「難道——」

唐儷辭左手徐徐背後，「是什麼人重傷你，應該就是什麼人上山來了。」

成縕袍乍然睜眼，跨步踏上崖邊巨石，凝目下望，「蒙面黑琵琶，千花白衣女。」

唐儷辭輕輕一嘆，「果然是她……」

崖下山雲翻滾，寒氣升騰，除卻自半山吹起的極淡幽香，什麼都看不到。

「碧落宮遭劫。」成縕袍淡淡地道：「是你——引禍上門，壞這世外清淨地，今夜必定血流成河。」

唐儷辭衣袖一揮一抖，倏然轉身，「我要消九心丸之禍，難道這不是最好的方法？」

成縕袍面露嘲諷，「哈哈，借碧落宮之名，與中原劍會抗衡，引風流店露面，再一路留下標記，引風流店殺上碧落宮，你犧牲宛郁月旦一門，要在這裡和九心丸之主決戰。但是唐儷辭，在你向宛郁月旦借力之時，你的良心何在？他可知道你存的是什麼居心麼？就算你此戰得勝，你又何以面對今夜即將犧牲的英靈？」

「宛郁月旦亦希望借此一戰之勝，讓碧落宮稱王中原，結束漂泊異鄉的苦難。一個願打，一個願挨，碧落宮經營數年，難道沒有一戰的實力？」唐儷辭背對成縕袍，「枉費你行走江湖二十幾年，人要戰績要成功要名望要公平要正義，怎可能沒有犧牲？難道你救人除惡，自己從來不曾負傷，或者從來不曾虧欠他人人情嗎？」

成縕袍冷笑道：「救人負傷，理所當然，但是你犧牲的不是你自己，你是轉手犧牲他人，難道要我贊你英明蓋世麼？」

「你又怎知犧牲他人，我心中便無動於衷？」唐儷辭低聲道：「責備別人之前，你是不是備下了更好的對策？」成縕袍一怔，唐儷辭緩步走到他身邊，破碎的衣袍在強勁的山風中飛舞，漸漸撕裂，「沒有更好的對策，你之指責，都是空談，荒唐……」他的手在成縕袍背後輕輕一推，低聲道：「……可笑。」

成縕袍驟不及防，被他一下推下懸崖，急急提氣飄飛，勉強在岩臺上站定，抬頭一看，唐儷辭已不見蹤影，心下又驚又怒，百味陳雜，這是對他方才一劍斷樹的報復麼？還是對他方才那番指責的回敬？縱然山崖之下有岩臺，他又怎麼確認他就一定能落足岩臺，不會摔下萬丈深淵？

唐儷辭，毒如蛇蠍，毒氣氤氳，毒入骨髓的男子，莫說成縕袍不解，就算他自己，也未必明白他這輕輕一推，內心的真意究竟為何？是對立場不同的敵人的憎恨，還是對言語指責的報復，還是略施薄懲的立威之舉，又或者單純是對成縕袍的不滿呢？不擇手段追求江湖公義，消弭禁藥禍端，究竟是他信奉善有善報、惡有惡報，公平正義必勝邪妄自私，人間必定獲得自由平安；還是他追求的是對好友一言的信諾，追逐的是過去友情的影子，為了滿足自己內心深處的缺憾，不惜血染貓芽峰，而與公平正義無關？

不是唐儷辭，誰也不能解答，而就算是唐儷辭，他又真的能一一解答麼？

「啟稟宮主，望月臺回報山下有不明身分的白衣女子共計三十六人，登上貓芽峰，我宮棄守水晶窟，窟口冰石又被成縕袍打碎，如此計算，不過一個時辰，她們就能找到通路，衝入我宮。」從鐵靜口中說出的緊急消息聽起來都並不怎麼緊急，宛郁月旦剛剛自崖雲頂回來，聞言眼角的褶皺微微一舒，「有敵來襲，擊鼓，能力不足的自冰道退走，其餘眾人留下禦敵。」他低聲道：「傳我之令，今日之戰，如我前日說所，為江湖正義、為碧落宮重歸中原、為後世子孫留一條可行之路，各位為此三條，務必盡力。」

鐵靜領命退下，宛郁月旦靜坐房中，四下裡靜悄悄的什麼聲音都沒有，聽起來就如四面八方什麼也不存在，一切都已死了似的。

「咯啦」一聲，房門緩緩被人推開，有人踏入房中，卻不關門，「崖下有人攻上山來了？」冷漠孤傲的語氣，含有殺意，正是成縕袍的聲音。

宛郁月旦站了起來，走到桌邊慢慢倒了杯茶，微笑道：「成大俠是貴客，請用茶。」

成縕袍淡淡地道：「哦，山下有人來襲，你已知道？」

宛郁月旦道：「知道。」

成縕袍伸手接過那杯熱茶，一飲而盡，「打算如何？」

宛郁月旦仍是微笑，「戰死而止。」

成縕袍看了他一眼，「啪」的一聲將那茶杯拍回桌上，「避居世外，不染江湖風塵，有何不好？少年人野心勃勃，染指王圖霸業，意欲稱雄天下，那稱雄路上所流的鮮血，難道在你眼下不值一提？」

「碧落宮根在中原，」宛郁月旦靜了一靜，低聲道：「成大俠，我要回洛水。」

成縕袍眉頭聳動，宛郁月旦截口道：「落葉歸根，碧落宮無意凌駕任何門派之上，但需這一戰之威，重返洛水。」他往前踏了一步，背對著成縕袍，「我們，要回洛水。」

成縕袍聳動的眉頭緩緩平靜了下來，冷冷地看著宛郁月旦，「回家的代價，是一條血路。」

宛郁月旦轉過了身，白皙溫秀的臉上露出一絲溫和的微笑，「我所走的，一直是同一條路。」

成縕袍一伸手提起桌上那茶壺，對著茶壺嘴喝了一大口熱茶，「哈哈，不切實際的幻想、鐵血無情的少年人，江湖便是多你這樣的熱血之輩，才會如此多事。」

宛郁月旦微笑道：「不敢，不過成大俠如今可以告訴我，你是被誰所傷？世上究竟是誰有這麼大的能耐，能將成大俠重傷至此？」

「蒙面黑琵琶，千花白衣女。」成縕袍的手握了握劍柄，說到這十個字，似乎手掌仍舊發熱，就如他十四歲第一次拔劍面對強敵之時的那份僵硬、緊張、興奮，「一名黑紗蒙面，黑布蓋頭的黑衣人，橫抱一具繪有明月紅梅的黑琵琶，背後跟著三十六位白紗蒙面的女子，攔我去路。」

宛郁月旦輕輕「啊」了一聲，似贊似嘆，「好大的陣勢，而後？」

成縕袍衣袍一拂背身而立，「而後，卻是身後武當少玄、少奇兩名小道出手偷襲，那兩人自稱在冰天雪域極寒之地遇到殺人成狂的魔頭韋悲吟，前往問劍亭請我到此，結果是引我入陷阱。」

宛郁月旦黑白分明的眼睛似是稚嫩又驚奇的往上揚了一揚，「哦？」

成縕袍冷笑一聲，「我震開兩名無知小道，白衣女出手合圍，牽制住我的那一刻，黑衣人出手撥弦，我不料世上竟有人練有如此音殺之法，一弦之下……」

宛郁月旦打斷道：「我明白了。」

成縕袍住口不言，不將自己大敗虧輸的詳情再說下去，「而後，我被逼上貓芽峰，醒來之時，已在此地。」

「音殺之法，若無人能夠抵擋，那唯有武功高強的聾子才能應付這位黑衣蒙面客。」宛郁月旦道：「可惜……」

成縕袍「嘿」了一聲，「可惜碧落宮之中，並沒有什麼武功高強的聾子，就算是整個江湖道上，也未聽說有這種人物。」

宛郁月旦微微一笑，「既然沒有武功高強的聾子，那就只有不受音殺所困的絕代高手能抵擋……」

成縕袍緩緩轉身，「不受音殺所困，要麼毫無內力，不受內氣自震所傷；要麼……便是同樣精通音殺之法，不受其音所震。」

宛郁月旦的笑意越見柔和，「既然有人能輕易治好音殺之傷，那麼說不定他也能輕易抵抗音殺之術。」

成縕袍目中光彩一閃，冷冷地道：「看來你已在心中調兵遣將，難怪兵臨城下，你還能在此喝茶。」

宛郁月旦輕輕一嘆，「成大俠傷勢未愈，也請留此調息，今夜之戰不勞成大俠出手。」

正在此時，山崖上空響起一聲悠揚的鐘聲，鐘聲清宏，片刻之間群山四面迴響，連綿鐘聲不絕，聲聲縹緲柔和，如聖天之樂。鐘鳴之後，仍是萬籟俱靜，半點不聞碧落宮有什麼動靜，彷彿連池雲、沈郎魂等人都全然消失了。成縕袍負手對空門，房門仍舊未關，門外狂風吹入房中，撩起縵幕飛飄，珠簾響動，以往兵刃交加、血濺三尺的戰場，從來不缺成縕袍的劍刃，從來不缺成縕袍的俠義，但今夜之戰，第一次，他不是主角；第一次，他不知道今夜之戰，是不是有出手相助的價值？往日行走江湖，黑白正義簡單分明，起手落劍，劍下斬奸邪，揚正道，但今夜之戰，一方是罪證未明的神祕組織，一方是志在稱王的碧落之脈，沒有單純的正義，沒有單純的結果……抵禦黑衣蒙面人的進攻，消弭隱藏江湖的禍患自是不錯，但令他拔劍相助的那一方，真的有令他拔劍的價值麼？那是日後江湖的王者，或是日後江湖的隱禍？何況戰局之中，尚有不擇手段，目的難料的唐儷辭……

生平唯一一次，成縕袍右手握劍，不知該不該出，或許他們兩敗俱傷，或者三敗俱傷，便是對江湖最好的結果，但枉死陣中的無辜性命，救是不救？豈能不救？但是救——就需拔劍，而拔劍的立場呢？理由呢？

面對空門外狂飆的落葉枯枝，地上滾動的沙石冰稜，成縕袍按劍沉思。

貓芽峰上，水晶窟前，幽香陣陣，數十位白衣女子列陣以待，而緩緩自峰底爬上的，是衣著各異，高矮不一，卻頭戴相同面具的不明人物，其數目遠勝白衣女子，莫約在兩百人左右。再過片刻，面具人通過水晶窟，踏上過天繩，已到青山崖，距離蘭衣亭不過百丈之遙。

「我說半夜三更，鬼鬼祟祟偷偷摸摸爬進別人院子的是什麼東西，原來生得一模一樣，全都是一群不要臉的小毛蟲。」凜凜狂風之中，滿天飄舞的殘葉之下，有聲音自頭頂傳來，聽那涼涼的語調，已在樹上坐了很久了。

「為什麼是小毛蟲？」另一個聲音自青山崖另一棵大樹上傳來，語氣淡淡，「為什麼不是老鼠？」

「因為滿地爬來爬去，卻顏色不同、長短不同的東西，只有小毛蟲。」對面樹上的人冷冷地道：「老鼠跑得比他們快。」

「原來如此，」這邊樹上的人道：「那是你殺毛蟲，還是我殺？」

「我只殺人，殺小毛蟲是你的專長。」對面樹上的人道：「一隻蟲五個銅錢，先殺後付。」

「五個銅錢也是不錯，那後邊羞花閉月傾國傾城的美人，就交你。」

「我對美人冷感。」

「那就更好。」

這邊閒聊一停，面具人已全部通過過天繩，白衣女子緩緩踏繩而過，雖然不見面目，從她們舉止而見，似乎對無人針對過天繩下手，十分驚訝。

「各位親愛的美女，半夜三更，爬進別人的院子，可是會發生意想不到的事情哦。」一人自對面樹上飄然而下，白衣倜儻，扛刀在肩，正是池雲，「可以說說妳們半夜上山來的用意麼？」

「我等用意，便是要滅碧落宮！」蒙面白衣女子群中，有人聲音清脆，揚聲而道：「無論是誰膽敢藏匿唐儷辭一行人，除死之外，別無他途！」

「是嗎？」池雲涼涼地道：「那我坐在這裡吹了半夜冷風的用意妳可知曉？」蒙面白衣女不答，只聽池雲繼續涼涼地道：「我的用意，便是無論是誰膽敢踩上碧落宮大放狗屁說要殺人，不管是美女還是醜女，除死之外，別無他途。」

「小子倡狂！」蒙面白衣女子群中另外一人罵道：「姐妹們，殺了他！再為尊主掃平碧落宮！」

蒙面白衣女子群中有些人應喝，有些人微微頷首，只聽「唰」的一聲輕響，三十六人各拔兵器。池雲一怔，他本以為這群女人該是同一組織一同訓練的殺手，但三十六人拔出兵器，卻是刀劍簫琴綢緞暗器各不相同，即使是刀與刀之間，其大小形狀也風馬牛不相及，顯然絕非師出同門。是誰能籠絡三十六名不同師承的天真少女，做出這等傷天害理的事？她們口中的「尊主」真是罪惡滔天，罪無可恕！

「各位兄弟，今夜便是大家對尊主表示忠誠、敬仰、服從的時機，今夜誰不盡全力，便是對尊主不忠！對尊主不忠，活在世上還有什麼意義？誰戰不勝敵人，誰便死——」白衣女子群中，先前發話的那人振聲道，聲音清脆如斯，年紀應當很輕，卻口口聲聲要人死，真不知在那「尊主」的教導之下，人命，在她心中究竟是什麼？

面具人低聲附和，在附和同時，這邊樹梢數十道銀芒一亮，射入人群，只聽一陣慘呼，十數人踉蹌按胸，有人變色叫道：「射影針！」這邊樹上之人不言不動，樹影飄搖，他似乎已化入風中，半點瞧不到行跡。

池雲銀刀在手，嘿嘿一笑，「上來吧！」

白衣女子群中一人持刀而上，一人橫劍站池雲後方，一人後退十步，當是慣於遠攻，尚有一人雙手空空，站池雲之右，彷彿對自己的功力頗有信心。池雲仰天而笑，「讓我看看妳們這群年紀輕輕的小丫頭，究竟是誰家的不孝女——」他一環渡月一指對面持刀女子，「第一個是妳，小心妳的面紗——」

那女子揮刀便上，但聞刀風呼嘯之聲，刀光凌凌，功力竟是不弱。池雲出手擒拿，指風直指她面上白紗。身周三女應聲而動，遠處那人一揚手，四支飛稜疾打池雲身上四處大穴，持劍女劍風一掃，寒意掠人肌膚，卻是陰功寒劍，最後雙手空空那人發出一掌——池雲驟然回身接掌，那刀劍甚至暗器他都不看在眼裡，但這劈空一掌卻是功力、角度、時機、掌法兼備的上上之招，只聽「啪」的一聲輕響，兩人手掌相接，池雲全身一震，白衣女子亦是全身震動，仰身欲退。池雲接掌之後驀地欺身再上，一把抓向她蒙面白紗，變色道：「妳——」

白衣女子受他掌力之震，連退三步，不防池雲出手得如此之快，臉上一涼，蒙面白紗已經離臉而去，不禁臉色微變。池雲握紗在手，怒動顏色，「妳——妳——」

只見這位白衣女子膚色皎潔，尖尖的瓜子臉兒，眉目修長，煞是清靈，個子高挑，腰肢纖纖，正是池雲未過門的妻子，白府白玉明之女「明月天衣」白素車！池雲一招試出是她，氣得胸口幾乎爆裂，「竟然是妳！」

白素車面紗被抓，臉色只是微微一變，眼見池雲氣得滿臉通紅，眼圈一紅，微現委屈與歉然之色，低聲道：「是我。」

「嘿嘿，是妳更好，今夜我不斷下妳的人頭，我立刻改名，不叫池雲，叫綠帽烏龜雲！」池雲冷冷地道：「只是堂堂白玉明之女，戴起面巾鬼鬼祟祟，追隨莫名其妙的『尊主』，動手要殺人滿門。真不知道妳爹要是知道妳做的種種好事，是不是會活活氣死？不過妳放心，妳死之後，老子絕不會將妳所作所為告訴妳爹，以免白府上下都被妳氣得短命。」

「我……」白素車臉上一陣紅、一陣白，「我……」

她身邊持劍的女子嬌聲道：「白姐姐，莫理他！為了尊主，妳已發過誓拋棄過去，無所不為！別和這個人廢話，殺了他！」

白素車抬起頭來，池雲持刀冷笑，「殺了我？妳有這種本事，儘管上來啊！」

白素車卻道：「各位姐妹，此人武功高強，留下五人纏住他，其餘眾人攻入碧落宮，滿宮上下，不論男女，雞犬不留！」

此言一出，眾女應喝，當下留下五人，其餘搶過池雲身邊，直衝入亭臺樓閣之中，池雲勃然大怒，「他媽的瘋婆，納命來！」一環渡月錚然出手，直襲白素車胸口。

身側面具人紛紛奔出，搶進碧落宮房屋之中，樹梢上銀針飛射，卻阻不了人潮洶湧。人影一晃，沈郎魂擋在路口，他素來不用兵器，此時卻手握一截樹枝，雖只是一截樹枝，揮舞之間卻是勁風四射，攔下不少人馬。剩餘之人搶入碧落宮房宇之內，卻見房中無人，偌大碧落宮竟宛若一座空城，領頭之人心中一凜，揚聲道：「大家小心！請君入甕，必定有詐！」

「就算有詐，不進入，妳又知道怎麼破解？」白衣女中有一人冷笑一聲，衣袖一拂，搶入房中去了。她一進入，面具人紛紛跟進，剎那間碧落宮的亭臺樓閣被白衣女和面具人所占領，然而仍舊不見任何人影，頓時如潮水般的人群有些亂了起來，就如拼盡全力待一刀斬下，目標卻驟然消失了一般憤懣難平。

狂風彌掃的深夜，了無人影的宮殿，突然湧起了一層濃密的白霧，白霧不知自哪個房間而來，卻彌散得很快，不過片刻已自門縫、窗戶、廊坊等等通道湧遍了整個山頭。白衣女子的身影沒入白霧之中，更是難以辨認，面具人中又有人喝道：「小心有毒！」同時有人大叫道：「有埋伏！」接連幾聲「啊」、「哎呀」、「是誰——」的慘叫響起，人群頓時大亂，刀劍聲響，已有人在濃霧中動起手來。

外邊樹林中動手的池雲刀刀對著未婚妻子白素車砍去，耳聽房內情形一片混亂，突然忍不出嗤的一笑，「他媽的宛郁月旦果然是害人不淺，哈哈哈哈……」

另一邊動手的沈郎魂淡淡地道：「哪有如此容易？人家兵卒全出，你可見主帥在哪裡？」池雲一凜，隨即大笑，「那你又知那頭白毛狐狸在哪裡？」

沈郎魂淡淡一笑，「說得也是，拿下你的婆娘，回頭湊數拿人吧。」

池雲嘿嘿冷笑，刀鋒一轉，直對白素車，「十招之內，老子要妳的命！」

白素車微咬下唇，自懷裡取出一柄短刃，低聲道：「我……我真是對不住你，可是……可是……唉……」她輕輕地道：「今日我是萬萬不能在這裡死的。」

「讓妳逃婚殺人的男人，可就是妳嘴裡口口聲聲叫的尊主？」池雲冷冷地道：「老子殺妳之後，日後會抓住這人燒給妳當紙錢，妳可以心安理得的去。」

「你真是鐵石心腸。」沈郎魂一邊淡淡地道：「放心，就算你只是嘴上耍狠，下不了手，我也不會笑話的。」

「呸！」池雲一刀發出，刀光帶起一陣淒厲的環動之音，直撲白素車。白素車名門之女，所學不俗，短刃招架，只聽「錚」的一聲脆響，一環渡月竟而應聲而斷，兩截短刃掠面而過，在她頸上劃過兩道傷痕，頓時血流如注！池雲冷笑一聲，「妳竟盜走白府斷戒刀……」

白素車斷戒刀當胸，「不錯，離府之時，我……我早已決定，今生今世，絕不嫁你。」她聲音雖低，卻頗為堅決。身周四女同聲喝道：「和尊主相比，這個男人就如爛泥雜草一般，白姐姐殺了他！」喝聲同時，刀劍暗器齊出，池雲揮刀招架，白素車斷戒刀至，竟是毫不容情，正在戰況激烈之時，剎那紅色梅花飄飛，猶如乍然撲來一陣暗火，一人紅衣黑髮，緩步而來。同時身側沈郎魂手中樹枝驟然斷去，斷枝掠面而過的瞬間，只見一名暗紫衣裳，披髮眼前的人擋在面前，手中長劍劍長八尺，鏽跡斑斑。

池雲、沈郎魂兩人相視一眼，「噹噹噹」數聲擋開身前攻勢，連退數步，背靠背而立。

梅花易數。

狂蘭無行。

山風狂嘯，狂蘭無行披在眼前的長髮微微揚起，梅花易數雙袖飄揚，紅梅翩躚不定，在暗夜之中，猶如斑殘的血點。

不遠處傳來了喊殺之聲，越過數重屋宇，仍是清晰可辨。

成縕袍對空門而立，宛郁月旦靜坐一旁。

「你設下了什麼局？」成縕袍按劍的右手緩緩離開了劍柄，「為何他們跨不過那道門？」

他所說的「門」，便是距離宛郁月旦院門十丈之遙，連通前山花廊與山後庭院的木門。

「我把那道門藏了起來，」宛郁月旦纖細好看的眉頭微微一舒，「那道門前的迴廊有陣勢，而我在前山施放雲霧，他們瞧不見迴廊的走向，順著迴廊奔走，是找不到門的。」

成縕袍慢慢轉過了身，「只是如此簡單？」

宛郁月旦道：「便是如此簡單。」

成縕袍道：「那慘烈的喊殺聲呢？」

宛郁月旦道：「雲霧之中，視線不清，恰好他們又戴著面具，無法相互辨認，我讓本宮之人混入其中，大喊大叫，亂其軍心，若有人闖到絕路落單，便出手擒之。」

成縕袍淡淡地道：「又是如此簡單？」

宛郁月旦微微一笑，「又是如此簡單。」他輕輕嘆了口氣，「面具人是不能殺的，我若殺了一個，便是落了他人之計。」

成縕袍眉頭一蹙便舒，「那是說，蒙面琵琶客驅趕這群蒙面人上山，只是為了送來給你殺？」

宛郁月旦道：「風流店出現武林不過三年之事，不可能培育如此多的殺手，既然來者衣著師承都不相同，自然是受制於他九心丸之下的客人。」他又輕輕嘆了口氣，「既然是來自各門各派的客人，我若殺了一個，便和一個門派結怨，殺了一雙，便成兩個門派死敵，而人既然死了，我又如何能夠證明他們是私服了禁藥，導致我不得不殺呢？所以……」

「所以不能殺人。」成縕袍心神一震，「所以今夜之戰，流血之人，必是碧落一脈！」

宛郁月旦清澈明淨的雙眸微微一闔，「今夜之事，戰死而已。」

成縕袍驟地按劍，「唰」的一聲拔劍三寸，驀然坐下，「既然如此，方才你為何不說明？」

宛郁月旦站了起來，在屋內牆上輕按了一下，牆木移過，露出一個玉瓶，高約尺餘，狀如酒甕。他提了過來，尚未走到桌邊，成縕袍已聞淡雅馥鬱的酒香，宛郁月旦將玉酒甕放在桌上，摸索到成縕袍的茶杯，打開封蓋，草草往杯中一倒，只見清澈如水的酒水「啪」的一聲潑入杯中，雖然杯滿，卻潑得滿桌都是。成縕袍接過酒甕，為宛郁月旦一斟，屋內只聞酒香撲鼻，幽雅好聞至極。

宛郁月旦舉杯一飲，「我有何事未曾說明？」

成縕袍道：「生擒不殺人。」

宛郁月旦慢慢地道：「不論我殺不殺人，成大俠都認為稱王江湖之事，不可原諒，不是麼？何況我不殺人，也非出於善念，只是不得已。」成縕袍微微一震，只聽宛郁月旦繼續道：「既然難以認同，說不說生擒之事，都是一樣。何況成大俠有傷在身，還是靜坐調養的好。」他語氣溫和，別無半分勉強之意，也是出於真心。

成縕袍舉杯一飲而盡，「碧落宮如此做法，來者眾多，絕不可能一一生擒，怎會有勝算？你雖然起意要回洛水，但若滿宮戰死於此，豈不是與你本意背道而馳？」

宛郁月旦微微一笑，「我亦無意一一生擒，只消不殺一人，控制全域，我的目的便已達到。」

成縕袍臉色微微一變，「那你如何求勝？」

宛郁月旦淺淺一笑，「求勝之事不在我，今夜之戰，並非碧落宮一人之事。」

成縕袍皺眉，「唐儷辭？」

宛郁月旦輕撫酒甕，「蒙面黑琵琶，千花白衣女，該死之人只有一個，不是麼？」

他這句話說完，青山崖對峰的貓芽峰突然響起一聲弦響，錚然一聲，便是千山回應，萬谷鳴響，成縕袍一震，隨即長長吐出一口氣，「這一聲不是音殺，如果他在高山之上施出音殺之法，只怕一弦之下死傷無數。」

宛郁月旦對成縕袍一舉空杯，成縕袍為他斟酒，只見宛郁月旦仍是纖弱溫和，十分有耐心與定性地微笑，「究竟是死傷無數、或是平安無事，就看唐儷辭的能耐究竟高深到何種地步了。」

但聽遙遙雪峰之巔，一弦之後，有琵琶聲幽幽響起，其音清澈幽玄，反反覆覆，都是同一句，就如聲聲指指，都在低聲詢問同一個問題。這個問題問得不清，人人都只聽見了其末震動人心低問似的一聲微響，更不禁要凝神靜聽，那琵琶聲中究竟在詢問、自問什麼？那清聖至極的弦響，展現超然世外的淡泊胸懷，平靜從容的指動，彷彿可見撥弦者恢弘沉穩的氣度，那就如一個眼神沉寂的長者，在高峰上獨自對蒼生問話，而非什麼野心勃勃的人間狂魔。

庭院中喊殺聲突然更盛了，隱約可聞近乎瘋狂的聲音，彷彿那清聖的弦聲入耳，大家歡喜得發了瘋，就為這幽幽弦聲可以去死一般。白衣女子紛紛嬌叱，出手更為猛烈，不分青紅皂白對著身邊可疑之人下起殺手。

青山崖上，背靠背的池雲和沈郎魂衣髮飄揚，就在梅花易數緩步走來的時候，貓芽峰上弦聲響起，反反覆覆，如風吹屋瓦落水滴，滴水入湖起漣漪，一句一句似同非同的問著。它問一聲，梅花易數便前行一步，狂蘭無行的亂髮便安靜一分，它再問，池雲和沈郎魂便感身周之聲更靜，彷彿山風為之停滯，星月為之凝定，山川日月之間只餘下這個弦聲，低聲問著這世間一個亙古難解的疑問。

笛聲……

突然之間，黑暗的山崖之下，縹緲的白雲之間，有人橫笛而吹，吹的竟是和對山的撥弦之人一模一樣的曲調，依然是那麼清澈的一句疑問。只不過他並非反反覆覆吹著那句問調，將低問重複了兩遍之後，笛聲轉低，曲調轉緩，似極柔極柔的再將那句原調重問了一邊，隨即曲聲轉高，如蓮女落淚，如淚落漣漪生，一層層、一重重、一聲聲的低問和淒訴自山崖之下飄蕩開去。千山迴響，聲聲如淚，頓時耳聞之人人人心感淒惻，定力不足的人不由自主的眼角含淚，鼻中酸楚，只想找個沒人的地方壓低聲音痛哭一場。

笛聲響起的時候，對面山峰的琵琶聲便停了，只聽笛聲一陣低柔暗泣，柔緩的音調餘淚落盡之後，有人輕撥琵琶，如跌碎三兩個輕夢，調子尚未起，倏然音調全止，杳然無聲。

青山崖上眾人手上腳下都緩了一緩，白霧更濃密的湧出，輕飄上了屋角殿簷，很快人人目不視物，打鬥聲停了下來。

池雲和沈郎魂面對著梅花易數和狂蘭無行，琵琶聲止，那兩人紋絲不動，就如斷去引線的木偶。白素車持刀對池雲，低聲喝道：「退！」其餘四人聞聲疾退，隱入樹林之中，白素車隨之退入樹林，失去行蹤。池雲沈郎魂二人不敢大意，凝神靜氣，注視敵人一舉一動，絲毫不敢分心。

正在這安靜、詭祕的時分，一個人影出現在過天繩上，灰衣步履，銀髮飄拂。人影出現的同時，一聲乍然絕響驚徹天地，峰頂冰雪轟然而下，撲向正要抵達水晶窟的銀髮人，「啊」的一陣低呼，池雲、沈郎魂、梅花易數、狂蘭無行唇邊溢血，成縕袍傷上加傷，一口鮮血噴在地下，宛郁月旦雖然無傷，也是心頭狂跳，只覺天旋地轉，「叮噹」一聲，酒杯與酒甕相撞，竟而碎了。

一弦之威，竟至如斯！

這一弦，卻並非針對青山崖眾人，而是針對銀髮人而去！

灰衣步履的銀髮人，自然是唐儷辭。

音殺入耳，人人負傷，但這一弦針對的正主卻是泰然自若，毫髮無損！

他踏上了水晶窟口的冰地，山巔崩塌的積雪碎冰自他身側奔湧而過，轟然巨響，卻近不了他身周三尺之地，遠遠望去，就如他一人逆冰雪狂流而上，袖拂萬丈狂濤，捲起雪屑千里，而人不動不搖。

踏上水晶窟，唐儷辭負手踏上崩塌滾落的巨石冰塊，一步一步，往山巔走去。水晶窟在山腰，而撥弦人在山巔，他一步一步，氣韻平和，踏冰而上。

未曾隱沒在白霧中的寥寥幾人遠眺他的背影，很快那身灰衣在冰雪中已看不清晰，而驚天動地的弦聲也未再響起。梅花易數和狂蘭無行突地動了，兩人身影疾退，彷彿有人對他們下了新的指令，然而退至崖邊，突然一頓——池雲沈郎魂兩人掠目望去——過天繩斷！

不知是被方才的雪崩刮斷，還是方才那一聲弦響，本來就意在斷繩？

青山崖和山下的通路斷了，難道這幾百人竟要一同死在這裡？難道弦聲之主今夜上山最根本的用意根本不在戰勝，而在全殲麼？斷下山之繩，絕所有人的退路，完勝的，只有未上青山崖的那一人。

第七章 巔峰之處

千丈冰雪成天闕，萬里星雲照此間。

貓芽峰之頂，別無半分草木，全是一塊一塊黑色的巨石匍匐在地，白雪輕落其間，掩去了巨石原本猙獰的面目，看起來並不可怖。

巔峰的景色，並非冰冷，而是蕭瑟寂寞，沒有多餘的顏色、沒有多餘的生命，甚至沒有多餘的立足之地，只有滿目的黑與白。

一個人坐在極高之處，冰雪耀然的黑色巨石之上，懷抱著一具黑琵琶。那琵琶極黑極光，半輪明月在極黑的琵琶面上熠熠閃光，不知是由什麼材質繪就，而月下紅梅豔然，點點就如殘血，開遍了整個琵琶面。

唐儷辭踏上最後一塊黑岩，眼前是一片細膩光潔的雪地，雪地盡頭一塊黑色巨石聳立，巨石之上遍布積雪，難掩黑岩猙獰之態。

聽聞有人踏上岩石之聲，坐在巔峰的人緩緩抬起了頭，他面罩黑紗，頭戴布帽，絲毫看不出本來面目，然而手指如玉，柔潤修長，十分漂亮。

「唉……」唐儷辭步上岩臺，卻是輕輕嘆了口氣，「真的……是你。」

言下，似早在意料之中，卻遺憾未出意料之外。

懷抱黑琵琶的黑衣人一動不動，良久，他慢慢開口，「想不到受我一掌，擲下水井，再加一桶桐油，你還是死不了。」聲音出奇的低沉動聽，但言下之意，卻是怨毒到刻骨銘心，反成了淡漠。

唐儷辭衣袖一拂一抖，負袖在後，背月而立，「你曾說過，即使——是只有老鼠能活下去的地方，唯一能活下來的『人』，一定是我。」他的臉頰在陰影之中，並沒有看那黑布蓋頭的黑衣人，「我沒死，那是理所當然。」

「嗯……」黑衣人慢慢地道：「當年我應該先切斷你的喉嚨，再挖出你的心，然後將你切成八塊，分別丟進兩口井，倒上兩桶桐油。」他說話很好聽，開口說了兩句，一隻灰白色的不知名的夜行鳥兒盤旋了幾圈，竟在他身側落下，歪著頭看他，彷彿很是好奇。

「阿眼……」唐儷辭低聲道：「我還能叫你一聲阿眼嗎？」

黑衣人慢慢地道：「可以，你叫一聲，我殺一個人；你叫兩聲，我殺兩個人，依此類推。」

「阿眼，」唐儷辭道：「我問你一句話，九心丸真的是你……親手做的？」

黑衣人雙目一睜，雖然隔著黑紗，卻也知他目中之怒，「一條人命，我會記到你那書童身上，告訴他要小心了！」

他聲色俱厲，唐儷辭充耳不聞，人在背光之中站立，緩緩重問，「九心丸真的是你親手做的？」

黑衣人琵琶錚然一聲響，「當然。」

「為什麼？」唐儷辭緩緩轉過身來，不知是他的表情一貫如此平靜，還是他已把自己的表情調整得很好，月光下他的臉色殊好，別無僵硬痛苦之色，一如以往秀雅平靜，「當年我吃藥的時候，是你說不好是你要我戒的，是你說那不能玩那會害人一輩子……是你說我天性不好，控制欲太強，所以我改……是你要我做個好人……所以我就做一個好人——你，欠我一個解釋。」他一句一句的說，既不急躁，也不淒厲，語氣平緩的一句一句說，說到最後，語氣甚至柔和起來，近乎口對耳的輕聲細語。

「為什麼？」黑衣人豎起了琵琶，亂指往上一抹，只聽「叮咚」一陣嘈雜的亂響，他五指再一張，亂響倏然絕止，四周剎那寂靜如死，「為什麼只是為了傅主梅，只是為了你沒有登上最高的位置，只是為了一點不樂意，你就想要大家陪你一起死？在這個世界，只有我們彼此是親人是朋友，你還能逼死方周，拿他的命換你的武功前程？都是為了有權有勢不是嗎？都是為了表現你是有多麼厲害……」他冷笑道：「我早就知道你什麼都想要，知道你一定不肯承認有誰比你強——」他胸口起伏，自行緩了一口氣，「不能掌控一切，強迫所有人都跪在你腳下，拜你為神你就要癲狂——你就要毀滅一切——我對自己發誓，自你逼死方周之後，我若要活下去，就先要打敗你，做這世上最有權有勢的人！」他一字一字地說：「這世上有你沒我，有我沒你！」

唐儷辭清澈秀麗的雙眸微微一闔，低聲道：「有你沒我，有我沒你……但是世上爭權奪勢的方法有千百種。」

「你有方周留下的本錢，你有你爭權奪利的天分，你有你渾然天成的運氣，你有你看透機會的眼光，我沒有。」黑衣人頭上的黑頭巾在山風中突然被掀起了一角，露出他的額角，若說世上有人連露出額頭都能令人感覺是冷豔的，那麼眼前這人便是。「我懂的，只有做藥。反正這個世界本不是你我的歸屬，他們是死是活，是老死病死還是被我毒死，反正統統都要死，有何差別？」

「既然如此，」唐儷辭踏上一步，「錢，你現在不一定比我少，人，你也害死了不少，有了你想要的東西，可以收手了吧？」

「隱退……」黑衣人手指微扣琵琶弦，「現在已不能收手，吃藥的人越多，感染的人越多，就需要更多的藥，這也是救人。」

「這是藉口，」唐儷辭緩步前行，踏上黑衣人所盤踞的黑岩，「還是很差的藉口。」

「你想聽見什麼？」

「掌握數不清的錢，控制數不盡的人，就忍不住想要更多的東西，是不是？」唐儷辭低聲問，問到此時，嘴角微微上翹，已含似笑非笑之態。「反正此時此刻此天之下，在你看來都是一群死人，那麼做一群死人的閻羅，嘗試一下你從未嘗試的滋味，做一件你從未想過的事，說不定——會活得比從前寫意，也比從前自我，是不是？」他的睫毛微微往上一抬，凝視黑岩上的黑衣人，「承認吧……阿眼，你有你的野心，就像我當年……」

「第二，記下沈郎魂之命。」黑衣人低聲道：「噓……不要把我和你相提並論，你做的事和我做的事毫無關聯。至於我想做什麼，反正誰說話我都不信，包括我自己在內，現在說什麼、以後說什麼，反正都不是真心話，究竟說的是什麼，你又何必這麼在意？我要做什麼，隨我的心意就好，和你無關。」

「是嗎？」唐儷辭踏上黑岩之頂，與黑衣人共踞這一塊離天最高的猙獰之石，「和我無關，是因為此時此刻，在你眼裡看來，我也是一個死人嗎？」

「當然。」黑衣人琵琶一豎，扣弦在手，「踏上這塊石頭，就不必下去，將你葬在數百丈高峰之巔，算是我對得起你，也對得起過去二十年的情誼。」

唐儷辭負袖冷眉，黑衣人指扣琵琶，兩人之間疾風狂吹而過，冰雪隨狂風如細沙般緩慢移動，一點一點，自猙獰黑岩上滑落，撲入萬丈冰川，墜下無邊深淵。只聽唐儷辭輕輕嘆了一聲，「把我葬在這數百丈高峰之巔，算是對得起我，也對得起過去二十年的情誼……你可知道今天為什麼我會站在這裡阻你大事？你可知道為什麼我要出手干預，為什麼我要從余泣鳳那裡搶走藥丸，為什麼我要引你上碧落宮？為什麼我放任我最關心在意的錢和名譽、地位於不顧，一定要在這裡將你攔住？」他一字一字地道：「因為你說過，要活得快樂，要心安理得，要不做噩夢，要享受生活，一定要做個好人。只有人心平靜、坦然，無愧疚無哀傷，人生才不會充滿後悔與不得已，才會不痛苦。我……痛苦過，所以我懂；而你呢？」他再踏上一步，「而你從來沒有走錯路，你自己卻不懂，所以我來救你——這個世界對我而言一樣充滿死人，毫無眷戀，你害死誰我都不在乎，但是你害死你自己——你自己要害死你自己——你日後必定會做噩夢會痛苦會後悔，我就一定要救你！一定不讓你走到當初我那一步！」他伸出手，「阿眼，回來吧。」

「哈哈，你越來越會說話，也越來越會裝好人了！」黑衣人仰天大笑，黑色布幕飄起，露出一角白皙如玉的肌膚，眉線斜飄，出奇的長。「第三聲！既然你說到我害死誰你都不在意，那麼第三個，我就殺了這個孩子——」他雙手一動，竟從擋風的黑琵琶後抱出一個襁褓，那襁褓裡的嬰兒稚嫩可愛，兩眼烏溜，赫然正是鳳鳳！鳳鳳被唐儷辭寄養在山下人家，卻不知何時被黑衣人擄來了。

唐儷辭目不轉睛地看著鳳鳳，鳳鳳似是穴道被點，兩眼委屈的充滿眼淚，卻哭不出來，可憐兮兮地看著唐儷辭，一動不動。黑衣人掐住鳳鳳的脖子，「你逼走主梅害死方周，貪圖金錢武功，如今更是身為國丈義子，坐擁萬竅齋珠寶，這樣的人，也敢和我談你痛苦過，你感同身受所以你要救我——你也配和我說你要救我？哈哈哈……天大的笑話！」他雙指運勁，「這個孩子，就是你冥頑不靈，不聽號令害死的——」

「且慢！」唐儷辭出手急阻，黑衣人琵琶一橫，擋在兩人之間，「你再進一步，我便一掌把他拍成肉餅，死得連人形也無！」

唐儷辭的臉色終於有些微變，「他……他是她的孩子，你怎麼忍心對他下手？」

黑衣人冷笑，「這是她和別人生的孽種，她既然是我的女人，我殺她的孽種，哪裡不對？」

唐儷辭道：「孩子是她的希望，你殺了她的孩子，她必定自盡，你信是不信？」黑衣人微微一震，唐儷辭疾快地道：「且慢殺人，你要以什麼換這孩子一命？」他按住黑衣人的手，兩人之間只相隔一具琵琶，只聽他低聲道：「不管你要什麼，我都可以給你。」

「你——」黑衣人冷眼看著他按著他的那隻手，「你這麼關心她的孽種做什麼？難道你也……」

唐儷辭眉頭微蹙，並不回答。黑衣人突爾大笑起來，「哈哈哈哈，連你也迷上了那個賤婢？哈哈哈哈，那賤婢果然是魅力無雙，竟然連你都被她迷倒……真是不世奇功，回去我要好好犒勞她，竟然為我立下如此大功，哈哈哈……」

唐儷辭道：「你要什麼換這孩子一命？」

黑衣人緩緩放開掐住鳳鳳咽喉的手指，「你自盡，我就饒他不死，說不定……還帶回去給那賤婢，她一定感恩戴德，從此對我死心塌地……」

唐儷辭道：「不錯，你把他帶回去，她一定對你感恩戴德，從此死心塌地。」

黑衣人冷冷地看著他，「自盡！」

唐儷辭驀然拂袖，「不管你要什麼，我都可以給你，除了要我死之外！要我自盡，不如你當場掐死他。」

黑衣人仰天大笑，「哈哈哈……偽善！連你自己都無法自圓其說的偽善！可笑至極！」他一手抱鳳鳳，一手握琵琶，「不肯死就算了，讓我再殺你一次，這一次，絕不讓你復生。」

「阿眼，殺人，是你心裡想要的結果麼？」唐儷辭振聲喝道：「如果我說方周沒死，你——」

黑衣人哈哈大笑，「方周沒死——方周沒死——事到如今，你還敢騙我說方周沒死——是你——」他手指唐儷辭的眼睛，「是你將他的屍身浸在冰泉之中，是你讓他死不瞑目，是你不讓他入土為安，是你要凌虐他的屍身、剖開他的胸口挖出他的心——自你登上貓芽峰，我就派遣人馬搜查你唐家國丈府，果然找到方周的屍體。是我將他親手安葬，是我為他立碑，今天你竟然敢說他還沒死——你騙誰？」

「你——」唐儷辭右手按在腹上，彷彿突然而起的疼痛讓他不堪忍受，臉色頓時煞白如死。黑衣人左手橫抱鳳鳳，「錚」的一聲琵琶聲響，「騙局已破，再說一句，剛才你走的那條繩索已被琵琶聲所斷，今天除你之外，碧落宮雞犬不留！動手吧！」

「你將他葬在什麼地方？」唐儷辭左袖一揚，那張秀雅斯文的臉一旦起了凌厲之色，一雙麗眸赫然正如鬼眼，眼白處剎那遍布血絲，黑瞳分外的黑，觀之令人心頭寒顫。

「今天打敗我，我就告訴你。」黑衣人低聲而笑，「真是諷刺的好彩頭，哈哈哈哈哈……」

「柳眼！今夜會讓你知道，就算是今時今日，我仍然是四個人中最強的——」唐儷辭臉色煞白，半截銅笛斜掠指地，「我一定有辦法救你、也一定有辦法救他！」

黑紗蒙面人琵琶一動，龐大黑岩之上積雪轟然爆起，化作雪屑瀟瀟散下，唐儷辭斷笛出手，掠起一陣淒涼尖銳的笛音，合身直撲，卻是點向柳眼的雙眼！

青山崖。

過天繩斷！

池雲、沈郎魂倏然變色，然而碧落宮中湧起的雲霧卻在此刻漸漸散去，蘭衣亭之頂霍的一聲火焰升起，照亮方寸之地，卻見蘭衣亭頂上不知何時多了一塊木牌，上面並未寫一字，卻懸掛一個小瓶，看那顏色、樣式，正是唐儷辭自余家劍莊奪來的「九心丸」！

遍布碧落宮的面具人頓時起了一陣偌大混亂，白衣女連連喝止，卻阻止不了面具人紛紛湧向蘭衣亭下，正要人要縱身而起，面具人中有人喝道：「且慢！定有詭計！稍安勿躁！宛郁月旦，出來！你這是什麼意思？」

颯颯山風之中，有人口齒清晰，緩緩而道：「正如大家所見，這就是九心丸。」一聲音悅耳動聽，發話的人卻不是宛郁月旦，而是鐘春髻。「在下鐘春髻，為雪線子之徒，碧落宮之友。大家身中九心丸之毒，增長了功力，卻送了性命，何等不值？若是為了保命，終生受制於人，那又是何等不甘？碧落宮與江湖素無恩怨，自然與大家也並無過節，過天繩斷，貴主已不可能踏上青山崖，大家既然並無過節，何不就此罷手，坐下和談呢？」她聲音既好聽，又非碧落宮之人，說得頭頭是道，條理分明，面具人面面相覷，不禁都靜了下來。

「哪裡來的賤婢！藏身暗處蠱惑人心！」蒙面白衣女卻是紛紛叱吒了起來，白霧散去，只見三五成群的白衣女身周已有青衣人團團圍住，正是碧落宮潛伏的人馬，雖未動手，但這群年輕女子顯然絕非碧落宮眾高手之敵，叱吒了幾聲，眼見形勢不妙，漸漸住嘴。

浩浩夜空，朗朗星月之下，只聽鐘春髻道：「我方手中尚有數百粒九心丸，可解各位燃眉之急，服下之後，兩年之內不致有後患。不管各位決意與我方是敵是友，這粒藥丸人人皆有，並無任何附帶條件，各位少安毋躁，片刻之後便有人奉上藥丸。」她說完之後，兩位碧落宮年輕女婢腳步輕盈，姍姍而出，一位手中端著一大壺清水，一位手中捧著十來個其白如雪的瓷碗。兩位姑娘年紀尚輕，驟然面對這許多模樣古怪的人，都是滿臉緊張之色。

「各位請列隊服用。」鐘春髻繼續道：「過天繩斷，但碧落宮自有下山之法，各位不必緊張。不過，不知各位有否仔細想過，與其因為九心丸，終生受制於貴主，其實不如以這兩年時間請貴主潛心研究，調配解藥，使九心丸既能增長功力，又不必蘊含劇毒，豈非兩全其美？」

面具人搶在兩位女婢面前，礙於解藥不知在何處，不敢明搶。兩位女婢滿臉緊張，但手下功夫卻是不凡，清水一碗，藥丸一顆，饒是面具人眾目睽睽，也沒瞧出究竟藥丸藏在兩人身上何處？只得勉強安分守己，列隊等待。其中更有不少人暗想：碧落宮故意不說下山之法，除了賜予九心丸施恩之外，更有要脅之意，恩威並施，只要我等與其合作，對付尊主，

「請」尊主調製解藥。但這等算盤打得精響，風流店之主，哪有如此容易對付，能「請」他調製無毒的九心丸？話雖如此，但若無解藥，這條老命未免保不住，就算保住了，也是他人棋子，活著也無味得很，不如一賭……

「各位本來面目如何，我等並無興趣，如果各位有心，願意與我等配合，『請』貴主調配解藥以解眾人之苦，過後請到蘭衣亭中詳談；如無意配合，待我方告知下山之法後，自行離去，碧落宮不惹江湖紛爭，絕無刁難之意。」鐘春髻道：「至於三十六位身著白衣的姐妹，也請留下詳談。言盡於此。」她始終不現身，這番言語，自然不是她自己想得出來的，若非唐儷辭教的，便是宛郁月旦指點。

「嘿嘿嘿，原來今夜之戰早有人掐指算準，宛郁月旦自己不出面，碧落宮照樣『超然世外』，派遣鐘小丫頭出來說話，碧落宮中人一個字不說一個屁不放，就得了此戰的勝利，又順便大作人情，招攬許多幫手。」冷笑的是池雲，他受唐儷辭之命在崖邊守衛，唐儷辭卻沒告訴他全盤計畫，「該死的白毛狐狸，老子和你打賭，這等大作人情的伎倆，一定是那頭狐狸的手筆！」

沈郎魂擦去嘴邊被弦音震出的血跡，淡淡地道：「嘿，若都是他的計畫，非拿藥丸和出路要脅眾人聽他號令不可，如此輕易放過機會，一定是宛郁月旦參與其中。」

池雲收起一環渡月，「一頭老狐狸加一頭小狐狸，難怪今夜風流店一敗塗地，不過但看那『尊主』斬斷過天繩的手法，無情無義、心狠手辣，根本沒有意思要今夜上山之人活命，咱們雖然沒輸，但也不算全贏，這些人，都是他的棄子。」

沈郎魂眼望對面山巔，緩緩地道：「碧落宮固然大獲全勝，今夜之後再度揚名武林，並且結下善緣，擁有了稱王的資本，但是真正的勝負並不在此……」

池雲哼了一聲，「某只白毛狐狸自稱武功天下第一，老子何必為他擔心？」

沈郎魂也哼了一聲，「你不擔心就不會有這許多廢話。」

池雲突地探頭到他身前一看，沈郎魂淡淡地道：「做什麼？」

池雲瞪眼道：「聽你說話越來越像老子，老子看你真是越來越順眼。」

沈郎魂一頓，「你那未過門的妻子還在樹林裡，不去敘敘舊情？」

池雲轉身望樹林，呸了一聲，「今夜不殺白素車，我不姓池！」大步而去。

宛郁月旦房中。

成縕袍靜聽外邊諸多變化，突而深深吸了口氣，「原來所謂稱王之路，也能如此……」

宛郁月旦指間猶自握著那撞碎的茶杯瓷片，瓷片銳利，在他指間割出了血，但他似乎並不覺痛，輕輕嘆了口氣，「盡力而為，也只能如此而已，局面並非我能掌控，誰知哪一天便會兵戎相見，犧牲自己所不願犧牲的人。」

成縕袍舉杯飲盡，「但你還是執意稱王。」

宛郁月旦道：「嗯……但王者之路，世上未必只有一種。」

成縕袍放下茶杯，突然道：「或許有一天，你能開江湖萬古罕見的時代。」

宛郁月旦溫柔的微笑，眸色緩緩變得柔和清澈，不知是想起了什麼，「也許……但其實我……更期待有人能接我的擔子。」

成縕袍凝視著他，看了好一會兒，「你真不是個合適稱王的人。」王者之心，隱退之意，焉能並存？宛郁月旦要稱王天下，所憑藉的不是野心，而是勇氣。

你真不是個合適稱王的人？宛郁月旦沒有回答，眼眸微閉，彷彿想起了什麼讓他無法回答的往事。

門外面具人群三五成群低聲議論，突地有一人一言不發，往蘭衣亭中奔去，兩位姑娘發藥完畢，輕聲細語解說如何自冰道退下碧落宮，解說完畢，不少人原地猶豫，大部分人退入冰道，卻仍有六七十人經過考慮，緩緩走入蘭衣亭。

「成大俠請留下休息，我尚有要事，這就告辭了。」宛郁月旦站了起來，對成縕袍微笑，「蕭大俠就在隔壁，還請成大俠代為照看一二。」成縕袍頷首，宛郁月旦仔細整好衣裳，從容且優雅的往蘭衣亭走去。

他沒讓任何人帶路，也沒讓任何人陪伴，行走的樣子甚至顯得很平靜，微略帶了一絲慵懶隨性。

池雲大步踏進樹林，卻見樹林之中人影杳然，不見白素車的人影，連方才一起進入樹林的四個白衣女子也都不見，不禁一怔。這樹林也就寥寥數十棵大樹，五個大活人能躲到哪裡去？但確實五個女子不見了。

樹林外梅花易數和狂蘭無行仍如兩具僵屍般立在山崖邊，沈郎魂拾起兩塊石子，隨手擲出，撲撲兩聲，竟然盡數打中兩人身上的穴道。他閱歷本多，但對於眼前此中情形卻是大惑不解——這分明是兩個極強的戰力，為何不能行動？難道是因為那琵琶聲斷了？但如此說法不通清理，如果這二人只能受樂聲指揮，而風流店的「尊主」本就打算把他們當作棄子，那豈非是帶了兩個廢人到碧落宮來送死？如果不是，那這兩人被留在碧落宮的用意是什麼？心念剛轉，池雲已從樹林中出來，滿臉疑惑，沈郎魂一看便知樹林中也有變故，淡淡看了池雲一眼，指指被他點住穴道的梅花易數和狂蘭無行，「你如何看？」

池雲找不到白素車，臉色不好，冷冷地瞟了兩人一眼，「誰知道？或許這兩人突然耳聾，聽不到殺人指令，或者突然中邪，要不然就是雪山太高，站在崖邊嚇到腿軟。」

沈郎魂搖了搖頭，此事太難解釋，眺望對面山巔，「你可還聽得見琵琶聲？」

池雲皺眉，「自從白毛狐狸上山，就沒再聽見那見鬼的琵琶。」

沈郎魂淡淡地道：「雖然聽不到琵琶聲，我卻依稀聽到笛聲。」

池雲凝神靜聽，然而山頭風聲響亮，相距數十丈之遙的兩座山峰，山巔又在百丈之上，他只聽到滿耳風聲，卻沒聽見笛聲，「什麼笛聲？」

沈郎魂微閉眼睛，「一陣一陣，就像風吹過笛管發出來的那種嘯聲。」

池雲呸了一聲，「老子什麼也沒聽見，你若能聽見，那就是胡吹！少說幾百丈遠，難道你長了順風耳？」

「嗚——」一聲微弱的嘯響，池雲一句話未說完，驀然回首，眼角只見一物自雲海間一閃而逝，嘯聲急墜而下，瞬間消失。

「那是什麼？」池雲失聲問道，沈郎魂雙目驟然一睜，「斷笛！」

池雲的身影瞬間搶到崖邊，「什麼？」

沈郎魂冷冷地道：「半截斷笛，看那下墜的重量，應該是他手上握的那一把銅笛。」

池雲仰頭看雪峰，「難道——」

沈郎魂淡淡地道：「能敗我於一招之內，你以為那雪峰上撥琵琶的是什麼人？你的公子，真的能輕易得勝麼？」

池雲變了臉色，「這山上亂彈琵琶的瘋子，就是——」

沈郎魂面無表情，「就是在我臉上刺印，將我妻丟進黃河的那個瘋子！」

雲海浩淼，星光燦燦，不遠處的雪山在月下皎如玉龍，而於山相比，渺小如蟻的人要如何能看穿蒼茫雲海，得知山巔的變化呢？

「老子要下山！再從那邊上去！」池雲臉色青鐵，重重一摔衣裳下擺，掉頭便走。

沈郎魂淡淡地道：「你是白癡麼？他引誘那人斬斷過天繩，獨自上山，用意就是不讓你過去，就算你跟著下山的這些人從冰道下去，保管你找不到回來的路！」

池雲厲聲道：「你怎知道回不來？」

沈郎魂閉上眼睛，「那是因為昨天夜裡，我已從冰道走過一遭了，冰道出口不在貓芽峰下。」

池雲一怔，沈郎魂淡淡地道：「他要自己一個人上去，會讓你找到通路跟著上去麼？他這番心機本是為了防我復仇心切，衝上去送死，不過我雖然確是復仇心切，卻比他想像的有耐心。」

池雲臉色陰晴不定，「那就是說就算他今晚死了，也是活該！算作自殺！」

沈郎魂仍是面無表情，「嘿！你認定他必輸無疑？我卻認為未必。」

池雲冷笑，「老子只是認定這頭狐狸喜歡找死，日後要是被他自己害死，休想老子為他上半柱香燒半張紙錢！」

話說到此，雪峰頂突然又傳出隱隱轟鳴之聲，不知是什麼東西震動了，過了半晌才見數塊大石隨山坡滾下，震得冰雪滑落，冰屑飛揚，那石塊有半間房屋大小，若是砸上人身，必定血肉模糊！青山崖上忙碌的眾人突然瞧見此景，都是一呆，白衣女子卻一起歡呼道尊主格殺敵人，尊主天下無敵，當下有人拔劍出擊，和碧落宮宮人動起手來。

巨石滾落，聲響漸息，除了仍在動手的白衣女子，眾人的目光皆呆呆地看著雪峰之巔，心中不由自主的想像在那雪山之上，究竟是藏匿著何等怪物在和唐儷辭動手？驚天動地的落石之威，究竟是誰人引起？一弦殺人的威力，卻又為何不再出現？

就如迎合眾人的期待，巨石滾落之後，貓芽峰積雪崩塌，瀟瀟滿天的雪屑覆蓋了方才巨石滾落留下的痕跡，一切似乎沒有留下任何痕跡。正在眾人一口氣尚未緩過來，目光尚未自貓芽峰收回之時，突然有人「哎呀」一聲，失聲道：「那是誰？」

池雲凝目望去，只見對面雪山半山腰上，有兩個黑影緩慢的移動，看那移動的方法，這兩人若非不會武功，就是武功低微。貓芽峰剛剛雪崩，雖然並不是十分嚴重，足下的冰雪也是極不牢靠，這兩人在此時仍要堅持上山，可見絕非偶然出現，那是什麼人？他瞧不見來人模樣，「姓沈的，你看得清楚麼？」沈郎魂耳目之力卻是勝過常人甚多，凝神細看，沉吟半晌，「好像是兩個女子……」

「女子？」池雲詫異，「怎會是女子？」不會武功的女子，怎會出現在貓芽峰上，碧落宮外？

沈郎魂眉頭一蹙，「看來多半是風流店的女子，但風流店又怎會有不會武功的女子……」池雲沉吟，「難道是余家劍莊裡面，白毛狐狸說的那個『紅姑娘』？但不會武功，半夜三更爬這樣的雪山危險得很，難道說她們比我們還急？認定她的尊主會吃虧麼？」

山巔上的情形，看來奇怪得緊，只怕是遠遠超出他們這些人的想像，沈郎魂目光往蘭衣亭掠去，宛郁月旦人在亭中，舉手示意，不知在說些什麼，一眼也未往山巔上看。

當然，他也看不見。

如此鎮定的表情，難道是唐儷辭向他保證過什麼？

對面雪山上移動的人影極其緩慢的往上爬，雖然看不清楚具體情形，卻也知情況危險萬分，究竟山巔上的人有何種魔力，能令這許多年輕女子豁盡生命而在所不惜？

突然之間，山頂再度傳來震動，碎石滾落，一道人影自山巔飛墜而下，眾人未及震愕，另一道人影隨之撲下，數百丈高峰，眾目睽睽，人人看得清清楚楚，乃是第一人先行跌下，第二人方才自行跳下。

但雪峰高遠，其寒入骨，其風如刀，數百丈的距離，若自山巔墜落，必死無疑。這第二人臨空撲下，不知意欲何為，但如此行徑，無異找死。一瞬之間，看不清這人是誰，心中念頭尚未明白，兩道人影已相繼跌入雲海，不見蹤影。

「尊主！」眾白衣女子失聲驚呼，驀地崖底有人人影一晃，對面山崖上緩慢移動的黑影處發出一聲震響，沈郎魂倏然失聲道：「應天弩！」隨他這一喝，一支銀箭破空而來，箭後引著一條暗紅色繩索，此箭之力，竟然能穿透數十丈空間的強風密雲，不受絲毫影響，直抵青山崖下！青山崖下白影一晃，有人接過繩索，縛在崖下岩石之上，清喝一聲，數道白影掠上繩索，直奔對山而去！

「白素車！」池雲怒喝，她竟然潛伏崖底斷岩之間，等待時機，這應天弩一擊，分明就是有所預謀，事先留下的退路！

沈郎魂出手如電，一把將他按住，「且慢！應天弩所引的是百毒繩，一沾中毒，毒分百種，除非下毒之人的解藥，世上無藥可救！」池雲出手更快，一環渡月銀光一閃，百毒繩將斷！

暗紅色繩索一瞬而來，給青山崖的震動卻是難以言喻，不少身在蘭衣亭的面具人都是渾身一震，心上念頭千百。眼見一環渡月銀芒閃爍，將要斬斷生路，宛郁月旦一拂袖，只聽「叮」的一聲脆響，他袖中飛出一物竟然後發先至，與一環渡月相互撞擊，一環渡月去勢一偏，掠過百毒繩上，「嗡」的一聲打了一個迴旋，重回池雲手中。

轉瞬之間，斷繩救繩，宛郁月旦並無武功，袖中發出的不知是什麼暗器，竟有如此威力，青山崖頓時一片寂靜，只聽他溫言道：「既然貴主人有所安排，要請各位回去，碧落宮也不勉強，山風甚大，各位小心。」此言一出，眾皆愕然，原本一隻腳踏出蘭衣亭之人遲疑片刻，又收了回來。宛郁月旦不再說話，靜立亭中，就如他十分有耐心等待眾人離去一般。

「好個會籠絡人心的小狐狸！」池雲收回一環渡月，心有不忿，「哼！我下山底去看那兩人怎麼樣了，少陪！」他一頓足，心一橫，竟不從碧落宮冰道下山，自崖邊縱下，攀附岩石冰雪之上，直追而下。

沈郎魂立身崖上，凝視池雲白衣消失于雲海之中，那墜落雲海的，真的就是他那殺妻毀容的仇敵麼？深仇大恨，真的能這樣如雲煙一般消散？為何鬱積心頭的憤怒和痛苦卻不曾消失，只是如失去治傷的方法一般，淪為今生的不治之症……

「尊主、尊主……」身後白衣女子眾聲慟哭，其聲之哀，令人心生悽楚。耳聽碧落宮中有人清喝一聲「姑娘！」，隨後「叮噹」一聲，卻是有人橫劍自刎，被碧落宮宮人救下。本欲血濺三尺的戰場，淪為一片淒婉悲鳴之地。

「宮主。」宛郁月旦身邊一人碧衣佩劍，身姿卓然，正是碧落宮下第一人碧漣漪，宛郁月旦一頷首，輕輕一嘆，碧影一閃，滿場轉動，不過片刻，白衣女子已一一被點中穴道。這些女子天真未泯，年紀輕輕，雖說是別有可憐可悲之處，卻也是眾多滅門慘案的凶手，眾人皆有測然之心，卻不能輕易釋然，何況關於風流店的眾多資訊，還需從這些女子身上探聽。

「此間事已了，碧大哥，這裡交你。」宛郁月旦眼眸微閉，「我要去看看剛才墜山的兩人情況如何。」

碧漣漪領命，鐘春髻自蘭衣亭中奔了出來，臉色蒼白，「我……我……」她此時說話，和方才那侃侃而談的氣勢渾不相同。

宛郁月旦溫言道：「鐘姑娘為我帶路吧。」

鐘春髻看著宛郁月旦微帶稚嫩，卻仍是溫雅從容的臉，突然只感一陣慰藉、一陣溫暖、一陣傷心，「我……」

「走吧。」宛郁月旦伸手搭上她的肩，「請帶路。」

沈郎魂抬起頭來，凝視對面雪山，只見五名白衣女子和兩個人影會合，一路繼續往山頂攀爬，一路匆匆下山。以此看來，這「應天弩」設百毒繩之事，並非風流店事先計畫，而是倉卒之間的應變之法，這幾名女子也是追蹤尊主而來，但不知山巔究竟發生何事，導致如此變故？他內心深處自不相信那兩人就此死了，若無萬全之策，那兩人絕不可能跳崖而亡，更何況還有一人是自行跳下，雖說數百丈懸崖墜之必死，但對這兩個人來說，總有不死的方法。

浩瀚雲海之下，風雲湧動，風嘯之夜，狂風吹得山峰岩石崩裂，攀岩而生的松木搖搖欲墜，宛若不得人氣的地獄。

一道黑影破雲而下，剎那已下墜數十丈之遙，其後一道灰影加速撲下，在黑影離地尚有數十丈之時，一把抓住了黑影。兩人相接，墜勢加劇，正在此時，灰影腰間「啪」的一聲巨響，兩條紅色腰帶震天而起，剎那之間竟衝開二三十丈長，幅闊之寬竟在三尺以上，驀然就如長了一對鮮紅色的翅膀。受此腰帶之力，加上風嘯之威，兩人急墜之勢趨緩，堪堪落地之時，灰衣人出掌劈空，素白雪地頓時轟然一聲，被劈開了一個巨大的凹痕，而剎那冰層迸裂，龜裂出如蜘蛛網般的紋路。受這腰帶、狂風和一掌之力，兩人安然落地，灰衣人受冰層反震之力，胸口真氣激蕩，驀然另一股真力透體而入，震動五臟六腑，他唇角微勾，「你——」

被灰衣人所救的黑衣人面上黑紗雖早已被風颳得不知去向，但衣上蒙頭黑布卻仍在，遮去他大半面孔，正是柳眼。但聽他低聲而笑，「哈哈哈哈哈……哈哈哈哈哈……就像我從前所說，你就是太重感情……太重感情的人，為何會逼走兄弟、害死朋友？我真是不能理解，但是如你這般做法，永遠也殺不了我，哈哈哈哈……」黑衣人以袖遮面，揚長而去，在雪地上幾乎不留痕跡。

「呃……」唐儷辭手按胸腹，跪坐雪地之中，唇角溢血，染得那似笑非笑的唇尤為紅潤鮮豔，「哈哈，在山巔敗於我手，你就跳崖自盡……我拼死救你……你就給我一掌……阿眼你……你真是青出於藍……而……」他低聲說到這裡，猛然「呃」的一聲吐了一口血出來，以手捂唇，指間、雪地盡是血絲，就如那一天，他親手挖出摯友破碎的心臟，埋入自己腹中。

如今……方周入土為安……他費盡心機所做的一切，意義何在？

而後果……又要如何收拾？

唐儷辭跪坐在雪地之中，滿頭銀髮隨狂風暴雪飄動，血染半身，腰上豔紅飄帶迤邐於地，末端在風中獵獵作響，就如一尊煞紅煞白的冰像，既秀麗，又狂豔詭異莫測。

龜裂的冰層盡頭，有人「嗒」的一聲輕響，踏上了這塊暴風雪中被毀壞殆盡的雪地，入目瞧見那綿延二三十丈長的豔紅飄帶，輕輕「啊」了一聲，「唐公子……」

唐儷辭抬起頭來，只見風雪飄搖之中，一人身著暗色裘衣，緩步而來，走到他身邊伏下身來，「你怎麼了？」月光淒迷，雪地映照著月光，卻是比其他地方亮些，只見來人眉目端正，容顏清秀，微微帶了一絲倦意，年不過二十歲，乃是一個裘衣挽髮不戴首飾的年輕女子。

「阿誰……」唐儷辭唇角微勾，露出一個如他平日般淡雅的微笑，「別來無恙。」

裘衣女子目光轉動，看了他腰上所繫的豔紅飄帶一眼，以及身上地上所流的鮮血，「他……他墜崖而下，是你救了他？」

唐儷辭笑笑，「嗯。」

「而你救了他之後，他卻打傷了你？」裘衣女子輕輕的問，眉眼之中那層倦意略重三分，「唉……」

「嗯，阿誰姑娘……」唐儷辭自冰雪中站了起來，墜下深淵，身受重傷，但舉手投足之間唐儷辭風采依然，絲毫不見踉蹌掙扎之態，明珠蒙血，依舊是明珠。「冰天雪地，寒冷異常，既然他已經無恙回去，姑娘也請回吧，否則若是受寒，豈非我之過？」言罷微笑，笑意盎然。

裘衣女子點了點頭，卻站著不走，「我的孩子，他……他近來可好？」

「很好。」唐儷辭笑顏依然，毫無半分勉強，「姑娘跟隨他身邊，他脾氣古怪，姑娘小心。」

「他——」裘衣女子緩緩地道：「他我行我素，胡作非為，一旦心之所好，即使夜行千里，橫渡百河，他也非做不可。不過……」她眼望唐儷辭身上斑斑血跡，「他不算個特別殘忍的人，只不過任性狂妄，或許是受過太大的傷害……這一掌如果他真有殺你之心，你必已死了，只是或許連他自己都不明白……」

「我明白。」唐儷辭柔聲道：「阿誰姑娘，請放心回去，風流店九心丸之事我必會解決，今夜請莫說在此遇見了我。」

裘衣女子淡淡一笑，笑顏清白，「卑微之身，飄萍之人，唐公子何等人物，不必對我如此客氣。托孤大恩，阿誰永世不忘。」行了一禮，她低聲道：「唐公子身負重任，頗受煎熬，還請珍重。」

唐儷辭微微一笑，本要說話，卻終是未說，目送裘衣女子緩步離去。

她是鳳鳳的娘，是柳眼的婢，也是柳眼心心念念，不想愛又不能不愛的女人，是一個好人。

仰頭看了下數百丈的雪峰，他手按胸腹之間，眉心微蹙，隨即雙袖一抖，腰際所纏的豔紅飄帶倏然而回，握在手中，不過盈盈一把。這豔紅飄帶，乃是洛陽蓮花庵最富盛名的菩鵲師太畢生心血，以一種殷紅色小蟲所吐的絲織就，此絲細於蠶絲百倍，強韌遠在蠶絲之上，而刀劍、水火不侵，乃是一件難得的寶物。不過正因此物刀劍難傷，故而無法剪裁成衣，自織成至今仍是一塊三尺餘寬，四五十丈長的布匹，價值連城，菩鵲師太生平紡織無數，獨對此物珍愛倍之，不肯出售。數年前唐儷辭因故與她相識，菩鵲師太坐化圓寂之時將此物送他，而此次雪山之行唐儷辭思慮周密，早已料到有墜崖之險，所以一早帶在身上。收拾好飄紅蟲綾，他縱身而起，再上雪山，重傷之身起落之勢仍如鷹隼，片刻之間，已上了數十丈之高。

池雲自岩壁攀爬而下，雖是驚險萬分，仗著一身武功化險為夷，期間滑下幾次，福大命大僥倖未傷。待他堪堪到達山下，已是天色微明，遍尋山底不見唐儷辭人影，只見雪地崩裂，血跡斑斑，該死的兩人蹤跡杳然，不要說屍體，連一片衣角都沒有留下。他尋不到人，卻見染血的雪地之上留有一行淺淺的足印，依稀是女子所留，心下詫異，沿著足跡追了出去。

池雲離去不久，宛郁月旦和鍾春髻趕到峰下，繞貓芽峰一周，他們卻並未找到這片染有血跡的冰地，轉了幾圈，宛郁月旦一聲輕嘆，「找不到人，說明墜崖之人未必有事，此地寒冷，還是回去吧。」

鍾春髻舉目四顧，「他們要是摔了下來，掛在山壁之上，不是也……也……」

宛郁月旦柔聲道：「貓芽峰山勢陡峭，罕有坡度，多半是不會的。」

鍾春髻低聲道：「那……那要是他摔得……摔得粉身碎骨，豈不是也找不到……」

宛郁月旦微笑，「鍾姑娘切莫心亂，宛郁月旦相信，以唐儷辭之能，絕不至於墜崖而亡。」他說出「切莫心亂」四字，鍾春髻頰上生暈，突然之間，不知說什麼好，怔怔看著宛郁月旦，這個人的眉目仍是那般精緻秀雅，神態仍是那般從容，如果方才是他墜崖，自己又會如何呢？

「那現在該怎麼辦？」鍾春髻輕聲問，「順利收服風流店下六十三人，但是他並沒有說收服之後又該如何。」

宛郁月旦道：「現在……回宮中說那兩人無事，靜坐等他回來便是。」

雪峰之巔。

雜亂的雪印，數道濺血的痕跡，冰雪盡去、露出嶙峋岩骨的巨大黑岩，一切的一切，發生得如此短暫，卻又似發生得如此遙遠。

白素車持刀上山，身後跟隨兩名白衣女子，踏上峰頂，只見風雪徒然，並無人跡，然而狂風之中隱約有嬰兒微弱的哭聲，似遠似近。她「嗯」了一聲，只見在巔峰岩縫之中露出襁褓一角，一個不過數月的嬰兒被夾在岩縫之間，凍得滿臉青紫，極其微弱的哭著。這孩子若不急救，不消片刻便即斃命。

「白姐姐，這是——」白素車身後的一名白衣女子嬌聲道：「這是誰的孩子？怎會在此？」

白素車搖頭道：「我也不知，不可思議，尊主和唐儷辭決戰在此，怎會突然多了一名嬰兒？」

白素車身後另一名白衣女子卻道：「我知道，這是上山前燕兒姐姐從雪山那戶獵人家裡奪回來的，好像是尊主非常看重的人。」

「既然是尊主看重的人，白姐姐，殺了他！」那白衣女子嬌叱，「唰」的一聲拔出劍來，「或者讓我一劍斬為兩段。」

白素車把那嬰孩自岩縫裡扯了出來，伸指一觸那嬰孩的臉，只覺冰冷至極，更勝寒冰，這孩子在如此惡劣的環境中竟然不死，也是一件奇事。

「妳要殺他？」

「不錯！尊主心中牽掛的人太多，我要他有一日心中只有我一個！」白衣女子殺氣凜凜，另一人道：「讓他在這裡自生自滅，既然尊主不在，我們快點回去吧。」

白素車輕輕嘆了口氣，「妳們……妳們還真是被小紅調教得很澈底，殺人滿門毫不在乎……真的要殺這個孩子？」她右臂將鳳鳳抱在懷中，「誰先殺了這個孩子，我就教誰一記劍招如何？」

「好！」兩位白衣女子嬌吒一聲，刀劍齊出，如電光流轉，直擊白素車懷中的鳳鳳。

「叮噹」兩聲脆響，「啊——」的混在一起的慘叫，只見兩道白影受創飛出，直墜山崖之下——這兩人不是唐儷辭，自也沒有會半路打開的飄紅蟲綾救命，眼看是不能活了。

白素車一招殺兩人，拂袖而立，神色不變，仍是那般清靈，將鳳鳳抱在懷中，她運功攻入他體內，為他解除寒氣。

「好一個女中豪傑。」狂風暴雪之中，有人輕輕一笑，「白姑娘，這一擊很漂亮。」

白素車驀然回身，只見身後巨岩之下，不知何時已站了一人，灰袍寬袖，半身染血，然而風姿卓然，袖袍飄揚，絲毫不見憔悴之色，正是唐儷辭。

「唐儷辭……」她斷戒刀在手，斜對唐儷辭，沒有絲毫畏懼之色，「你要怎地？」

唐儷辭右手輕按腹部，「今夜之戰，有兩件事很奇怪……其一，梅花易數、狂蘭無行分明是風流店兩大戰力，為何不能出手？其二，紅姑娘心計過人聰明絕頂，又善引弦攝命之術，為何沒有出現戰場，導致青山崖局面突變之後，風流店無人主持，難以應對？當然理由可有千百種，不過我想最具可能性的一種……是風流店中有內奸，此人非但臥底風流店，而且地位甚高，能夠影響紅姑娘戰局排布，甚至能對梅花易數和狂蘭無行暗下手腳，導致兩人沒有聽令出手。」他微笑看著白素車，「白姑娘智勇雙全，自我犧牲之大，真令江湖男兒汗顏。」

蕭蕭雪峰之上，白素車目不轉睛地看著唐儷辭，斷戒刀寒芒依舊閃爍，她緊緊握著刀柄，過了許久，輕輕嘆了口氣。唐儷辭踏上一步，對她懷中的鳳鳳伸出手，白素車將孩子抱還給他，身後晨曦將起，她看著懷抱嬰兒的唐儷辭，眼波漸漸變得溫柔，「你果然……和他不一樣。」

「池雲還是孩子心性，凡事只看表面，」唐儷辭道：「不過雖然他嘴上惡毒心思簡單，卻不是個薄情的人。」

白素車幽幽一嘆，「不管他薄不薄情，白素車此生，終是不會嫁他。」她拂了拂鬢邊飄飛的頭髮，「當初爹將我許配池雲，我真的很不樂意，逃婚之事並非有假……此時人在風流店中，婚姻之事更是無從說起，唐公子不必為池雲做說客，今生今世……姻緣之事再也休提。」

唐儷辭上下打量著她，「芙蓉其外，剛玉為骨，白府能得姑娘此女，真是莫大榮耀。」

白素車柳眉微揚，「承蒙家父教導，為江湖正道盡力，縱然博得漫天罵名而死，白素車死而無憾。」她說得淡泊，面上更是絲毫不露遺憾之色，風骨坦蕩，猶勝男子。

唐儷辭不再說話，望著白素車的眼睛，忽而微微一勾，那眼線一勾之間流露的是讚賞之笑。晨曦初起，雪山清靈之氣頓生，白素車清清楚楚的看見，心頭突而微微一亂，她貌若纖秀，心氣卻高，行事幹練凌厲，為男子所不及，如此被男子深深凝視，卻是從所未有。

「當年我逃婚離開白府，在路途上遇到強敵，身受重傷，被小紅所救。」她道：「從此加入風流店，主管風流店下三十六白衣役使。風流店雖然尊柳眼為主，但真正統管全域之人卻是小紅，尊主為人任性，除了調製九心丸，幾乎從不管事。小紅之上尚有東西公主，那兩人並非女子，而是練有一種威力強大的奇異武功，練到九層，男化女身，而一旦功成圓滿，便又恢復原來形貌，從此駐顏不老。」

「梅花易數、狂蘭無行在風流店中地位如何？」唐儷辭沉吟，「另外，七花雲行客中剩餘的那位『一桃三色』，可也在風流店中？」

白素車搖了搖頭，「他們都歸小紅暗中調遣，平時幾乎沒看到人，至於一桃三色，我也不知是否被小紅網羅，從未見過。」

唐儷辭目光自她臉上移開，望著徒留打鬥痕跡的黑色岩石，「那就是說，風流店內臥虎藏龍，不能輕舉妄動，隨便挑釁……而風流店雖然名為柳眼所有，但實際上究竟是誰掌控局面，只怕難說。小紅、東西公主，甚至內中不見表面的人物，都可能是其中的關鍵。」

白素車柳眉微揚，「正是如此。」

唐儷辭看了那雪地一陣，視線緩緩移回白素車臉上，柔聲道：「妳辛苦了。」

白素車頓了一頓，別過頭去，「我不辛苦，一旦此間事了，白素車倘若未死，一定刎頸於池雲刀下。告辭了！」她轉身而去，起落之間捷若飛鶴。

懷裡的鳳鳳已漸漸暖了，哭了半日累得狠了，趴在他懷中沉沉睡去，滿臉都是眼淚的殘痕。唐儷辭輕輕拍了拍他，目望白素車離去的方向，要說心機，池雲遠遠不如他這未婚妻子，否則郎才女貌，本是一對佳偶，可惜、可惜。

朝陽初起，丹紅映冰雪，晶瑩耀目，唐儷辭懷抱鳳鳳，縱身而去。

第八章 無間之路

不消數日，碧落宮之戰已傳遍江湖，其中被碧落宮收服的六十三人向師門痛哭流涕，不少人細訴在碧落宮的種種非人遭遇，自己是如何慘受矇騙服下禁藥，又是如何無可奈何被迫上山，風流店奸險歹毒，更以女色誘人，乃是江湖繼祭血會以來的大敵云云。當然也有人不屑解釋，回歸本門一派沉默。成縕袍對中原劍會細述碧落宮一戰的實情，於是中原劍會與唐儷辭的梁子輕輕揭過，余泣鳳既然是風流店中人，唐儷辭率眾殺他自是大智大勇，而碧落宮戰敗風流店，一時名重江湖，許多人聯想起數年前洛陽一戰，不免交口稱讚碧落宮一向為江湖正道之棟梁，宛郁月旦名聲之隆，已不在當年「白髮」、「天眼」之下。

數日之間，往昔神祕莫測的碧落宮現身江湖，已是王者之勢。至於何時能回歸洛水故地，想必宛郁月旦心中自有安排。蕭奇蘭傷勢痊癒，稱謝而去，奇峰蕭家此後為風流店之事出手，必定不遺餘力。中原劍會邵延屏前往碧落宮，圍剿風流店，勢若燎原。

「宛郁宮主少年有為，老宮主於地下有知，必定深感欣慰。」邵延屏哈哈說了兩句客套話，目光在蘭衣亭中轉來轉去，他深感興趣的東西卻沒瞧見，「聽說唐公子和宛郁宮主攜手共破強敵，卻不知唐公子人在何處？」

宛郁月旦手端清茶，「唐公子人在客房休息，他身上有傷，恐怕不便打擾。」

邵延屏大為掃興，只得侃侃說些日後中原劍會要和碧落宮如何合作，可供調配的人手共有多少，風流店的據點可能在何處，不知碧落宮有何計畫？宛郁月旦微笑不答，卻說碧落宮此地已不宜久留，正要重返洛水。邵延屏便道此乃美事，重興之事不知進程如何？宛郁月旦道重興之事唐儷辭已出手相助，正在籌畫之中。邵延屏打個哈哈，說道既然唐公子出手，中原劍會也不能小氣，中原劍會不能與唐公子比財力，但如需要人力，劍會當仁不讓。宛郁月旦稱謝婉拒，邵延屏堅持要幫，說到最後，是邵延屏以劍會名義贈與碧落宮一塊牌匾。

正事談畢，宛郁月旦請邵延屏入客房休息，邵延屏稱謝進入。過了一柱香時間，他悄悄自房中溜了出來，往左右兩邊客房中探去。身為中原劍會理事之人，行事本來不該如此兒戲，但邵延屏大大的嘆口氣，他承認他就是好奇，他就是不夠老成持重、不夠穩如泰山，此行若沒瞧見唐儷辭一面，回去他恐怕都睡不著了。

能殺余泣鳳的人，又能敗風流店，尤其從數百丈高山上跳下來都毫髮無傷的人，若是瞧不到，豈非枉費邵延屏今生習劍之目的了？旁人習劍是為強身、懲奸除惡，他之習劍是為獵奇，並且這老毛病數十年不改。

左右客房之中都住的有人，不過在他眼中看來，都是二三流的角色，多半就是身中九心丸之毒，又無家可歸的那些，至於唐儷辭人在何處？他卻始終未曾瞧見。

聽宛郁月旦的口風，似乎刻意對唐儷辭的下落有所隱瞞，那就是說唐儷辭並非住在容易找到的地方……邵延屏腦筋轉了幾轉，往遠處最偏僻最不起眼的小屋掠去。

青山崖之後山，有一處寸草不生的沙礫地，此地氣候相對冷冽，沙礫地上尚有不少不化的積雪，只是數目不多，也不會結成冰川。沙礫地後，松林之中，有一處松木搭就的小屋，窗戶微開，門扉緊閉。邵延屏身形一晃，掠到窗外往裡一探，只見一人臥在床上，身材頎長，頗為風姿俊朗，心下贊道這唐儷辭果然生得不惡，可惜雖然相貌俊朗，卻似乎少了些什麼，令他無法有嘖嘖稱奇之感……

貓芽峰外百里之遙，菱州母江之上。

「敗敵之後，化明為暗，你果然是萬世莫敵的老狐狸。」輕舟之上，沈郎魂淡淡地道：「只是委屈了碧落宮下第一人，不知要假扮你到幾時？」

舟中有人微笑道：「這假扮之計是宛郁月旦一手謀劃，與我何干？」

沈郎魂握釣竿在手，靜坐船舷正在釣魚，「哼！」若有人自遠處望來，只見是一人乘舟垂釣，極難想像這船上的兩人，正是前些日子讓武林翻天覆地的人物。

舟蓬之中，唐儷辭懷抱鳳鳳，背靠蓬壁而坐。他的臉色依然很好，然而手按腹部，唇色微白，自受柳眼一掌，腹中便時時劇痛不已。那一掌傷並不重，卻似傷及了埋在腹中的方周那一顆心，導致氣血紊亂，數日之內，不宜再動真氣。而此時此刻，正是追蹤風流店最佳的時刻，偏偏池雲蹤跡杳然，自從躍下青山崖查看唐儷辭的生死，他竟一去不復返，突然之間失蹤了。

「池雲或者真的被風流店所擒，也或者——說不定已經死了，你作何打算？」沈郎魂手握釣竿，線上分明有魚兒吞餌，他紋絲不動，不過片刻，那塊餌就被魚吃光，他一甩手腕收起魚鉤，再掛一塊餌料，如此重複。

「死？」舟裡唐儷辭柔聲道：「我最恨這個字。」

沈郎魂道：「就算你恨，也不能保證池雲不會撞上柳眼，不會被他一琵琶震死。」

唐儷辭尚未回答，岸邊傳來馬蹄聲，騎馬之人似乎不願走得太快，只是緩緩跟在船後，隱身樹林之中。

「哈哈，」沈郎魂淡淡地道：「小丫頭真是神機妙算，竟然知道你我會在這裡路過，又跟上來了。」

唐儷辭輕輕撫摸了下鳳鳳的肩頭，小孩子的肌膚觸手柔潤細膩，十分可愛，「這個……只能說妾有心而君無意了……談情說愛，也要你情我願，雖然鐘姑娘是個美人，但也是個小孩子。」

沈郎魂嘴角一勾，「你是說你嫌她太小了？」

唐儷辭道：「豈敢、豈敢。」

沈郎魂忽問，「你可有妻室？」

唐儷辭微微一笑，「我有情人，卻無妻室。」

沈郎魂一怔，唐儷辭說出「我有情人」四字，大出他意料之外，「能得你賞識的女子，不知是何等女子？」

唐儷辭的眼神微微飄了一下，依稀有些恍惚，「她……不說也罷，你的妻子又是什麼樣的女子？」

「我的妻子，一介農婦，洗衣種地、織布持家的尋常女子，平生心願，便是為我生個兒子。」沈郎魂淡淡地道：「她是個好妻子。」

唐儷辭輕輕一嘆，「平生心願，便是為你生個兒子，有妻如此，真是你的福氣。」他言下似有所指，曖昧不明。

沈郎魂嘴角微微一勾，「你的情人，可是那萬鑫錢莊的老闆娘？」

唐儷辭笑了起來，「她半生艱辛，若是有唐某這樣的情人，豈非命苦之至？」

沈郎魂淡淡一笑，「你倒也有自知之明。」

唐儷辭抱起鳳鳳，鼻子在嬰兒柔嫩的臉頰上輕輕磨蹭，入鼻滿是香軟的味道，突然微微啟唇，含住鳳鳳柔軟的耳朵，鳳鳳「咿呀」一聲，小小的拳頭用力打向唐儷辭的臉，唐儷辭閉目受拳，咬住鳳鳳的耳朵輕輕的笑。

「池雲在貓芽峰下失蹤，正逢風流店退走之時，不過既然風流店一著之失，在碧落宮留下許多深諳內情的白衣女子，那風流店的據點必定要在短期內遷走，否則宛郁月旦指使邵延屏帶人掃蕩，豈非全軍覆沒？所以就算找到了據點，也未必救得到人。」沈郎魂改了話題，再換一個魚餌，甩入水中，「化明為暗，讓碧漣漪代你在碧落宮中享受英雄之名，難道你已知道追尋的方向？」

「這個……是告訴你好呢？還是不告訴你好呢？」唐儷辭放開鳳鳳，閉目恣意享受微醺的江風，「還是不告訴你比較好。」

沈郎魂微微一哂，「你已聯絡上風流店中臥底之人？」

唐儷辭「哎呀」一聲，似笑非笑地睜眼，「沈郎魂不愧五萬兩黃金的身價，果然和池雲不同。」

沈郎魂突地挫腕吊上一尾魚兒，但聞那活魚在船舷上不住跳躍，劈啪作響，「他用什麼方法告訴你池雲沒事？又用什麼方法告訴你風流店行動的方向？」

唐儷辭紅唇微張，舌尖略略舔在唇間，卻道：「好一條滑鱗彩翅，想不到這母江之中，竟然有這種絕世美味。」

沈郎魂將那尾活魚捉住，這尾魚兒渾身光滑無鱗，猶如鱔魚，但長得和一般鯉魚並無差異，只是魚翅色作五彩，十分漂亮。

「滑鱗彩翅只需弄火烤來，就是美味啊。」唐儷辭自船篷裡擲出一物，沈郎魂伸手接住，只見此物碧綠晶瑩，狀如圓珠，日光下剔透美麗至極，「碧笑火！萬竅齋之主，果然身上帶的火摺子，也是稀罕。」這粒碧綠圓珠名為「碧笑」，只需猛烈摩擦就能起火，而碧笑之火經風不熄，不生煙霧火焰明亮。雖然碧笑之火有許多好處，但它本身卻並非引火之物，乃是一件舉世罕見的珠寶。

沈郎魂引燃「碧笑」，那塊鵝卵大小的碧綠珠子騰起二尺來高的火焰，沈郎魂剖開魚肚，自暗器囊中取出一支三寸來長的銀針，串住滑鱗彩翅，慢條斯理地烤著。

魚香陣陣，緩緩飄入岸邊風景如畫的樹林之中。

鐘春髻人在馬上，怔怔地看著母江中的那條小船，他就在船上，甚至，正在烤魚。她不明白為何她要從碧落宮中出來，又為何要跟著他的行跡，為何要時時勒馬黃昏，只為看他一眼？離開月旦，她心裡是不情願的，但唐儷辭要離去，她卻放心不下，定要時時刻刻這般看著他，心中才能平安……這是……這是什麼感覺？低頭看自己勒韁的手掌，雪白的手掌中一道紅痕，有些疼痛，她心裡有些清楚——自己最企盼的情景，是和月旦與唐儷辭在一起，永遠也不分離，但……這是可恥的念頭，是不可提及的邪念。月旦和儷辭，終究是全然不同的人。

正在她望著江上的小船，呆呆地想自己心事的時候，突爾樹林之中，有人影輕輕一晃。她驀地驚覺，「什麼人？」

不遠處一棵大樹之後，有人微微傾身，黑衣長袖，黑布為帽，微風吹來，衣袂輕飄。鐘春髻心中一凜，「你是誰？」她手腕加勁，此人藏身林中，她絲毫不覺，顯然乃是強敵，心中已定退走之計。

「知妳心事的朋友……」微風掠過黑衣人質地輕柔的衣袍，他低聲道，聲音低沉動聽，一入耳，就如低聲說到了人心裡去。

鐘春髻喝道：「裝神弄鬼！你是什麼人？」

「我是唐儷辭的朋友。」黑衣人低聲道：「我知道妳很關心他，他的故事，妳可想知道？」

鐘春髻一怔，「他的故事？」

黑衣人從樹後走出，緩緩伸手，拉住她「梅花兒」的韁繩，「我是他從小一起長大的朋友，妳想知道他的故事，就和我一起走。」

鐘春髻一記馬鞭往他手上抽去，喝道：「放手！你我素不相識，我要如何相信你？」

黑衣人低沉地道：「憑我能殺妳，卻沒有殺妳。」言罷「啪」的一聲那記馬鞭重重落在他手上，他的手其白如玉，馬鞭過後一道血痕赫然醒目。鐘春髻一呆，心中微起歉疚之意，「你為何要告訴我他的故事？」

黑衣人低聲道：「只因他要做危險的事，我不願見他，但又不想他一錯再錯。我知妳很關心他，所以，希望妳去阻止他做傻事。」他一邊說，一邊牽馬，不知不知，鐘春髻已被他帶入了樹林深處，漸漸遠離了母江。

「既然你是唐儷辭的朋友，為何不以真面目見我？」鐘春髻上下打量這個神祕的黑衣人，眼見他穿著一件寬大無比的黑袍，根本看不見身形如何，頭上黑布隨風飄動，亦是絲毫看不見本來面目。然而其人武功絕高，一步一牽馬，絲毫不露真氣，卻能摒絕氣息，令人無法察覺他的存在。

黑衣人低聲道：「想見我的真面目，可以。不過妳要先答應我，聽完唐儷辭的故事，妳要幫我阻止他。」

鐘春髻好奇心起，暗道我就聽他一聽，且看這人搞的什麼鬼！「好！你告訴我唐儷辭的故事，我就幫你。不過你要先揭開頭罩，讓我一看你的真面目。」

黑衣人舉袖揭開黑布頭罩，陽光之下只見其人唇若朱砂，膚色潔白瑩潤，眼線斜飄，眉線極長，猶如柳葉，容貌有一種異於常人的沉鬱妖魅，令人入目心顫。

鐘春髻呆了一呆，她本來以為這人遮住顏面必定奇醜無比，結果此人非但不醜，竟是生得妖魅非常，那身上的氣質不似人間所有，就似鬼魅地獄中生就的奇葩。「你……」

「我姓柳，叫柳眼。」黑衣人低聲道：「是和唐儷辭從小一起長大的朋友。小的時候，他叫我大哥，長大以後，他叫我阿眼。」

「他……他出身何處？」鐘春髻目不轉睛地看著黑衣人柳眼，此人相貌非常，不知何故，她覺得他並非在說謊，「聽說他是國丈義子，但並非出身皇家。」

「他出身名門。」柳眼聲音低沉，略帶沙啞之聲，卻是說不出的動聽，「少時嬌生慣養，脾氣極壞。我乃唐家門生，少時與唐儷辭兄弟相稱，與我相類者，共有三人。」

鐘春髻聽在耳中，心中將信將疑，只聽柳眼繼續道：「長到十歲，在家裡一切惡事都已做盡，再無趣味，他從家裡逃了出來，結識歹人惡徒，到處惹是生非，除了殺人之外，可說世上一切能做的事，不論好壞，都被他做盡了。」

鐘春髻忍不住道：「當真？實是令人難以相信……」

柳眼繼續低聲道：「他所做的種種事情，我都和他同路，何必騙妳？」

鐘春髻越聽越奇，如果唐儷辭小時真是這等胡鬧，怎會在江湖上絲毫不曾聽過他的名頭？

柳眼道：「所以我對他說，如果他再這樣下去，將是一條不歸路，他控制欲太強，不是好事。我要他試著做好事，淡泊名利……有助於排解他心中的惡念。」

鐘春髻道：「聽來你倒是好人。」

柳眼低沉沙啞地道：「我救過他的命，我們感情很好，雖然我的話十句他有九句不聽，但是這一句，他卻聽了。」

鐘春髻眉頭揚起，「他退出邪道，改作好人了？」

柳眼道：「嗯……從他十三歲一直到二十歲，一直遵照我的話，循規蹈矩。不過他天生不是淡泊無欲的人，他心裡深處想要的東西太多，他的各種欲望無窮無盡，家裡雖然有權有勢，在別人眼裡早就成為焦點，但是他希望成為萬眾焦點，所有的稱讚、羨慕、迷戀、怨恨、嫉妒、困惑如此等等，如果沒有集中在他身上，他就會焦躁不安，以致癲狂。」柳眼停了下來，「終有一日，他發現儘管他做了種種努力，在旁人心中，仍舊覺得我們兄弟四人中有人比他好，仍舊有人不喜愛他不在意他……唐儷辭接受不了這種現實，所以他要和我們同歸於盡。」

鐘春髻失聲道：「同歸於盡？」

柳眼淡淡地道：「不錯，得不到想要的東西，他就把它毀掉，而且要毀得乾乾淨淨澈澈底底，灰飛煙滅了才甘心，唐儷辭就是這樣的人。」他不等鐘春髻疑問，接下去道：「然後我們僥倖沒死，偶逢奇遇，來到中原，失去了一切，身上沒有一個銅板，為了活下去，我們四個人中間有一個人出門賣藝，他叫方周。」

鐘春髻一怔，「三聲方周？原來周娣樓的不世奇才，竟然是你的兄弟。」

柳眼低聲道：「他也是唐儷辭的兄弟，他卻從來沒有告訴任何人。我以有方周這樣的兄弟為榮，而他……我不知道他是什麼想法。」

鐘春髻道：「原來你們不是中原人士，難怪之前從未聽說你們的名號。他……他為何不肯說方周是他的兄弟？」

「方周為人心高氣傲，人在周娣樓賣藝，其實他心裡極其不情願，但我們四人在中原毫無立足之地，又無一技之長，方周善彈古箏，唐儷辭逼他出門賣藝。」

柳眼道：「方周是寧願餓死，也不吃嗟來之食的人，但他心中有兄弟，唐儷辭逼他賣藝，他就去了。而我和另外一個兄弟，因為不願方周為己受委屈，私下離去。結果半年之後，我重返周娣樓，卻發現他逼迫方周修煉《往生譜》，意圖要方周以命交換，換功給他，以成就他的絕世武功……」

鐘春髻變了臉色，「這……這種事怎麼可能……」

柳眼道：「我不騙妳。」

鐘春髻臉色蒼白，「之後……之後呢？」

柳眼低聲道：「之後方周死了，唐儷辭獲得絕世武功。我之所以不願見他，就是因為他是這樣一個忘恩負義、奸邪狠毒的小人，狼子野心、不擇手段。」

鐘春髻心中怦怦亂跳，聽聞唐儷辭的故事，旦要全盤不信已是不能，而若是要全信，卻也是有所不能，「可是……」

「可是他在你們大家面前，還是溫文爾雅，談吐不俗是不是？」柳眼道：「妳可知他為何要和風流店作對？為何要查九心丸？這一切本來和他沒有絲毫關係，他要追查這件事，目的就是為了成就他自己的聲望名譽，他要掌控武林局勢，讓自己再度成為萬種矚目的焦點。」他沙啞地道：「這是他骨子裡天生的血，他就是這種人。妳和他相處的日子不短，難道沒有發現他行事不正，專走歪門邪道麼？他要真是一個謙和文雅的君子，豈能想出借碧落宮之力，決戰青山崖之計？妳要知道要是他計謀不成，賠上的就是碧落宮滿宮上下無辜者的性命！他是以別人的命來賭自己的野心！」

不！不！儷辭他絕不是這種人！鐘春髻心中一片紊亂，眼前人言之鑿鑿，加上回想唐儷辭一向的手腕也確實如此，她心底升起一片寒意，難道他真的是一個殘忍狠毒的偽君子……

「你既然如此瞭解他，為什麼不阻止他？」

「他是我從小到大一起長大的兄弟，雖然他變了、做了不可原諒的事，但我依然無法面對……」柳眼低聲道：「現在他要對付風流店，一旦他戰勝風流店，就會回頭對付宛郁月旦，因為一旦風流店倒下，碧落宮就是他稱王江湖的絆腳石。」他緩緩抬起頭，以他那奇異的柳葉眼看了鐘春髻一眼，「故事說完了，妳要幫我嗎？」

「你要我怎麼幫？」她低聲問，「我……我……」

柳眼露出一絲奇異的微笑，「妳希望宛郁月旦和他都留在妳身邊，永遠不分開，是不是？」

她悚然一驚，這人竟把她那一點卑鄙心思瞧得清清楚楚，「你——」

柳眼低沉沙啞地道：「我教妳一個辦法。只要妳在唐儷辭背後這個位置，插下銀針，他就會武功全失；而只要妳讓他吃下這瓶藥水……」他自寬大的黑袍內取出一支淡青色的描花小瓶，「他就會失去記憶，而不損他的智力。以唐儷辭現在的聲望，要是失去武功和記憶，宛郁月旦必定會庇護他，而妳只要常住碧落宮，就能和他們兩個在一起，永遠也不分開。」

「你這是教我害人！」鐘春髻變了臉色，「你當我鐘春髻是什麼人！」

柳眼低沉地道：「一個想得到卻不敢愛的女人。如果妳不肯幫我，那麼以後唐儷辭和宛郁月旦兵戎相見，為奪霸主之位自相殘殺，妳要如何是好？」鐘春髻咬唇不答，月旦立意要稱王武林，而儷辭他……他是汲汲於名利的人，當真不會有稱霸之心、當真不會和月旦兵戎相見嗎？她……她不知道。

柳眼目注於她，突然一鬆手，那瓶藥水直跌地面，鐘春髻腦中剎那一片空白，等她清醒，已將藥水接在手中，而柳眼回頭便去，就如一陣黑色魅影，無風無形，剎那消失於樹林之中。

菱州秀玉牡丹樓。

秀玉牡丹樓是一處茶樓，除茶品妙絕之外，樓中的牡丹也是名揚天下，每當牡丹盛開的季節，總有各方遊客不遠千里前來賞花，秀玉牡丹樓特地開闢了眾多雅室，讓客人品茶賞花。

秀玉牡丹樓第三號房。

「青山崖大敗，我方折損許多人馬，梅花易數狂蘭無行兩員大將無緣無故落入碧落宮之手，出戰之前，是誰說青山崖有尊主足矣，不必小紅在陣？又是什麼變故讓引弦攝命無效？東公主，你不覺得這其中另有蹊蹺，是誰有意阻擾或是能力不足，導致我方慘敗？」房內眉間若蹙的紅姑娘坐在椅中，面對牡丹，緩緩地道，語聲雖不高，語意卻是凌厲難當。

擺放許多絕品牡丹的房中，一人身肥腰闊，一身綠衣，滿頭珠翠，端著一盤鹵雞，正在啃雞爪。聞言這人懶洋洋地抬頭，嬌聲嗲氣地道：「哈哈，誰知道這是有人對尊主不滿，故意要害他；還是有人吃裡扒外，想做那身在曹營心在漢的英雄？素兒妳說是不是？」這長得如母豬一般的翠衣人，便是風流店「東公主」撫翠。當然「撫翠」乃是化名，他究竟本名為何，只怕不等到他將神功練成，變回男身的那天，世上誰也不知。

白素車緊裝佩刀，手按刀柄，淡淡地道：「青山崖大敗，都是我的錯，未曾料到唐儷辭和宛郁月旦如此刁滑難纏，又未料到有人對梅花易數、狂蘭無行暗下手腳，以銀針之法封住他們幾處奇脈，導致臨陣不戰而敗。」

紅姑娘身子起了一陣顫抖，「妳……妳是說我暗害尊主，故意封住梅花易數和狂蘭無行，要讓他慘敗青山崖麼？簡直是胡說八道！」

白素車道：「小紅對尊主盡心盡力，一往情深，我只說有人對他們二人下了手腳，卻未說是妳。」

紅姑娘呼吸稍平，一隻手牢牢抓住桌上茶杯，茶杯不住顫抖，「但銀針封脈之法是我專長，就算妳心裡不這麼想，難保別人心中不會這麼想！風流店中或許出了內奸！」

東公主撫手大笑。紅姑娘冷冷地道：「如此說來，我便是內奸了麼？」

東公主伸出油膩膩的手指，在她臉上蹭了幾下，「怎會？小紅對尊主那份心，那是天長地久海枯石爛都不會變的，我不相信妳相信誰呢？」他哈哈乾笑了幾聲，「風流店裡龍蛇混雜，可能是奸細的人很多，我早就告訴過尊主，門下收人不可濫，可惜他不聽我的。」

「就憑你，也管得到尊主？」紅姑娘顫抖的手腕稍止，左手握住右手的手腕，「青山崖之事，我不殺唐儷辭、宛郁月旦，誓不甘休！讓人恨煞！」她一拂衣袖，「從明日開始，我要澈查究竟誰是風流店中的內奸！」

東公主咬了一口雞肉，「但我卻覺得妳更合適對上宛郁月旦，家裡的事就留給素兒，或者我，或者西美人，如何？」

紅姑娘微微一怔，「宛郁月旦？」

東公主一攤手，「妳想，兩個不會武功的人，一個手無縛雞之力，一個是睜眼瞎，偏偏兩個人都是滿身機關，別人碰也碰不得的刺蝟，要是對上了手，該是件多好玩的事……哈哈，這個主意告訴尊主，他一定非常有興致，小紅妳比我瞭解他，妳說是不是？」他囫圇吞了一塊雞肉，「況且小紅應該占上風。」

紅姑娘眼波流轉，「哦？」

東公主裂唇一笑，「妳看得見，他看不見。」

「這事聽起來不錯。」白素車微微頷首：「尊主應會應允。」

紅姑娘手撫身側檀木桌子，纖秀的手指細細磨蹭那桌上的花紋，「要對付宛郁月旦，需要從長計議，宛郁月旦聰明多智，一個不小心，說不定陰溝裡翻船……不過東公主之計，也不是不可行……」

東公主哈哈大笑，「是妳的話，一定有好辦法。」

「小丫頭走了，想必又要到前面的集鎮守株待兔。」沈郎魂烤熟了那尾滑鱗彩翅，淡淡地道：「這條魚，你吃或是我吃？」船篷內伸出一隻手，沈郎魂手持烤魚，紋絲不動，「出錢來買。」

「哈！」船篷內一聲輕笑，「話說朱露樓的樓主，有一樣非得不可的寶物，你可知道是什麼？」

沈郎魂淡淡地道：「一樣珠寶，春山美人簪。」

唐儷辭道：「不錯，春山美人簪，雖然是女人的飾品，但簪上有青雲珠八顆，貴樓主修煉青雲休月式第十層，需要這八顆珠子。」

沈郎魂道：「那和這條魚有什麼關係？」

唐儷辭道：「你想要你妻子的遺體，他想要春山美人簪，只要各有所需，就有談判的空間，不是麼？」

沈郎魂眼中爆彩一閃，「你知道春山美人簪的下落？」

唐儷辭道：「欸……」

沈郎魂一揮手，烤魚入船蓬，「簪在何處？」

船篷裡傳來唐儷辭細嚼美味的聲音，「嗯，果然是人間美味，簪？我可有說要告訴你？」

沈郎魂淡淡地道：「少說廢話！簪在何處？」

船篷裡唐儷辭道：「春山美人簪，我確實不知道它身在何處，但它最後出現的地點，是南方朱雀玄武臺，一位女子髮上。」

沈郎魂低聲問，「誰？」

唐儷辭微笑道：「她說她叫西方桃，是一位我平生所見中，難得一見的絕色佳人。」

沈郎魂低沉的一笑，「能被你說為美人，那必定是很美了，你和這位美人很有交情？」

唐儷辭道：「我與她有一斛珠之緣，談不上交情，當年見春山美人簪在她髮上，如今已不知她身在何處，不過日後我會替你留心。」

「一斛珠之緣？是朱雀玄武臺花船之會了？」沈郎魂慢慢地道：「聽說江南一年一度有品花大會，每一年嫦娥生辰，江南眾青樓選取本樓中最受器重的一位清倌參與評比，朱雀玄武臺遍請天下名人雅士皇親國戚前來品花，得勝之人，獲千金身價，各位參評之人如對花魁有興趣，一斛珠之價，可得一面之緣。原來你還是品花老手，失敬、失敬。」

唐儷辭道：「不敢，不過我以一斛珠約見西方桃一面，倒不是因為她是美人，而是賣身青樓的女子，髮髻上戴著稀世罕見的珠寶，這種事怎麼想都讓人覺得有些奇怪。」

沈郎魂淡淡的「哦」了一聲，「然後呢？」

「然後我剛剛問了她姓名，花船突然沉了。」唐儷辭微笑道：「有個蒙面人衝上船來，一掌打碎花船的龍骨，抱了西方桃便跑。」

沈郎魂一怔，「怎會有這種事？」

唐儷辭莞爾，「事後我給了花船老鴇五千兩銀子修船，那老鴇好生抱歉，覺得我吃了好大的虧。」

沈郎魂淡淡地道：「哈！你修的是你的面子。那抱走美人的人是誰？」

唐儷辭搖了搖頭，「來人武功絕高，他莫約是以為我約見西方桃，有非分之想，所以出手英雄救美。不過……」他輕輕地笑了一聲，「雖然來人蒙面，但他穿著一雙僧鞋。」

沈郎魂「咦」了一聲，「和尚？」

唐儷辭微笑道：「名僧名妓，如何不是千古佳話？何必追根究底，為難佳人佳偶？」

沈郎魂「呸」了一聲，「總之春山美人簪的下落就此失去？」

唐儷辭道：「日後如有消息，我會告訴你。」

兩人靜坐船上，又過良久，沈郎魂吊上一尾二尺來長的鯉魚，刮鱗去肚，剁成小塊，在船頭起了個陶鍋煮湯。清甜的魚香味縈繞小舟，唐儷辭輕輕撫摸著鳳鳳的頭，目光穿過船篷，望著遠方，如果他沒有記錯，那個和尚是……

「前方十里，就是秀玉鎮，可要落腳？」沈郎魂一邊往陶鍋裡放鹽，一邊問。

唐儷辭道：「不，我們再往前二十里，在九封鎮落腳。」

正說到此時，突見母江之上有艘小船逆江而上，一人踏足船頭，剎那間已近入視線之內，來人紫衣佩劍，遙遙朗聲道：「風流店撫翠公主，尊請唐公子、沈先生秀玉牡丹樓會面，今夜月升之時，共賞銀月牡丹盛開之奇景。」

這人年紀甚輕，相貌秀挺，只是雖然無甚表情，目光之中總是流露一股冷冷的恨意。唐儷辭自船篷中望見，原來是草無芳。沈郎魂仍然握著那釣竿，不理不睬，紋絲不動，唐儷辭在船篷內微笑，「唐儷辭準時赴約。」草無芳瞪了船中一眼，掉轉船頭，遠遠而去。

「原來你我行跡，早在他們監視之中。」沈郎魂淡淡地道：「看來你金蟬脫殼之計不成了。」

唐儷辭緩緩自船篷內走了出來，「嗯……金蟬脫殼騙騙中原劍會即可。在九封鎮大桂花樹後，有一處房屋，裝飾華麗，今夜你帶著鳳鳳到屋中落腳。」

沈郎魂淡淡地道：「晚上英雄單刀赴會？」

唐儷辭眼神微飄，「說不定是我不想讓你分享銀月牡丹盛開的奇景？」

沈郎魂呸了一聲，「去吧，你的兄弟在等你，你的孩子我會看好。」

唐儷辭微微一笑，「那不是我的兄弟，也不是我的孩子。」

沈郎魂充耳不聞，收起釣竿，長長吸了口氣，慢慢的吐了出來，天色漸暗，天空已是深藍，卻仍然不見星星，「你知道麼？其實我經常想不通，像你這樣的人，聰明、富有、風流倜儻、有權有勢、有心機有手段，甚至……還有些卑鄙無恥，怎會什麼都沒有？」

「嗯？」唐儷辭微笑，「如何說？」

沈郎魂道：「你沒有兄弟、沒有孩子、沒有老婆、也沒有父母，不是麼？說不定……也沒有朋友。」

唐儷辭聽著，凝視著沈郎魂的臉，他的眸色很深，帶著若有所思的神韻，似笑非笑，停滯了很久，他略一點頭，隨後揚起臉，「不錯。」

沈郎魂「嘿」了一聲，這一揚，是一種相當驕傲的姿態。

秀玉牡丹樓。

「嗚嗚嗚嗚嗚，嗚嗚嗚嗚嗚……」

牡丹樓第五號房間，錦榻之上，一個人被五花大綁，嘴上貼有桑皮紙，仍在不住大罵。另一人冷冷站在一旁，手持茶杯，靜靜地喝茶。一位紅衣小婢站在一旁，忍不住掩口而笑，「他在說什麼？」喝茶的那人冷冷地道：「不外說些『放開你老子』之類的廢話。」

紅衣小婢咯咯輕笑，看著床上的人，「聽說和尊主打了幾百招，是很厲害的強敵，還聽說是白姐姐的未婚夫呢。」

「尊主比他好上百倍。」喝茶的那人白衣素素，佩刀在身，正是白素車，「他不過是個傻瓜。」

紅衣小婢道：「紅姐姐讓妳看著他，要是他跑了，她必定要和妳過不去啦。」

白素車淡淡地道：「所以——我不會讓他跑的。」

床上的池雲反而不做聲了，瞪大眼睛冷冷地看著屋梁，一動不動。紅衣小婢端上一碗燕窩，緩步退下。

白素車按刀在手，慢慢走到床沿，看著武功被禁，五花大綁的池雲。池雲冷冷地看了她一眼，閉目閉嘴，就當她是一塊石頭。

這個人，當年初見面的時候，狂妄倜儻，一刀有擋千軍萬馬的氣勢，不過……就算是當年他風光無限的時候，她也不曾愛上他。白素車目不轉睛的看著池雲，她所要的是一個比她強的男人，能引導她前進的方向，可惜她之本身，已是太強了。

池雲……是個武功很高的孩子，她……沒有耐心等一個孩子成長為一個強者。

她輕輕地摸了摸貼在池雲嘴上的桑皮紙，隨後站直身子，筆直地望著窗外，不知在想些什麼。

她的手指透過桑皮紙，仍然可以感覺到一抹溫熱。池雲閉著眼睛，究竟白素車是個什麼樣的女人？他從來沒有認真瞭解過，從前的印象也很模糊，不過就是白玉明的女兒罷了。白玉明的女兒，難道不該是武功低微徒有美貌的千金小姐或者扭扭捏捏的大家閨秀？為什麼會是這樣背叛家園毫不在乎，人在邪教手握重兵的女子？他池雲的老婆怎能是這種樣子？

不過……如果不是這惡婆娘心機深沉濫殺無辜，這種樣子，也比千金小姐或大家閨秀好得多……可恨她為什麼要加入風流店……他突然睜開眼睛，白素車並沒有如他想像的一樣一直看著他，心中頓時充滿不滿，她到底在想些什麼？

「我心中想的事，如果你能猜到，說不定——我就會嫁給你。」白素車眼望遠方，突然冷冷地道：「可惜——你永遠也猜不到。」

池雲在想些什麼，她竟然能數得清清楚楚。池雲突地呸的一聲，鼓力將貼口上那塊桑皮紙噴了出去，暗咳道：「咳咳……老子真有這麼蠢？」

白素車緩緩回頭，冷冷地看著床上的他，「你以為呢？」

「老子以為——老子就算蠢得就像一顆白菜，也比忘恩負義、不知廉恥的女人好上百倍。」池雲冷冷地道：「妳他媽的完全是個人渣！」

白素車一揚手「啪」的一聲給了他一個耳光，池雲怒目以對，「臭婆娘！王八蛋！」

白素車手掌再揚，「你說一個字，我打你一個耳光，究竟要挨多少個耳光，就看你的嘴巴。」

池雲破口大罵，「他奶奶的，妳幾時聽說池老大受人威脅？臭婆娘！」

白素車臉上毫無表情，「啪」的一記耳光重重落在池雲臉上，頓時便起了一陣青紫。

正當池雲以為這臭婆娘要再一掌把他打死的時候，白素車突然收手。

只聽門外「咯」的一聲輕響，一位青衣女子緩步而入，「素素，妳在做什麼？」

白素車淡淡地道：「沒什麼。」

那青衣女子腳步輕盈，池雲勉強睜開腫脹的眼睛，只見來人膚色雪白，容顏清秀，甚是眼熟，過了半晌，他「啊」的一聲叫了起來，他想起來這人是誰了！這青衣女子就是讓冰猿侯拋妻棄子的家妓，而在冰猿侯死後，此女為黑衣琵琶客所奪，名叫阿誰。

她就是鳳鳳的娘親……

燭光之下，輕盈走近的青衣女子容貌依舊端正，比之紅姑娘之愁情、白素車之清靈、鐘春髻之秀美都遠為不及，但她自有一股神態，令觀者心安、平靜，正是阿誰。池雲瞧了她一眼，轉過頭去，這女子相貌雖然只是清秀，卻生具內秀之相，還是少看為妙。

「他已被點了穴道，為何還要將他綁住？」阿誰走近床邊，秀眉微蹙，「是他綁的麼？」

白素車淡淡地道：「不錯。」

阿誰動手將繩索解開，「若是見到他，妳便說是我解的。」

白素車端起那碗燕窩喝了一口，「妳膽子一向很大，不要以為尊主縱容妳，說不定有一天……」

阿誰淡淡一笑，「妳是在提醒我麼？」

白素車別過頭去，冷冷地道：「不是提醒，只不過警告而已。倚仗尊主的寵幸，做事如此隨意，總有一天誰也保不住妳，妳會被那群癡迷他的女人撕成碎片。」

阿誰微微一笑，「我是不祥之人，撕成碎片說不定對誰都好。對了，我是來通知妳，晚上唐公子來赴鴻門宴，撫翠說……要妳排兵布陣，殺了唐公子。」

白素車將燕窩放在桌上，淡淡地道：「哦？除了小紅，東公主也要換個花樣試探我——究竟是不是青山崖戰敗的內奸？」

阿誰眼波流轉，「也許……」

白素車冷冷地道：「妳也想試探我是不是內奸？」

阿誰微微一笑，「說不定在他們心中，我是內奸的可能性最大，只不過不好說而已。」

「那倒也是，妳和我們本就不是一路人。」白素車淡淡地道：「妳最好回尊主房裡掃地去，省得他回來不見了妳，又要亂發脾氣。」阿誰頷首，看了池雲一眼，緩步而去。

池雲聽她離去，突地呸的吐了口口水在地上，「白玉明聽見妳說的話，一定氣得當場自盡！要殺唐儷辭，你媽的白日做夢！」

白素車神色不變，冷冷地道：「我娘賢良淑德，和我全然不同，妳生氣罵我可以，罵我娘作甚？」

池雲為之氣結，被她搶白，難得竟無可反駁。白素車拔出斷戒刀，刀光在刃上冷冷的閃爍，「為何我便殺不了唐儷辭？要殺人，不一定全憑的武功，就像我要殺你……」她將刀刃輕輕放在池雲頸上，輕輕切下一條血痕，「那也容易得很。」

池雲冷冷的看著她，就如看著一個瘋子。

正在此時，門外突地又發出「咯」的一聲輕響，一個人走入房中。雖然這人是走進來的，但池雲卻沒有聽到絲毫聲息，就如只是眼睛看見這人進來了，耳朵卻沒有半點感應，所聽到的聲音，只是門開的聲音。

白素車回過頭來，望著來人。來人粉色衣裳，衣裳上淺繡桃花，款式雅致，繡紋精美絕倫，一雙白色繡鞋明珠為綴，身材高挑纖細，卻是一個容貌絕美的年輕女子。白素車淡淡地道：「西公主。」

那粉色衣裳的桃衣女子微微點了點頭，「唐儷辭今夜必定來救此人，妳作何打算？」

白素車舉起手中握的斷戒刀，刀刃染血之後有異樣的綠光瑩瑩，「我在此人身上下了春水碧，唐儷辭只要摸他一下，就會中毒；然後我會安排十八位白衣圍殺，待他殺出重圍，我會假意救他，再最後了結他。」

桃衣女子不置可否，明眸微動，「聽說小紅對此人下引弦攝命術，卻不成功？」

白素車道：「誰知道她是不是真的已盡全力？不過世上有人對音律天生不通，那也是無可奈何的事。」

桃衣女子接過她手中的斷戒刀瞧了一眼，突然道：「今晚之計，妳不必出手。」她淡淡地、也頗溫婉地道：「我出手就好。」

白素車看了她一眼，收回斷戒刀，微微鞠身，「遵公主令。」

桃衣女子負手而去，自她進來到出去，竟看也沒看池雲一眼。

「這人是誰？」池雲卻對人家牢牢盯了許久，忍不住問道：「她是男人、還是女人？」

白素車奇異地看了他一眼，「她有哪一點像男人？」

池雲道：「她長得和『七花雲行客』裡面那個『一桃三色』一模一樣，我和那小子打過一架，當然認得。」

白素車奇道：「你說她就是一桃三色？」

池雲瞪眼，「我認識的一桃三色是個男人，她卻是個女人，說不定是同胞兄妹。」

白素車眼色漸漸變得深沉，沉吟道：「她……叫西方桃，風流店有東西公主，東公主撫翠，西公主就是此人……原來她、她就是一桃三色……可是……」她似是突然之間有了數不清的疑問，卻又無法解答，眼神變幻了幾次，緩緩地道：「這件事，你可千萬不能說出去。」言下出指如風，再度點了池雲啞穴。

秀玉牡丹樓品茶的大堂之中，今夜坐著兩個女子，一個白衣素髻，一個翠衣珠環，白衣女子秀雅如仙，翠衣女子肥胖如梨，一美一醜顯眼至極。其餘座位的茶客紛紛側目，暗自議論。

她們在等唐儷辭，不過出乎意料之外，一直到秀玉牡丹樓中最後一位客人離去，月過中天，唐儷辭並沒有來。

紅姑娘若有所思地看著桌上早已變冷的茶水，撫翠面前的烤乳豬早已變成了一堆白骨，以細骨剔著牙，她涼涼地笑了起來，「難道妳我都算錯了？池雲對他來說其實算不上誘餌？」

紅姑娘輕輕抿了下嘴唇，「或者——是太明顯的誘餌，所以他不敢來？但以唐儷辭的自信，還不至於……」她的話說了一半，突地一怔，「不對，他必定已經來過了！」

撫翠「嗯」了一聲，「怎麼說？」

紅姑娘站了起來，「妳我疏忽大意，快上樓看看有何變故……」

撫翠尚未答應，樓上已有人匆匆奔下，「紅姑娘！今夜並無人夜闖秀玉牡丹樓，但是……但是阿誰不見了，尊主房中桌上留下一封信……」

撫翠一伸手，分明相距尚有兩丈，那人突地眼前一花，手上的信已不見。撫翠展開信箋，紙是一流的水染雪宣，字卻寫得不甚好，雖然字骨端正，對運墨用鋒卻略嫌不足，正是唐儷辭的字，只見信箋上寫道：「清風月明，圓荷落露，芙蓉池下，一逢佳人。旭日融融，紅亭十里，相思樹下，以人易人。」其下一個唐字，倒是寫得瀟灑。

「我千算萬算，只算他前來赴約，卻不想他竟然托人暗傳書信，把阿誰誘了出去。」紅姑娘咬牙，「他如何知道那丫頭是……是……」她別過頭去，不願再說下去。

柳眼形貌絕美，別具一種陰沉魅惑的氣質，行事隨意狂放，時而溫柔體貼、時而冰冷淡漠、時而豪放瀟灑、時而憂鬱深沉，實是令眾多涉世未深的年輕女子神魂顛倒，尤其柳眼文采風流，橫琴彈詩，唱賦成曲，更令人如癡如醉。紅姑娘錦繡心機經綸滿腹，仍為柳眼傾倒，柳眼卻無端端迷上一位非但貌不驚人，而且毫無所長的女子，甚至這女子並非清白之身，乃是他人家妓，身分卑微至極，怎令她不深深嫉恨？

撫翠哈哈一笑，「他如何知道那丫頭是小柳的心頭肉？我看唐儷辭也是那花叢過客，說不定經驗多了，看上一眼，就知道小柳和阿誰是什麼關係，哈哈哈哈……」

紅姑娘臉色一白，暗暗咬牙，低頭不語。撫翠嘖嘖道：「可憐一顆女兒心，縱使那人明明是情敵，為了小柳，妳還是要想方設法把她奪回來，其實妳心中恨不得她死——真是可悲啊可悲。」

紅姑娘低聲道：「妳又不曾……不曾……」

撫翠大笑道：「我又不曾迷上過哪個俊俏郎君，不明白妳心中的滋味？就算我當年喜歡女人的時候，也是伸手擒來，不從便殺，痛快俐落，哪有如此婆媽麻煩？」

紅姑娘咬了咬唇，避過不答，眉宇間的神色越發抑鬱。

「話說那位西美人何處去了？」撫翠一隻肥腳踩在椅上，看著紅姑娘心煩，她似乎很是開心，「樓上出了如此大的紕漏，她難道沒有發覺？哈哈。」

樓梯之處，白素車緩步而下，淡淡地道：「阿誰不見，西公主也不見了，我猜她瞧見阿誰獨自出門，心裡起疑，所以跟了出去。」

「那就是說——也許，我們並沒有滿盤皆輸。」撫翠笑得越發像一頭偷吃了豬肉的肥豬，「說不定還有翻本的機會。」

紅姑娘眉頭微蹙，對西方桃追蹤出門之事，她卻似乎並無信心。

秀玉鎮。

芙蓉池。

唐儷辭一人一酒，坐在滿塘荷花之畔，淺杯小酌，眼望芙蓉，鼻嗅花香，十分愜意。他端在手上的白瓷小杯光潔無暇，在月光下閃閃發光，宛若珠玉，而地上的細頸柳腰酒壺淺繪白鶴之形，雅致絕倫。單此兩件，又已是絕世罕見的佳品，而唐儷辭自荷塘中摘了一枝蓮蓬，一邊喝酒，一邊剝著蓮子，臉上微現醉紅，煞是好看。

一人自遠方緩步而來，「唐公子好興致。」

唐儷辭擺出了另一支白瓷小杯，微笑道：「阿誰姑娘請坐，今夜冒昧相邀，實是出於無奈，還請姑娘見諒。」

阿誰微微一笑，「唐公子托人傳信，說今夜讓我見我那孩子，不知他……」

「他目前不在此處，實不相瞞，請姑娘今夜前來，唐儷辭別有圖謀。」唐儷辭為她斟了一杯酒，「這是藕花翠，喝不醉的。」

阿誰席地而坐，滿塘荷花在夜色中如仙如夢，清風徐來，清淡微甜的酒香微飄，恍惚之間，似真似幻。

「我明白，唐公子今夜請我來，是為了池雲池公子。」她喝了一口藕花翠，這酒入口清甜，毫無酒氣，尚有一絲荷花的香苦之味，「你想用我向他交換池公子。」

「不錯。」唐儷辭剝開一粒蓮子，遞在她手中，「所以今晚沒有孩子，是我騙了姑娘。」

「他好嗎？」阿誰輕輕地問，雖然心下早已預知如此，仍是有些失落，「我已有許久不曾見他，他……他可還記得我？」

「距離姑娘托孤之日，也有五個多月……」唐儷辭溫言道：「很快便會說話了，只是……只怕他已不記得姑娘……」

「他跟著唐公子，必定比跟著我快活。」阿誰眼望荷塘，清秀的容顏隱染著深涉紅塵的倦意，「也比跟著我平安。」

唐儷辭的眼眸緩緩掠過了一絲異樣的神色，舉起酒杯一飲而盡，目望荷塘，和阿誰滿目的倦意不同，他的眼神一向複雜得多，此時更是變幻莫測，「如果……」

「如果什麼？」阿誰低聲問。

「如果有一天，他不幸受我連累，死了呢？」唐儷辭緩緩地問：「妳……妳可會恨我？」

阿誰搖了搖頭，「人在江湖，誰又能保誰一生一世……托孤之恩，永世不忘……我不會恨你，只是如果他死了，我也不必再活下去。」她淡淡地道：「阿誰不祥之身，活在世上的理由，只是想看他平安無憂的長大。雖然我不能親手將他養育成人，但總有希望，或許在何日何時，會有機緣能在一起……他若死了，我……」她望著荷花，眼神很平靜，「活著毫無意義。」

「只要唐儷辭活著，妳的孩子就不會死。」唐儷辭自斟一杯，淺呷一口，「阿誰姑娘，妳為人清白，雖然半生遭劫，往往身不由己，但總有些人覺得妳好，也總有些人希望妳永遠活著，希望妳笑，希望妳幸福。」

「誰呢？」阿誰淺淺的微笑，「你說柳眼嗎？」

「不。」唐儷辭拾起了她喝完酒放在地上的那個白瓷小杯，緩緩倒上半杯藕花翠。阿誰目不轉睛地看著他，只見他舉杯飲酒，就著她方才喝酒的地方，紅潤鮮豔的唇線壓著雪白如玉的瓷杯，堅硬細膩的杯壁襯托著他唇的柔軟，充滿了酒液的香氣……他慢慢喝下那口酒，「我是說我。」

阿誰不答，仍是看著他飲酒的紅唇，過了良久，她輕輕地道：「多謝。」

唐儷辭喝完了酒，卻含杯輕輕咬住了那杯壁，他容顏秀麗，齒若編貝，這一輕含……風過荷花，青葉微擺，兩人一時無語。

許久之後，只聽「咯」的一聲微響，卻是唐儷辭口中的白瓷碎去一塊，他咬著那塊碎瓷，露齒輕輕一笑，唇邊有割裂的血珠微沁，猶如鮮紅的荷露。

那就像一隻設了陷阱，伏在陷阱邊等候獵物落網的雪白皮毛的狐狸舔著自己的嘴唇，是那般華貴、慵懶、動人、充滿了陰謀的味道。阿誰「啊」了一聲，「怎麼了？」

唐儷辭輕輕含著那塊碎瓷，慢慢將它放回被他一口咬碎的瓷杯中，橫起衣袖一擦嘴角的血珠，「哪位朋友棲身荷塘之中？唐某失敬了。」原來方才他咬碎瓷杯，卻是因為荷塘中有人射出一支極細小的暗器，被他接住，然而墜崖之傷尚未痊癒，真氣不調，接住暗器之後微微一震，便咬碎了瓷杯。

風吹荷葉，池塘之中，荷花似有千百，娉娉婷婷，便如千百美人，渾然看不出究竟是誰在裡面。阿誰回過頭去，微微一笑，「西公主？」

荷塘深處，一人踏葉而起，風姿美好，緩步往岸邊而來，桃衣秀美，衣袂輕飄，人在荷花之中、清波之上，便如神仙，正是風流店西公主西方桃。

等她緩步走到岸邊，忽而微微一怔，「是你——」

唐儷辭舉起右手，雙指之間夾著一支極細的金簪，他也頗為意外，「西方桃姑娘……」這位西方桃西公主，正是他數年前在朱雀玄武臺以一斛珠之價約見一面，問及姓名就被一名黑衣蒙面人奪走的花魁。但如果西方桃便是風流店的西公主，那麼怎會在朱雀玄武臺上被選為花魁千金賣身？而依據白素車所言，風流店西公主乃是因修煉一門奇功，故而男化女身，如果西公主本是男子，更不可能在朱雀玄武臺上被選為花魁。

阿誰本是嗅到一陣熟悉的幽香，有別於荷花，所以知道是西方桃，眼見兩人相視訝然，「你們認識？」

「姑娘金簪擲出，並無惡意，容我猜測，是有話要說？」唐儷辭眼見西方桃神情有異，「唐某並未視姑娘為敵，如有話要說，不妨坐下同飲一杯酒？」他自袖中又取了一支白瓷小杯出來，為她一斟。

「阿誰，」西方桃緩緩坐了下來，卻不喝酒，「這個人究竟是好人、還是壞人？」

她問出這一句，阿誰微微一笑，「唐公子聰明機智，雖然時常不願表露他內心真正的心意，卻當然是個好人。」

西方桃凝視著唐儷辭，「但他卻不像以天下為己任的俠士，也不像為救蒼生苦難而能以身相殉的聖人，為何要插手江湖中事？為何要與風流店為敵？你心中真正圖謀的事，究竟是什麼？」

唐儷辭看了西方桃一眼，微微一笑，「我只是想做個好人。」

「說不定——你是值得賭一賭的那個人……」西方桃緩緩地道：「你能逼小紅炸毀余家劍莊，能助宛郁月旦立萬世不滅之功，說不定真的能毀去風流店。」她看向唐儷辭手中的小小金簪，「風流店中，有一個絕大的祕密。」

「什麼祕密？」

阿誰突地微微一震，「西公主，妳知道了那扇門後的祕密？」

西方桃不答，過了好一會兒，她道：「唐公子，你可知風流店東西公主，練有『顏如玉』奇功，練到九層，男化女身？」

「我不知道。」唐儷辭微笑道：「世上竟然有如此奇事？」

「但我卻貨真價實是個女人。」西方桃緩緩地道：「七花雲行客之一桃三色，本來就是個女人。」

「那為何大家都以為妳本是男人？」唐儷辭溫和地問：「妳一直以來，都是女扮男裝？」

「我無意倚仗容貌之美，取得以我本身實力該有的成就。」西方桃淡淡地道：「我很清楚我是個美人，那並非我能選擇，但我的實力，應該遠在容貌之上。」

「姑娘也是一位女中豪傑。」唐儷辭微笑著看著她，「但究竟七花雲行客發生何事，為何姑娘位居『西公主』，而梅花易數、狂蘭無行淪為殺人傀儡？」

「因為他們不是女人。」西方桃冷冷地道：「風流店中，有一扇門……那扇門之後究竟有些什麼，誰也不知道。風流店表面由柳眼統率，其實掌握風流店中人命運的人有兩個，一個是柳眼和柳眼的藥丸；另一個……便在那扇門之後……柳眼什麼事也不管，風流店中統領號令的兩個人，一個是小紅、一個是撫翠，而撫翠——撫翠所表達的，就是那門後之人的意思。」她面無表情地道：「那門後面的人和撫翠，都喜歡女人。小紅以『引弦攝命』制住梅花易數和狂蘭無行，但他們不是美貌女子，所以只能作為殺人傀儡，而我——因為我相貌美麗，深得那門後之人歡心，他授予我『顏如玉』神功，等我男化女身，便要予以凌辱。而我本是女子，根本練不成那功夫，雖是女裝，大家卻以為我是男子之身。」

「柳眼知情麼？」唐儷辭溫言問，「還有那些癡迷柳眼的白衣女子，可也受門後之人凌辱？」

「不，那些女人迷戀柳眼成癡，」西方桃冷冷地道：「她們寧可自殺，也絕不會受門後之人凌辱。風流店中另有紅衣役使，是門後之人專寵，紅衣役使是他直接指揮，練有迷幻、妖媚之術，以及攝魂陣法。」

「一扇奇怪的門，一個在女人身上尋求成就感的男人。」唐儷辭道：「只怕那躲在門口的人，並不如大家所想的那麼神祕可怖，我猜……他一定具有某些缺陷，並且對柳眼非常嫉妒。」

西方桃微微頷首，「風流店內情複雜，要一舉剷除絕非易事，並且那些白衣役使、紅衣役使，不少出身江湖名門正派，一旦挑落面紗，勢必引起更大的恩怨。加之九心丸流毒無窮，除非找到解藥，否則所有中毒之人都是風流店潛伏的力量，雖然碧落宮青山崖一戰得勝，卻並未有動搖風流店的根本。唐公子是聰明人，應當明白接下去如何做。」

「關鍵只在九心丸的解藥，以及柳眼、門後之人兩個人。」唐儷辭微笑，「桃姑娘將此事託付於我，可是有離去之心？」

西方桃沉默了一陣，「臥底風流店，絕非容易之事，我已很累了。」她緩緩地道：「小紅早已懷疑到我身上，前些日子我冒險夜闖小紅的房間，雖然中了幾支毒箭，卻取出了幾個藥瓶。」她自懷中取出三個不同顏色的瓷瓶，「或許其中有解引弦攝命之法的藥物，梅花易數、狂蘭無行中毒多年，我曾多方設法營救，始終沒有結果，唐公子或許能想出嘗試之法。兄弟多年，本來不該就此離去，但一桃三色不能殉身風流店之中……」她靜靜地道：「以我一人之力，拔劍相抗，只會死在紅白衣役使亂刀之下，我不想死得毫無價值，所以……一切拜託唐公子了。」

「在風流店臥底數年，姑娘可敬可佩，安然離去，本是最好的結局。」唐儷辭微笑道：「但在請去之前，可否問姑娘一件事？」

「什麼事？」西方桃眼眸流轉，以她容顏，堪稱盛豔，目光之中卻頗有憔悴之色。

「春山美人簪的下落。」唐儷辭道：「此物干係一個人自由之身，姑娘可以開出任何條件，與唐儷辭交換此物。」

「春山美人簪……」西方桃低聲道：「此物不換，暫別了。」她拂袖而去，背影飄飄，化入黑夜之中。

「西公主居然是臥底風流店多年的一桃三色，世上奇事，真是令人驚嘆。」阿誰輕輕嘆了一聲，「我一直以為她和東公主很有默契，也是那門後之人的心腹。」

唐儷辭微微一笑，「阿誰，鬥心機的事，妳就不必想了。跟我來吧，明日一早，十里紅亭，我與柳眼以人易人。」他站了起來，「我有另一件事問妳，妳知不知道柳眼最近下葬了一個人，造了一座墳？」

「墳？」阿誰眼眸微轉，「什麼墳？」

「妳是最親近他的人，我想他若葬了一人，除妳之外，旁人也許都不會留意。」唐儷辭輕聲道：「妳可曾見過一個藍色冰棺，其中灌滿冰泉，館中人胸膛被剖，沒有心臟？」

「藍色冰棺……」阿誰凝神細思，「藍色冰棺……我不記得他曾為誰下葬，也沒有見過藍色冰棺，但他出行青山崖之前，在菩提谷停留了兩三日，期間，誰也不許進入打擾。如今風流店已經遷徙，將要搬去何處，我也不清楚。如果他真的葬了一人，若不是葬在風流店花園之中，就在菩提谷內。」

「菩提谷在何處？」唐儷辭衣袖一振，負後前行。

「飄零眉苑。」阿誰微微蹙眉，「我可以畫張地圖給你，風流店的據點，本在飄零眉苑，菩提谷是飄零眉苑後的一處山谷。」

「多謝。」唐儷辭一路前行，既不回頭，也未再說話。

藍色冰棺裡的人，想必對他而言，非常重要。阿誰跟在唐儷辭身後，第一次唐儷辭的時候，她覺得他光彩自賞，溫雅風流；而如今時隔數月，唐儷辭依然光彩照人，依然溫雅從容，甚至已是江湖中名聲顯赫、地位顯赫的人物，她卻覺得他眉宇之間……除了原有的複雜，更多了抑鬱。

那就像一個人原本有一百件心事，如今變成了一百一十件，雖然多的不多，卻負荷得如此沉重……沉重得令一個原本舉重若輕、揮灑自如的人，呼吸之間，宛若都帶了窒悶、帶了疲憊。

但只是疲憊，卻不見放棄的疲倦，他前行的腳步依然敏捷，並不停留，就像即使有一百件、一百一十件、一百二十件難解的心事，他仍有信心，可以一幢一幢解決，只要堅持努力到最後，一切都會很好。

她跟在他身後，望著他的背影，突然之間，有些佩服、有些心疼、有些難解複雜的情緒……慢慢湧了上來，他曾是一個怎樣的人？又將是一個怎樣的人？

第九章　藍色冰棺

第二天一清早，十里紅亭之下，紅姑娘、白素車、撫翠帶著依舊五花大綁的池雲，與唐儷辭交換阿誰。柳眼依然不見蹤影，不知去了何處，以人易人的過程出奇的順利，雖然風流店在十里紅亭埋伏下數十位殺手，然而直至唐儷辭帶著池雲離去，紅姑娘也未找到必殺的絕好機會，只得任其離去。

「唐儷辭，不可小看的對手。」白素車淡淡地道：「如有一天能殺此人，必定很有成就感。」

紅姑娘面罩霜寒，一言不發，對唐儷辭恨之入骨。撫翠卻是哈哈一笑，「交易即成，大家回去吧回去吧，要殺唐儷辭，日後有的是機會。」

白素車回身帶頭往前走了幾步，突然按刀頓住，「西公主不別而去，妳卻似乎心情很好？」

撫翠笑嘻嘻地道：「哦？妳看出我心情很好？」

白素車一頓之後，邁步前行，並不回答。紅姑娘跟在她身後離去，兩人一同登上風流店的白色馬車，隱入門簾之後。

撫翠望著離去的白色馬車吃吃的笑，素兒這丫頭，真是越來越令他欣賞了，或許可以給那人建言，換掉小紅那小丫頭，讓素兒坐小紅這個位，說不定會比小紅更好。小紅丫頭聰明則聰明，美則美矣，千不該萬不該，她不該是柳眼的人。

當池雲被解開捆綁，吐出口中所塞的布條的時候，唐儷辭正在喝茶，面帶微笑，以一種平靜從容並且溫文爾雅的神態看著他。沈郎魂面無表情的將池雲身上的繩索擲在地上，鳳鳳站在椅上，雙手緊握著椅柄，不住搖晃，興奮地看著池雲。

當一個人被捆成一團的時候，的確有些像一個分不出頭尾的球。池雲咬牙切齒地看著唐儷辭，唐儷辭報以越發溫和的微笑，「感覺好些了麼？」

池雲呸了一聲，「很差！」

他斜眼冷冷地看著唐儷辭，「你感覺如何？」

唐儷辭喝了一口芳香清雅的好茶，「感覺不錯。」

「那個臭婆娘在我身上下了什麼『春水碧』，聽說摸一下就會中毒，但看起來是她胡吹大氣。」池雲動了一下麻木的四肢，搖搖晃晃站了起來，「像你這種奸詐成性的老狐狸，連九心丸都毒不死你，區區什麼『春水碧』算得了什麼……」

唐儷辭看著他踉蹌站起，唇角微翹，「我沒中毒是因為你身上的毒早就解了，並不是白素車胡吹大氣，這樣你可滿意？」

池雲哼了一聲，「你怎會有解藥？」

唐儷辭微笑，「祕密。」

池雲再問，「你又怎麼知道我身上有毒？」

唐儷辭再喝一口茶，「風流店擅用毒藥，偌大肉票在手，怎能不下毒？顯而易見……沒有在你身上下上三五十種劇毒，已是客氣了。」

「那是說臭婆娘還算手下留情了？」池雲冷冷地道。

唐儷辭放下茶杯，「如你願這樣想，自是很好，可惜你定要將別人想得十惡不赦，我也是沒有辦法，唉……池雲，上茶。」

池雲怒道：「上茶？」

唐儷辭拂了拂衣袖，有些慵懶地支頷，「為你一夜未眠，上茶，過會去買幾個菜，大家都餓了。」

池雲雙手雙足仍痠痛不已，劇毒雖解，渾身疲憊，聞言咬牙切齒，「你——」

唐儷辭支頷一揮袖，微笑道：「還不快去？」池雲只得一掉頭，恨恨而去。

沈郎魂淡淡地道：「看你的臉色，不好。」

唐儷辭手按腹部，眉間略顯疲憊，「不妨，昨夜可有人探查此地？」

沈郎魂道：「有，不過是兩個扒銀子的小賊，被我丟進衙門裡了。」

微微一頓，「我還以為昨夜你會硬闖鴻門宴，鮮血淋漓、拖泥帶水的回來。」

「硬闖是池雲的作風，不是我的。」唐儷辭微笑，「鮮血淋漓、拖泥帶水未免狼狽，面對敵人好友，都該面帶笑容，溫謙恭順，才會有人請你喝茶。」

沈郎魂淡淡地道：「哈哈，這個……平常不是叫做刁滑麼？」

唐儷辭尚未回答，鳳鳳突然手舞足蹈，搖晃椅背，眉開眼笑，「咿唔……咿唔咿唔……布嘰……」

沈郎魂哈哈一笑，「看起來有人非常瞭解你。」唐儷辭眉頭略展，似笑非笑。

「話說下一步，打算如何？」

「下一步，我要去飄零眉苑，菩提谷中，找一座墳。」唐儷辭道：「此外，柳眼不見蹤影，以他現在的心性，必定有所圖謀。」

「一座墳，你要找方周的屍骸？」沈郎魂道：「他已被埋進地下，說不定屍體已被什麼老鼠、蛆蟲吃得面目全非，你還不死心麼？」

「嗯，尚未見到棺材白骨，」唐儷辭微笑，「什麼叫作死心？說不定……他會把灌有冰泉的冰棺直接葬下，說不定他下葬之處土質特異，可保身體不壞，世上之事本就是無奇不有。」沈郎魂看了他一眼，未作回答，慢慢吐出了一口長氣。

九封鎮集市之上。

池雲一身白衣又髒又亂，咬牙切齒東張西望，只看街上何處有賣酒肉？可憐九封鎮乃是偏僻小鎮，一條青石小街，從頭到尾不過二十丈，除了賣雞雜的小攤，青天白日之下，連個賣饅頭的都沒有。

他毫不懷疑唐儷辭在整他，事實上也是。正在他把街逛了兩三遍，不知如何回去交差之時，突然瞧見一人，「咦？」

只見道路之旁，一人紫衣牽馬，雙眉微蹙，似有滿懷不可解的情愁，聞言微微一怔，「池雲？」

池雲嘿嘿一笑，「姓鐘的小丫頭，你是來找白毛狐狸精的吧？跟我來。」在他而言，鐘春髻不過是個無趣無聊的小王八，但在此時此刻看來，她卻是找不到酒菜的上上藉口，自是心花怒放。

為何想見的時候，尋得如此辛苦，不想見的時候，轉頭就能遇上？鐘春髻茫然看著難得對她面露笑容的池雲，其實她此時此刻並不想見唐儷辭，但心中想不見，就真的能夠不見嗎？也許此別之後，分道揚鑣，她就再也見不到他……那瓶藥水在她懷裡，已被她的體溫溫熱，輕易不能察覺它的存在，但瓶中之物的冰冷，又豈是溫度所能掩蓋？遲疑片刻，她對池雲勉強一笑，「唐公子近來可好？」

「就算世上的人都死光了，他也不會不好的。」池雲涼涼地道：「來吧。」

九封鎮華麗宅院之中，沈郎魂和唐儷辭談話剛至一個段落，突聞門外兩個人的腳步聲，池雲大步回來，身後跟著一人，「諾，九封鎮街上不賣酒菜，不過我帶回來一個人，也許你會感興趣。」

「唐公子。」鍾春髻避開了唐儷辭的目光，「我……」

「鍾姑娘真是神機妙算，天下之大總是能和我等巧遇。」沈郎魂淡淡地道：「此番有何要事？」

唐儷辭微笑，「鍾姑娘南行與我等同路，不過巧合，沈兄不必介意。」他站了起來，衣袖微擺，「姑娘請坐。」

房中並非只有他坐的一張椅子，除了鳳鳳、沈郎魂坐的椅子之外，尚有三張空椅，但他這麼站起一讓，讓鍾春髻心中不由自主的升起倍受尊寵之感，情不自禁坐了下來，「我……我……」她定了定神，「我只是追尋師父的蹤跡，恰好和唐公子同路。」

「原來如此，雪線子的蹤跡，唐某可以代為尋找。」唐儷辭道：「如有消息，隨時通知姑娘如何？」

鍾春髻點了點頭，卻又突然搖了搖頭，呆了半晌，她道：「其實我……尋找師父並沒有要事，我只是不知道究竟要去哪裡……」自從下了青山崖，她就迷失了要去的方向，從前行走江湖是為了什麼，如今竟絲毫不能明瞭，只覺天地遼闊，星月淒迷，朋友雖多，竟無一個能夠談心解惑。她究竟要往何處去？究竟要做何事？她行走在這天地之間，究竟有何意義？

一切彷彿都成了深不可測的謎……人生，除了一些全然不可能的妄想之外，毫無意義。

唐儷辭微微一笑，「如果鐘姑娘無事，不如與我等同行吧。」

出言一出，池雲和沈郎魂同時瞪了他一眼，鐘春髻呆了一下，彷彿唐儷辭此言讓她更加迷茫，「唐公子此行要去哪裡？」

唐儷辭道：「去尋一具屍首，救一條人命。」

鐘春髻低下頭來，雙頰泛起淡淡的紅暈，輕聲道：「原來如此……那春髻自然應當全力相助。」

池雲口齒一動，沈郎魂一聲低咳，池雲本要開口就罵池雲沈郎魂唐儷辭解決不了的事，要你姓鐘的小丫頭相助有什麼用？真他媽的不知死活！但沈郎魂既然阻止，他嘴上沒說，臉上悻悻的完全不以為然。唐儷辭要到飄零眉苑菩提谷找方周的屍體，要這小丫頭同路做什麼？難道還指望她開山劈石、盜墓掘屍麼？而沈郎魂目不轉睛的看著鐘春髻，彷彿要從她身上看出一個洞來，對唐儷辭挽留之語，居然沒有絲毫訝異。

「不過這裡是什麼地方？這麼偏僻的村鎮，怎會有如此一處豪宅？」鐘春髻游目四顧，只見房屋裝飾華麗，桌椅雕琢精細，渾然一處富貴人家模樣，只是不見半個奴僕。

唐儷辭彎腰抱起了鳳鳳，「這裡是我一位好友幾年前隱居之處，這個小鎮，本來風景絕美，有一大片梅林。」

鐘春髻眉頭微蹙，「但如今並沒有看見梅林。」

唐儷辭道：「那是因為他放了一把火將梅花盡數燒了，大火將此處房屋半毀，而我後來翻修成如今的樣子。」

鍾春髻紛亂的心頭一震，「是那位寫詩的朋友麼？」

她心中想的卻是：是那位在你身上下毒將你投入水井再放了一把火的朋友麼？待你如此狠毒，為何說起來你卻沒有絲毫怨對？難道當年之事，真是你錯得無可辯駁？

「嗯……」唐儷辭抱起了鳳鳳，卻是轉交給了池雲，「我每年來這裡一次，可惜從未再見過他。」

鍾春髻低聲道：「原來如此。」

池雲接過鳳鳳，桌上本來留著半碗米湯，他坐了下來一口一口熟練地餵著鳳鳳。鍾春髻看得有些發愣，沈郎魂面無表情地看著她，唐儷辭微現疲憊之色，她一顆心本已亂極，此時更是猶如狂鹿奔馬一般猛跳，一時只想把懷裡揣的那瓶藥水丟了出去。突地唐儷辭倚袖支頷，微微閉上了眼睛，一時不動，她心中刹那湧起千萬分憐惜，這個人、這個人不管過去如何，不管將來如何，在她眼前之時總是揪住她一顆心，總是令她情不自禁，令她總有各種各樣奇異的想像，真的……真的能放他遠去，從此後再也尋不到理由相見麼？

「鍾姑娘走遍大江南北，可知祈魂山在何處？」唐儷辭支頷閉目，卻並未睡去，只是養神。

鍾春髻一怔，「祈魂山？祈魂山是武夷山中一處丘陵，其處深山環繞，人跡罕至，唐公子何以得知世上有祈魂山？」

「聽姑娘所言，世上真有此山……」唐儷辭道：「姑娘果然淵博。」

鐘春髻搖了搖頭，「不，祈魂山是一處怪山，我也未曾去過，但聽師父說過，那是墳葬聖地，山後有白色怪土，挖土造墳，其墳堅不可摧，人下葬之後可保屍身數十年不壞。」她低聲道：「師父把師娘的遺骨……就葬在祈魂山上。」

唐儷辭「啊」了一聲，「真有此事？」

鐘春髻點了點頭，「只是地點只有師父知道，那地方偏僻隱祕，少有人跡，非武林中人，極少有人會知曉祈魂山的好處。」

「如此說來，倒是非去闖一闖不可了？」沈郎魂淡淡地道：「明日就走吧。」

鐘春髻心神略定，「風流店的事，難道唐公子就此不管了？」

唐儷辭微微睜開眼睛，微笑道：「風流店的事，自有人操心，一時三刻尚不會起什麼變化。」

此後鐘春髻給三人做了頓可口的飯菜，青山崖戰後人人都未好好休息，鬆懈下來，人人都感疲憊，各自入房調息。

唐儷辭房中。

「我有一件事，必須說明。」深夜時分，唐儷辭調息初成，仍坐在床上，沈郎魂一句話自窗外傳入，語氣一如平時，「風流店之主，黑衣琵琶客柳眼，既然你殺不了，日後我殺。」

唐儷辭睜開眼睛，「這是警告？」

沈郎魂淡淡地道：「沒有，只是說明立場。」

唐儷辭低聲一嘆，「他是我的朋友。」

沈郎魂人在窗外，臉頰上的紅色蛇印出奇的鮮明，「我並未說你不能拿他當朋友，只是——不到他把你害死的那天，你就不知道什麼叫做死心麼？」

唐儷辭不答，沈郎魂背身離去，「在那之前，我會殺了他。」

唐儷辭抬眼看著沈郎魂的背影，眼神幽離奇異，低聲道：「如有一天，他能回頭……」

沈郎魂遙遙地答，「如果他掐死的是你深愛的女人，殺的是你父母兄長，毒的是你師尊朋友，你會怎樣？」

唐儷辭無語，沈郎魂離去。

「阿儷，」另一人的聲音自另一扇窗傳來，「十惡不赦的混帳，你何必對他那麼好？」

唐儷辭並不看身後的窗戶，「我很少有朋友。」

池雲呸了一聲，「難道姓沈的和老子不算你的朋友？」

唐儷辭道：「不算。」

池雲愕然，「什麼……」

唐儷辭輕輕吐出一口氣，一手支榻，緩緩轉過身來，「你們……都不知道我在想些什麼，不是麼？」

「老子的確不知道你他媽的在想些什麼？不過雖然老子不知道你在想些什麼，但老子會關心你，柳混帳和你一樣奸詐歹毒，但就算他知道你在想些什麼，他只會更想要你死。老子覺得你腦子有毛病，根本搞不清楚什麼叫做朋友！」池雲冷冷地道。

唐儷辭目不轉睛的看著他，池雲怒目回視，不過有些時候他覺得他那雙眼睛在笑，有些時候他覺得他那雙眼睛在哭，過了好一會兒，只見唐儷辭緩緩收起了支在榻上的那只手，雙手緩緩抱住了自己，很輕很輕的低聲道：「我只是想要一個可以談心的朋友……」

池雲茫然，渾然不解的看著唐儷辭，談心是什麼玩意兒？唐儷辭很快的放開了自己，搖了搖頭，對池雲微笑道：「去休息吧，被點了幾日的穴道，中毒初解，你該好好養息。」池雲皺著眉頭，唐儷辭溫言道：「去吧。」池雲怒目瞪了他一眼，拂袖而去。

不管他怎麼樣努力要做一個循規蹈矩的好人，他始終……其實是很難相處的。唐儷辭坐在榻上，凝視著自己的雙足，窗外月影，皎如霜玉，映著他的影子，在地下出奇的清晰、出奇的黑。

第二日，唐儷辭在九封鎮買了一個乳娘，將鳳鳳暫寄在她家中，一行四人，往武夷山而去。

武夷山脈。

連綿不絕的深山，山雖不高，林木茂盛，更多的是蟲蛇蚊子，藤蔓毒草，比之白雪皚皚的貓芽峰是難走得多，有時竟須池雲持刀開道，砍上半日也走不了多遠。在密林中走了幾日，無可奈何，幾人只得縱身上林稍行走，然而林上奔走，消耗體力甚大，茫茫樹海不知祈魂山在何處。

「既然祈魂山後有白色怪土，入葬後其墳難摧，想必這種白色怪土十分堅硬。」唐儷辭一邊在樹上奔走，一邊道：「而既然雪線子肯把亡妻葬在祈魂山，想必祈魂山有許多奇花異葩，有什麼奇花專生堅硬岩石之上？」

沈郎魂與池雲皺眉，要談武功，兩人自是好手，要談花卉，全然一竅不通。

鐘春髻道：「有一種岩梅，專生岩石之上，不過師父喜歡白色，尤其喜歡玉蘭那樣的大花，小小岩梅，只怕並非師父所好。」

唐儷辭平掠上一顆大樹，「說不定祈魂山另有奇花……說不定祈魂山奇異的土質花木，就是風流店選擇作為據點的原因……難道是因為製作九心丸的原料，生長在祈魂山？」

沈郎魂淡淡地道：「或有可能。」

唐儷辭突地停下，池雲驟不及防，差點一頭撞上，「怎麼？」唐儷辭一拂袖，「看。」

幾人只見綿延的群山之中，突然出現一處凹谷，繁茂的樹木藤葛，在此處漸漸趨於平緩，只見山谷之中，墳塚處處，不見雪白怪土，只見青灰碑石。這是何地、何人葬身於此？葬於土中的人，又曾有過怎樣的人生、怎樣的故事？

四人靜立樹梢，縱觀山谷中的許多墳塚，是誰先發現此地、又是誰先在此地葬下第一個人？唐儷辭看了一陣，飄然落地，只見山谷中地上開滿花朵，卻非奇異品種，乃是尋常黃花，抬起頭來，墳塚之中，修竹深處，有一處庭院。沈郎魂的視線在墳塚之間移動，只見墳塚上的姓名大都不曾聽聞，但應當都是幾十年前、甚至幾百年前的江湖名家，甚至有些墳塚連姓名都沒有留下。

不管在人世之時造下多大的功業或孽業，人，總免不了一死，而當後人面對墳塚之時，又有幾人記得？那些功，何等虛無；那些過，何等縹緲，雖然終究是虛無縹緲的一生，人卻永遠免不了汲汲營營，追求自己所放不開的東西。唐儷辭緩步走過墳塚之間，腳步並不停留，走向竹林之中的庭院。

那是一座灰黑色的庭院，大門緊閉，灰色粉牆顯露一種黯淡的顏色，和尋常門戶並不相同，撲鼻有一種沉悶的香氣。沈郎魂人在唐儷辭身後，「古怪的味道。」唐儷辭推開黑色大門，咿呀一聲，門內無人，早已人去樓空。

「嘿嘿，風流店的老巢，這種牆粉，是忘塵花燒成的草木灰。」池雲冷冷地道：「這東西是第一流的迷魂藥，當年老子在這藥下差點吃了暗虧。」

沈郎魂手撫灰牆，硬生生拗下一塊，牆粉簌簌而下，沉悶之感更為明顯，「這就可以解釋，為什麼風流店中的女子個個偏激野蠻，並且對她們那位『尊主』癡迷得猶如中了邪術。」

池雲涼涼地道：「那是因為她們本來就中了邪術。」

唐儷辭踏入大堂之中，只見風流店內灰色牆粉，其內卻擺設的白色桌椅，這種擺設和尋常人家並不相同。桌上銀色燭臺，白燭為燈，水晶酒壺，銀器為杯，有些杯中尚留著半杯暗紅色的酒水。「忘塵花……那就是說，所有在這其中的人，都可能受這種藥的影響……」他端起桌上遺留的精美銀盃，略略一晃，低聲道：「這種器具……這種酒……你……」

「古裡古怪的圖畫，白毛狐狸，這畫的可不就是你，哈哈哈……」池雲大步走入堂內，只見一條長廊，兩側懸掛圖畫，卻並非山水筆墨，而是不知使用何等顏料繪就的人像。一幅是四位衣著奇異的少年人在一間裝飾奇異的房內，兩人倚門而立，兩人坐在桌上；一幅是白骨森森，骷髏成堆，血池殘肢之中，一位骷髏人站在骷髏殘骨之巔，手持一顆頭骨而泣。池雲饒是仔細看了一陣，兩幅畫畫得十分肖似，只是第一幅畫裡面四位少年只有三位面貌清晰，另一位卻不繪五官，竟是一張空臉，顯然第一幅畫中四人之一有一個是唐儷辭，而第二幅畫畫的骷髏人多半就是柳眼自己。這位風流店之主倒是多才多藝，不但會彈那鬼琵琶殺人，這畫畫的技法可也勝過他池老大多多。

唐儷辭的目光自兩幅畫上一掠而過，並未多說什麼，鍾春髻的目光在那幅四人共聚圖上停住，「唐公子的圖像怎會在風流店之中？」

池雲涼涼地道：「因為風流店的瘋子是他的朋友，哈哈，好朋友。」

鐘春髻皺了皺眉，「好朋友？」

沈郎魂突地插了一句，也是涼涼的，「不錯，畢生好友。」

鐘春髻凝目在那幅圖上看了一陣，隱隱約約覺得圖中似乎有哪裡相當眼熟，一時之間卻想不起來，重複了一遍，「好朋友？」為何唐儷辭會和十惡不赦的風流店之主會是好朋友？

「這是方周。」唐儷辭本已走過，見三人遲遲不動，回頭輕輕一指圖中一人，「三聲方周。」

池雲仔細端詳，只見圖中那人一頭凌亂的長髮，眉眼尤其的黑靈，目光之中隱隱約約含有一股凌厲，雖然只是一幅畫，卻有桀驁冷漠之氣，「這就是你一心一意要找的死人？」

鐘春髻心中微微一震，原來他找的是他好友，卻為何要到風流店中來找好友的屍身？難道他和風流店為敵，其實是因為好友之仇？

「他是個外表冷漠，內心溫柔的人。」唐儷辭的目光終於緩緩停在那張畫上，「他比我大三歲，一向自認大哥，雖然外表冷漠彷彿很難相處，但其實很會照顧人……寧可苦在心裡，也絕對不會對任何人示弱。」他本來只掠了那張畫一眼，此時卻目不轉睛的看了很久，微微一笑，「等他醒來，你們就知道我所言不差。」

池雲咳嗽了一聲，沈郎魂微微一嘆，只有鐘春髻疑惑不解，「他不是過世了麼？」唐儷辭分明說，他是來尋一具屍身，既然是屍身，怎會醒來？

「他會醒來的。」唐儷辭走過長廊，三人不約而同緊跟而上。飄零眉苑看起來並不陰森可怖，然而唐儷辭卻令人有些不放心，穿過長廊，又是一間布置白色桌椅的房間，其中的桌椅更為精緻，雕刻的花紋繁複，牆上也掛著圖畫，畫的卻是外面山谷中的黃花。此間房間甚大，共有四個門，分別通向四條走廊，格局從未見過。沈郎魂瞳孔微縮，「各人不要分散。」池雲按刀在手，四處走廊，引起兩人高度戒備，即使房中無人，也很可能留有陷阱。

「池雲，你和鐘姑娘在這裡等候。」唐儷辭緩緩將四個入口看了一遍，「我和沈郎魂進入探察。」

鐘春髻道：「我看還是聽沈大哥的，四個人不要分散的好。」

唐儷辭微微一笑，「如果其中陷阱困得住唐儷辭和沈郎魂，那麼四人同入一樣出不來，你們兩人留在此地，如果一頓飯後我們還未出來，你們便動手拆屋，切莫闖入。」

池雲冷冷地道：「去吧，世上豈有什麼陷阱，能困得住你唐儷辭唐老狐狸？你若出不來，我便走了。」

唐儷辭一轉身，「如此甚好。」

沈郎魂眼望走廊入口，「你們若要拆屋，最好尋一些泥水，將牆潑濕了再拆。」

池雲呸了一聲，「你當老子是第一天闖江湖？」

沈郎魂不再理他，淡淡地道：「先往哪邊走？」

唐儷辭眼望東邊的入口，微笑秀雅溫和，「東西南北，我們從東邊開始。」

兩人的身影沒入東邊的入口，其實那入口裝飾華麗，並未有陰森之感，但在鐘春髻眼中卻是驚心動魄。池雲極其不耐地倚牆抱胸，白毛狐狸要這丫頭和他們同行，真不知道打的什麼算盤，和她同路有什麼好處？除了礙手礙腳，就是討厭之至，尤其她的師父是那頭為老不尊的老色狼，更是倒扣十分！鐘春髻呆呆站在房間正中，她不知道唐儷辭邀她同行，是不是察覺到她心中的邪念，或者是察覺了她曾經聽過黑衣人柳眼一席話，而後收了他一瓶藥水？又或者是對她不曾有絲毫懷疑，是對她有所好感，所以才……

寂靜無聲的房間，突然自牆壁發出了輕微的「咯」的一聲微響，池雲倏然回頭，一環渡月已在指間，只見那幅黃花圖畫憑空自牆上跌落，「啪」的一聲在地上摔得四分五裂。鐘春髻臉色蒼白，右手按劍，這房裡並沒有人，那幅畫是怎麼掉下來的？光天化日朗朗乾坤，難道還會有鬼不成？

沈郎魂和唐儷辭走入東方走廊，走廊牆上本有白色紙燈，又開有圓形透光之孔，並不黑暗。走不過多時，便看見一扇扇的門，沈郎魂輕輕一推，門開了，是一間女子閨房。

「風流店中這許多女人，看來就住在這些，不過，不是下葬的好地方。」唐儷辭五指在牆上輕輕下拉，「仍是忘塵花的灰燼，這些女子日日夜夜，受這種藥物影響，或許本來只是對柳眼心存好感，時日一久也會變成刻骨銘心的相思。不過……柳眼他並不知道忘塵花的功效，風流店中必定有另一位用毒高手。」

兩人並肩前行，每一間房門都打開探察，雖說為尋方周的屍身，但也是為明瞭風流店的底細。查過數十間房間，走廊盡頭突爾一暗，眼前開闊，光線突滅，竟是一間甚大的空房間，地上列著白色蠟燭，成柳葉之形一直延續到遠處，而房間盡頭是一扇繪金大門。兩人相視一眼，沈郎魂淡淡地問：「如何？」

唐儷辭微微一笑，「退。」兩人自原路返回，另尋入口。回到方才的房間，唐儷辭突爾一頓，沈郎魂掠目一看，只見房中空空如也，剛才在這裡等待的兩人蹤跡杳然，竟而不見了！

「怎麼回事？」沈郎魂臉色微變，「怎會如此？」

只見房間和方才並無兩樣，只是活生生兩個人不見了，以池雲的武功，絕不可能未發出絲毫聲息，就被人所擒！唐儷辭眼眸微動，目光自牆上一一遊過，「剛才似乎有個什麼東西跌下的聲音。」

「但這裡並沒有什麼東西摔碎。」沈郎魂伏地細聽，「沒有腳步聲，但十步之內有人。」

唐儷辭凝視那幅黃色花朵的圖畫，「這屋裡的東西很簡單，有人，不可能不見蹤影，所以——」

沈郎魂站起身來，淡淡地道：「有人，必定在牆壁之後。」

唐儷辭一揚手，砰然大響，掛著黃花圖畫的牆壁應手崩塌，露出一個大洞，只見洞口對面果然有人，當當的一連串金鐵震動之聲，刀光如雪照面而來！唐儷辭橫袖拂刀，刀光過，他額邊黑髮隨風而起，一柄銀環飛刀夾在他雙指之間。

「咦？你們怎會從牆壁那邊回來？」池雲自唐儷辭打穿的洞口竄了過來，「欸——」

沈郎魂淡淡地道：「這個房間，和牆壁那邊怎會一模一樣？」

鐘春髻隨之翻牆而入，面有驚異之色，「怎會如此？」

「這個房間本是圓形，從中一分為二，各有四個門，兩邊布置一模一樣。」唐儷辭道：「當人踏進房間，兩側重量不一，房屋就開始轉動，它轉得很慢，令人不易察覺，轉過之後，房間四個門所對的就不是原來的通路，而自通路回來的，也不是原來那個房間了。」他扣指輕敲了下牆壁，「不過這牆壁如此之薄，這種機關算不上什麼高明之物，與其說用來設陷阱，不如說是遊戲之用，飄零眉苑如此看來，是一座充滿機關的迷宮。」

「哈哈，對你來說是遊戲，對別人來說，說不定仍是致命陷阱。」沈郎魂道：「此地已經無人，但既然你我找得到此地，必定別人也找得到，風流店傾巢而去，豈會不留下些禮物？毒藥、幻術、陣法，都是風流店專長。」

唐儷辭微微一笑，「那可也是七花雲行客的專長，你不覺得或許不是巧合？」

沈郎魂淡淡地道：「這種事你想即可，我只想如何殺人就好。」

「現在怎麼辦？出去，還是繼續深入？」池雲不耐煩地問。

唐儷辭一揚手，奪的一聲，池雲那柄一環渡月釘在東方大門之上，「你說我會走麼？」他含著淺淺的笑意，又自東方的那扇門走了過去。

四人一起踏入走廊，這條走廊和方才唐儷辭沈郎魂所走的完全不同，一片黑暗，撲鼻而來一股潮濕的黴味，鐘春髻低聲道：「這裡好像很久沒人走過了。」

唐儷辭以金絲為線，釣起那枚「碧笑」，點燃火焰，「池雲。」

池雲「哼」了一聲，將那金絲掛在一環渡月刀尖上，當前而行。只見火光所照，走廊兩側布滿青苔，不住滴水，依稀許久未有人通行。走不多時，池雲「嗯」了一聲，沈郎魂凝目望去，只見不遠之處的地上一片黑黝黝的不知是什麼事物，池雲高居銀刀，鐘春髻一聲低呼，火光之下，那是一具只餘骨骸的屍首，衣裳尚未全壞，看得出是一個男子，紫色衣袍，黑色紋邊，屍首旁邊掉著一把形狀古怪的刀，刀成魚形，刀身刻有魚鱗之紋。

「欸？魚躍龍門？」池雲看著那柄刀詫然道：「這人難道是七花雲行客之一的龍潛魚飛？」

沈郎魂拾起那柄魚形刀，略略一抖，「龍潛魚飛多年不見於江湖，竟然是死在這裡，奇了，以他的武功，怎會死在這裡？」

唐儷辭雙指一扯地上那件紫衣，衣裳應手而破，「這屍體在這裡很久了，恐怕不是這兩年的事。風流店雖然是這幾年才借由九心丸在江湖活動，但飄零眉苑必定建在那之前，龍潛魚飛的死，應該和飄零眉苑原本的主人有關。」

「這裡難道不是風流店的那個瘋子建的？」池雲有些意外，「你是說這座陰陽怪氣的迷宮早就有了？」

唐儷辭站起身來，微微一笑，「借由地下水力，因重量不同而能轉動的房子，八條通往不同目標的走廊，豈是短短數年之間就能建好？這個地方至少建了十年以上，只是那些桌椅擺設是這幾年新換的而已。」他往走廊深處繼續前行，「何況……我正在猜測一件事……走吧，這條路如此潮濕，應該已在地底，再走出去，應當是飄零眉苑的後山。」

「也就是你要找的地方？」沈郎魂道：「如果這條路通往後山，就是一條出路，那所有的埋伏陷阱，必定都在這條路上，你真是選的一條好路。」

火光在唐儷辭身前搖晃，「我不過選了一條最直接的路……」

火光映照之下，走到這條走廊的盡頭，是兩扇門。風流店似乎特別喜愛門，四面八方，無處不可看見門，而每一扇門幾乎都是一樣的，令人充滿迷幻的錯覺。沈郎魂細看了下這兩扇門，「左邊？右邊？」

唐儷辭目不轉睛的看著那兩扇門，慢慢地道：「我要拆了中間這堵牆。」

池雲和沈郎魂同時一怔，從未聽過世上有人面對兩扇門之時，選擇的是拆掉中間這堵牆，他竟要左右兩邊同時走？「拆牆？」池雲滿面的不可思議。

唐儷辭眼簾微閉，又睜開，「你們讓開。」他踏前一步，右掌伸出，按在兩門中間的磚壁上，潛運功力。

「你瘋了？這磚牆和剛才房間裡的假牆全不一樣，你以為你是鐵打金剛，真的能把這磚牆一掌震塌麼？」池雲失聲道：「以人力拆掉隔在中間的牆完全不可能！」

沈郎魂眉頭緊皺，拆牆，實在是一個非常瘋狂的想法。

唐儷辭掌下一震，三人只聽「咯」的一聲脆響，雙門中間的磚牆裂開一道頗深的裂紋，池雲突地住嘴，搶在前頭雙手一拉，一下便把雙門之間的一大塊磚石給掰了下來。

這是隔山震力之法，若非唐儷辭身負方周的換功大法，常人絕無可能將這種掌力運用到這種地步。沈郎魂出手相助，也一下自裂縫中掰下一大片磚石，唐儷辭伸手再按，「只需在牆上開一道缺口，我就能知道他的屍身究竟在不在對面通道之中。」

鐘春髻忍不住顫聲道：「可是……這樣你會累死的，何苦……何苦為了一個已經過世的人，如此糟蹋自己？」

「他沒有死。」唐儷辭溫言道：「每個人執著的東西不盡相同，我要我好友的命，鐘姑娘妳若把剛才的話再說一遍，我就把妳從這裡扔出去，妳信是不信？」

他的語氣很平靜，語調很溫柔，池雲沈郎魂沉默，鐘春髻竟有些發起抖來，她當然信，唐儷辭說出口的話，她怎敢不信？世上又有幾人敢說不信？在她顫抖之時，只聽牆磚再度發出一聲脆響，牆中再現裂紋，這一次池雲沈郎魂一起出手，把牆中的碎磚拽了出來。此時已見雙門之後，門後一無他物，仍舊是空曠潮濕的走廊，眾人轉入右邊走廊，跟在唐儷辭身後，慢慢在兩條走廊中間的磚牆上打開一條可以觀看隔壁走廊情況的縫隙出來。

其實要觀察兩條走廊的情況，本可四人分為兩組行動，但如此一來，兩組分頭行動，越走越遠，若是遇到危險，絕對無法互相救援。唐儷辭出掌開磚，是不願四人分散，卻又不想放棄隔壁走廊存在的希望，這番心意，自是人人能夠理解。

四人在雙門後的走廊裡走了莫約十丈，唐儷辭已發出八掌，第八掌運勁之下，咯啦一聲，自兩條通道中間裂出一個空隙，沈郎魂「咦」了一聲，「暗弩？」只見在牆壁之間，簇簇黑色短箭自磚縫之間指向雙面走廊。池雲以短刀輕輕一撥，嗖的一聲銳響，一支黑色短箭應刀而出，釘入對面磚牆，入磚三分！

「哦，如果從這裡開始，這面牆都是這種黑色短箭，那這兩條路完全是死路。」池雲皺眉，他一揚手，一環渡月往前射入黑黝黝的通道，只聽極其遙遠的「奪」的一聲微響，兩側的走廊沒有絲毫動靜。鐘春髻望著眼前無邊無盡的黑暗，以及黑暗中不可預知的恐怖，心中不由自主的萌生退意，她經過許多江湖陣仗，但眼前無疑是她最恐懼的一種。沈郎魂身軀一矮，幽魂一般掠進黑暗之中，驟然劈啪爆響，兩側走廊就如下了一陣暴雨，沈郎魂仰身急退，池雲一環渡月及時出手，只聽「叮噹」震響，一環渡月竟然被黑色短箭連續撞擊，釘到對面牆壁之上！

如果踏入走廊的不是沈郎魂，想必也已被釘在對面磚牆之上了。沈郎魂死裡逃生，臉上神色絲毫未變，自地下拾起一支黑色短箭，「這是『鐵甲百萬兵』，破城怪客的拿手好戲，難道消失多年的破城怪客，也是七花雲行客之一？」

池雲瞪著被釘在牆上的一環渡月，他腰間飛刀只剩兩隻，平生行事，敵人未見，而飛刀只餘兩隻的情形，實是少見，「聽說鐵甲百萬兵無堅不摧，見血封喉，並且一發都在數百隻以上，被它打死的人就像刺蝟一樣，這是兩條死路。」

「嗒」的一聲輕響，唐儷辭輕輕將袖中一物著地滾了過去，只見光彩瑩瑩，卻是一顆拇指大小顏色均勻的夜明珠，滾過之後，珠光所照，只見走廊遙遠的深處，又是一扇門。白色描金的大門，和飄零眉苑中所有的門一模一樣，乃是翻新的。池雲的那只一環渡月就插在門上，而銀刀刃寬身重，釘入門上之時略略拉了條縫隙出來，眾人凝目望去，隱隱約約，在門口似有火光閃爍。

人去樓空的風流店地底深處，怎會有火焰？

「鐵甲百萬兵是重型暗器，你看這牆裡埋的機關，精鋼為骨，直達地下，明珠和暗器通過都不會觸發機關，那觸發之處必定在地下，並且……需要相當的重量。」唐儷辭細看牆裡的機關，「這和那個房間一樣，想必出於同一人之手，或者就是破城怪客本人，或者是有人得了他的機關之術，盜用了他的手法。要破鐵甲百萬兵，需要一柄神兵利器。」

「神兵利器？」沈郎魂不用兵器，池雲的銀刀雖然厲害，卻不以鋒銳見長。

鐘春髻手腕一翻，一柄粉色刀刃的匕首握在手中，「不知小桃紅如何？」

唐儷辭微微一笑，「很好了……」

他接過小桃紅，以刃尖輕挑牆中第一支黑色短箭的機簧，牆中精鋼所製的機關，卡著層層疊疊的黑色短箭，不計其數，「這種機關，牆內和地下拉成一種平衡，無論是哪一方失去平衡，都會射出短箭，所以人通過走廊就會射出短箭。如果將這種機關這樣切斷，」他以小桃紅輕輕切斷第一支黑色短箭之下的一條鐵線，只聽「錚」的一聲厲響，那短箭仍然應手射出，只是第二隻短箭未再順勢排上，「仍然不能解決問題，所以……」他輕輕伏下身，「要切在這裡……」小桃紅的刀刃沿著那短箭的位置緩緩向下，直至牆角，唐儷辭匕首插入牆角逢內，運勁一劃，只聞「咯」的一聲微響，第二第三支短箭仍在弦上，卻未射出。

「我明白了，這扣住短箭的力道不管太輕太重，都會觸發短箭，切在牆角，餘下一部分機關重量之力，才能將短箭拉住。」沈郎魂突道：「要將這條路上所有的機關都斬斷，必須要有踏雪無痕的輕功身法，以及穩定的出手速度。」

唐儷辭橫匕微笑，「你是想說……這個人就是你麼？」

沈郎魂不答，過了一會，他淡淡地道：「你說過——我們身上只有一條命，而你身上有兩條。」

「啪」的一聲輕響，唐儷辭手落在沈郎魂肩上，「你已試過一次，證明你不能踏雪無痕，不是麼？」

沈郎魂淡淡地道：「我去，最多重傷，但不會死。」

旁人說這話自是毫無分量，而在他說來自然不同。池雲口齒欲動，他不以輕功見長，但——他話尚未出口，唐儷辭輕輕一笑，「那就請沈兄辛苦了。」

沈郎魂尚未回答，驟然灰影一閃，其勢如奔雷閃電，剎那之間已掠入通道之中，鐘春髻失聲驚呼，沈郎魂和池雲神色驟變，唐儷辭口是心非，嘴上剛剛說到請沈郎魂出手，話音未落人已奔出，讓人措手不及！一頓一怔之間，只見夜明珠映照之下，唐儷辭身影如灰雁平掠，渡水不起波瀾，伴隨一陣金鐵交鳴之聲，剎那之間已到那扇大門之前。

「唐公子！」鐘春髻情切關心，直奔他身後，兩側磚牆一無動靜，果然鐵甲百萬兵已經被破。

沈郎魂池雲隨後而來，池雲忍不住罵道：「他奶奶的，踏雪無痕、乘萍渡水，日後若是遇到江河湖海，船也不必坐了。」

沈郎魂淡淡地道：「好功夫！」

唐儷辭眼望那扇大門，「我說過我武功高強，天下第一。」

池雲拔下門上的一環渡月，「說這話你可是認真的？」

沈郎魂突地插了一句，「因為你要方周換功給你，而他死了，所以——你必須是天下第一？」

唐儷辭微微一笑，並不回答，伸手打開了那扇門。

灰塵遍布雪白的門扉，白色描金大門打開的時候，簌簌灰塵自上撒下，雖說此門已被翻新，但至少也是三四年前的事了。四人一起往門內看去，大門內是一個碩大的坑道，坑底深處有火焰跳躍，如果不慎跌落，必定慘受火焚，而在火焰之中，一條被火燒得通紅透亮的鎖鏈之橋直通對岸。

坑道對岸，又是一扇白色描金的門。

而這個充滿火焰的大坑之旁尚有許多個門，或開或閉，陰森可怖，想必飄零眉苑許多通道都通往這個坑道。鐘春髻身子微微發抖，她和尋常女子一樣，怕黑，而這個房間的黑，是在半開半閉的大門之後，在明亮跳躍的火焰之後，那更是恐怖至極。池雲目注那條鎖鏈橋，「這座橋未免太窄，看起來就是為了烤肉專門做的。」

沈郎魂淡淡地道：「不錯。」

火焰之中的那座橋只有一臂之寬，最多容一人通過，兩側鐵鍊交錯，並非是扶持之用，而是增強鎖鏈的熱力，人如果走在橋上，必定慘受火紅的鎖鏈炙烤，只怕尚未走上十步，就被烤得皮開肉綻，要不然就是跌落火坑。

而火坑的對岸，靜靜擺著一具棺材，水晶而製，晶瑩透徹，在火光下隱隱約約流露出淡藍色的光彩。

「這口棺材——」鐘春髻失聲道：「這就是藍色冰棺？」池雲絲毫不停，直接往鎖鏈之橋掠去，足未落鎖鏈，一環渡月已出手，「叮」的一聲斬在燒紅的鐵索之上，正要借力躍起，然而銀刀落下，觸及鐵索驟然一軟，竟無法借力。池雲身子一沉，然而畢竟臨敵經驗豐富至極，一個小翻身「啪」的一聲足踢銀刀，借勢而回，但那柄一環渡月受熱沾黏鐵索之上，卻是回不來了，轉眼之間，漸漸融化。

「這鐵索不是平常之物。」沈郎魂冷冷地看著對岸的冰棺，「看來看輕了這條鐵索，妄死在火中的人不少。不過這座冰棺必定是最近幾日才放在那裡，他自國丈府奪走方周的屍身，明知你必定會追來，將它當作誘餌引你跳火坑。」

唐儷辭將小桃紅還給鐘春髻，灼熱的空氣中他的衣角略略揚起，在火光中有些捲曲，他目不轉睛的看著對岸的藍色冰棺，一瞬之間，雙眸閃過的神色似哭似笑，「就算是火坑，也……」他喃喃自語，「他一向很瞭解我。」

另三人站在一旁，看著唐儷辭對著那冰棺自言自語，不知說了些什麼，面面相覷。

鐘春髻拉住池雲的衣袖，低聲道：「他能不能不過去？那……那鎖鏈……」

池雲將她甩開，冷冷地道：「他如果想過去，妳能攔得住？」

鐘春髻道：「那……那已是個死人不是嗎？就算他從這裡過去，也已經救不了他，何必過去？」她又拉住池雲的衣袖，「我覺得過了鐵索也會有更險惡的機關，把他攔住……」

池雲冷冷地看著她扯住他衣袖的手，「放手！」

鐘春髻悚然放手，她心神不寧，她覺得唐儷辭如果踏上鐵索一定會遇上比鐵甲百萬兵更可怕的危險，但她人微言輕，無法阻止，惶恐之下，懷中一物微微一晃，她探手入懷，緊緊握住了那瓶藥水。

「烈火鎖鏈橋，如果你練有陰冷真氣，使用碗水凝冰之法，或許可以暫時抵住這種高熱。」沈郎魂沉吟，「或者，有能夠抵禦下邊火焰的東西，另搭一座橋。」

唐儷辭背對著沈郎魂，似乎充耳不聞，身形一動便要往鎖鏈橋上掠去。

沈郎魂眼明手快，一把按下，「且慢！莫衝動……」他一句話未說完，唐儷辭出手如電，「咯啦」一聲反扣他手腕，沈郎魂甩手急退，一陣劇痛，毫釐之差唐儷辭就卸了他手腕關節——剎那他明白，冰棺置於火坑之旁，無論是什麼樣的冰棺，也必是會融化的，所以……唐儷辭失了冷靜，不過本來唐儷辭就不冷靜，他做事一向憑的面帶微笑的狂妄，而從來不是冷靜！抬眼只看唐儷辭躍身上橋，踏足熾熱火紅的鐵索，下落之時鐵索微微一晃，他的衣裳髮髻頓時起火。鐘春髻掩口驚呼，臉色蒼白，池雲身形旋動，沈郎魂一把將他抓住，雙目光彩爆閃，「就算你上得橋去，又能如何？下來！」

說話之間，唐儷辭全身著火，數個起落奔過鐵索橋，直達對岸。

對岸，滿地水跡，縱然在熊熊火焰炙烤之下，也未乾涸。火焰在他衣角跳躍，因為人在火中的時間不長，衣裳上的火趨緩，然而並不熄滅，仍舊靜靜的燃燒著。唐儷辭望著地下的冰棺，一動不動。

那是一口堅冰製成的棺材，晶瑩剔透，隱約泛著藍光，不過……在這火坑高溫之旁，它已融化得僅餘極薄極薄的一層，滿地水跡就是由此而來。這棺材化成的水和尋常清水不同，極難蒸發，非常黏稠。

「狐狸！」

「唐儷辭！」

「唐公子！」

對岸縹緲的呼聲傳來，聲音焦慮，池雲的聲音尤其響亮，「你找死啊！還不滅火！姓唐的瘋子！」

藍色冰棺裡……什麼都沒有。

「哈……呵呵……」唐儷辭低聲而笑，一向複雜紛繁的眼神，此時是清清楚楚的狂熱、歡喜、憤怒與自我欣賞，「果然——」

這口在烈火旁融化的藍色冰棺，不是唐儷辭用來放方周屍體的那一具，而是以其他材質仿製的偽棺。方周自然不在這棺材裡，火焰在肩頭袖角燃燒，唐儷辭衣袍一振，周身蔓延的火焰熄去，縱然是池雲三人人在對岸，也嗅到了皮肉燒焦的味道。鐘春髻滿頭冷汗，臉色慘白，右手緊緊握住胸口的衣襟，她不理解所謂生死至交、兄弟情義，不明白為什麼一個活人要為一個死人赴湯蹈火，但是她知道再這樣下去，唐儷辭一定會被這針對他而設的種種機關害死，為了一具不可能復活的屍體，值得麼？值得麼？

「傷得重麼？」池雲遙遙叫道：「找到人沒有？」

沈郎魂突地振聲大喝，「小心！火焰蛇！火焰蛇！」

鐘春髻呻吟一聲，身子搖搖欲墜，踉蹌兩步退在身旁土牆之上，火焰蛇，傷人奪命的銀環蛇，周身塗上劇毒，腹中被埋下烈性火藥，這種東西一向只在武林軼事中聽說過，但見對岸鱗光閃爍，數十條泛著銀光的銀環蛇自火坑之旁的土牆遊出，徑直爬向渾身煙氣未散的唐儷辭。

「怦」然一聲大響，對岸塵土驟起，水跡飛濺，夾帶火光彌散，火藥之氣遍布四野，正如炸起了一團烈焰，隨即硝煙火焰散盡。三人瞪大眼睛，只見對岸土牆炸開了一個大坑，數十條火焰蛇不翼而飛，唐儷辭雙手鮮血淋漓，遍布毒蛇所咬的細小傷口，條條毒蛇被捏碎頭骨擲入火坑之中，饒是他出手如電，其中一條火焰蛇仍是觸手爆炸，被他擲到土牆上炸開一個大洞。隨著爆炸劇烈震動土牆，頭頂一道鐵閘驟然落下，其下有六道尖銳茅頭，當的一聲正砸入地，毫釐之差未能傷人。唐儷辭驀然回首，滿身血汙披頭散髮，雙手遍布毒蛇獠牙，被囚閘門之後，只一雙眼睛光彩爆現，猶如茹血的厲獸，但見他略略仰頭，一咬嘴唇，卻是抿唇淺笑，輕描淡寫的對對岸柔聲道：「小桃紅。」

鐘春髻呆在當場，池雲夾手奪過她手中小桃紅，揚手擲了過去，但見刃掠過空，「啪」的一聲唐儷辭揚手接住，刃光尚在半空，只見小桃紅犀利的粉光乍然畫圓，鐵閘轟然倒塌，墜下火坑，唐儷辭一刃得手，不再停留，身形如雁過浮雲，踏過仍舊熾熱駭人的鐵索橋，恍若無事一般回到三人面前。

沈郎魂出手如電，剎那點了他雙手六處穴道：「嘡」的一聲小桃紅應手落地，池雲一把抓起唐儷辭的手，駭然只見一雙原本雪白修長的手掌有些地方起了水泡，手背遍布傷口，有些傷口中尚留毒蛇獠牙，略帶青紫，處處流血，慘不忍睹。「你——」他一時之間竟不知該說他什麼，怒氣湧動胸口，湧到心頭卻滿是酸楚，「你瘋了。」

除了雙手肩頭，唐儷辭身上衣裳燒毀多處，遍受火傷，尤以雙足雙腿傷勢最重，一頭銀髮燒去許多，混合著血汙灰燼披在肩頭，卻是變得黑了些，倒是一張臉雖然受火燻黑，卻是毫髮無傷。鐘春髻渾然傻了，眼淚奪眶而出，滑落面頰，她捂住了臉……沈郎魂手上不停，自懷中掏出金瘡藥粉，連衣裳帶傷口一起塗上，但雙手的毒創卻不是他所能治，「你可有感什麼不適？」他沉聲問道。

唐儷辭抬起了雙手，「不要緊。」

池雲微略揭開他領口衣裳，只見衣內肌膚紅腫，全是火傷，「被幾十條劇毒無比的火焰蛇咬到，你竟然說不要緊？你以為你是什麼做的，你以為你真是無所不能死不了的妖魔鬼怪嗎？」

唐儷辭柔聲道：「連九心丸都毒不死我，區區銀環蛇算什麼？莫怕，手上都是皮肉之傷。」

「滿身火創，如無對症之藥，只怕後果堪慮。」沈郎魂淡淡地道：「就此離開吧，無法再找下去了。」

池雲正待說話，唐儷辭望著自己滿身血汙，眼眸微微一動，平靜地道：「也可……不過離開之前，先讓我在此休息片刻，池雲去帶件衣裳進來。」他們身上各自背著包裹，入門之前都丟在門外以防阻礙行動，都未帶在身上。

「我馬上回來。」池雲應聲而去，唐儷辭就地坐下，閉目調息，運功逼毒。鐘春髻站在一邊，呆呆的看著他，小桃紅掉在一旁，她也不拾起，就這麼目不轉睛地看著唐儷辭。沈郎魂自懷裡取出一柄極細小的銀刀，慢慢割開唐儷辭手上蛇傷，取出獠牙，擠壓毒血，略略一數，他一雙手上留下二十八個牙印，換了一人，只怕早已畢命。

「對岸沒有方周？」他一邊為他療傷，一邊淡淡的問。

唐儷辭眼望對岸，輕輕一笑，「沒有。」

頓了一頓，沈郎魂道：「身上的傷痛麼？」

唐儷辭手指一動，略略掠了一下頭髮，濃稠的血液順髮而下，滴落遍布傷痕的胸口，「這個……莫非沈郎魂沒有受過比區區火焚更重的傷？」

沈郎魂一怔，隨即淡淡一笑，「你身為乾國舅，生平不走江湖，豈能和沈郎魂相提並論？」

唐儷辭對滿身創傷並不多瞧，淡淡看著火坑之中的火焰，「火燒蛇咬不算什麼……我……」他的話音嘎然而止，終是沒有說下去，改口道：「方周練《往生譜》換功與我，那換功之痛，才是真的很痛。」

「唐公子。」鐘春髻突地低聲問道：「你……你年少之時，未作乾國舅之前，是個什麼樣的人？」三聲方周換功給唐儷辭的事她早就知道，但那個人說唐儷辭無情無義，以朋友性命換取絕世武功，他若真是這樣的人，又何必千里迢迢來到這裡，受機關毒蛇之苦，執意要找到方周的屍體？他當然不是那個人所說的那種奸險小人，但……但是……但是問題不是他無情無義，而是重情重義——他太過重情重義，重得快要害死他自己……那要如何是好、如何是好？

唐儷辭抬眸看了她一眼，「從前？年少之時？」他微微一笑，「年少時我很有錢，至今仍是如此。」鍾春髻愕然，她千想萬想，如何也想不出來他會說出這一句——話裡的意思，是他根本沒有意思要和她討論往事，他要做的事不必向她交代、更不必與她探討，她只需跟在身後就行了，就算他跳火坑送死，也與她全然無關。

一個男人拒絕關心之時，怎能拒絕得如此殘忍？她慘然一笑，好一句「年少時我很有錢」，真是說得坦白、說得傲氣、說得絲毫不把人放在眼裡……

正在這時，池雲帶著一件灰袍回來，唐儷辭將那灰袍套在衣裳之外，卻沒有站起來的意思，輕輕吁了口氣，望著對岸殘破的假棺，「你們說若我就這樣走了，日後他會不會怪我……」

「他已經死了，如果世上真的有鬼，他該看見你為他如此拼命，自然不會怪你。」池雲難得說兩句話安慰人，聽起來卻不怎麼可信。沈郎魂皺眉，「你想怎樣？」

「我想在這裡過一夜，就算找不到方周的屍體，對我自己也是個交代。」唐儷辭輕聲道：「讓我陪他一夜，可否？」低聲細氣的說話，這種如灰燼般的虛柔，是否代表了一種希望幻滅的體悟？

池雲和沈郎魂相視一眼，鍾春髻一動不動站在一旁，神情木納，沈郎魂略一沉吟，「我去外邊山谷尋些藥草。」

池雲瞪著唐儷辭，居然破天荒的嘆了口氣，「老子真是拿你沒辦法，反正天也黑了，姓沈的你去找藥順便打些野味回來，過夜便過夜，吃喝不能省。」

這一夜，便在默默無語中伴隨篝火度過，唐儷辭沒有說話，他重傷在身，不說話也並不奇怪，但誰都知他是不想說話。唐儷辭不說話，池雲倒地便睡，誰也知他對唐儷辭送死之舉幾萬個不滿。沈郎魂拿根樹枝輕撥篝火，眼角餘光卻是看著鐘春髻，那目光淡淡的，不知在想些什麼。鐘春髻目不轉睛的看著唐儷辭的背影，一整夜也一言不發。

過了良久，池雲發出鼾聲，鐘春髻閉目睡去，沈郎魂靜聽四周無聲，盤膝調息，以代睡眠，未過多時，已入忘我之境。就在三人睡去之時，唐儷辭睜開眼睛，緩緩站了起來，微微有些搖晃的身影，轉身往火坑之旁那些大門走去，悄然無聲消失在門後的黑暗之中。

唐儷辭走後，鐘春髻睜開眼睛，眼中有淚緩緩而下。

果然……他不死心。

沒有找到他要找的東西，他絕不肯走。

一具朋友的屍體，真的有如此重要、重要得就算另賠上一具屍體，也無所謂麼？你……你可知看你如此，我……我們心中有多麼難受多麼痛苦，你在追求一種不可能尋到的東西，找到他的屍體，難道你就會好過一些、難道他就真的會復活嗎？其實在你心裡，對方周之死的負罪感或許比誰都重，只是誰也不明白、或者連你自己也不明白。

而分明在找到他的這條路上，遍布著數不清的機關暗器、毒藥血刃，像你這麼聰明、這麼懂得算計的人，怎能不清楚？不能讓你再這樣下去，他們任由你任性妄為，那是他們以為懂得你的兄弟情義，可是我……我只要你的命，不要你的義。

鍾春髻探手入懷，懷中那一瓶藥水突然間變得冰冷異常，猶如鋒芒在內，她緊緊的抓住那瓶藥水，茫然飄浮的內心之中，平生第一次有了一個鮮明清晰的決定。

一夜漸漸過去，鍾春髻靜靜坐在火旁，靜靜的等待。

一道微帶踉蹌的人影如去時一般，悄然的走了回來，來去的朦朧無聲，就如飄移的只是一道暗影。鍾春髻輕輕站了起來，池雲眼眸一睜，唐儷辭的腳步他未聽見，但鍾春髻站起的聲音他卻聽見了。

「你……一夜未睡？」她輕輕迎向唐儷辭，「找到他了嗎？」

唐儷辭臉上的血汙灰燼已經抹去，身上的各處傷口已被紮好，殘破的衣裳也已撕碎丟棄，顯然昨夜一路之上，他非但尋遍風流店中所有房間和機關，並且收拾了自己的傷勢。看見鍾春髻迎面而來，他顯得有些訝異，「沒有……」他一句話未說完，鍾春髻驟然欺身而入，直撲入他懷裡，唐儷辭驟不及防，這一撲若是敵人，他自是有幾十種法子一下扭斷來人的脖子，但這撲來的是雪線子的愛徒，年紀輕輕生平從未做過壞事的小姑娘。他右手一抬，硬生生忍下殺人之招，驀地背脊一陣劇痛，他一揮手把鍾春髻摔了出去，唇齒一張，卻是一笑，「妳——」

砰的一聲大響，鍾春髻被他擲出去十步之遙，結結實實的落地，摔得渾身疼痛，卻未受傷。爬起身來，她的眼淚奪眶而出，淒然看了唐儷辭一眼，轉身狂奔而去。池雲一躍而起，臉色大變，「臭婆娘！她瘋了！少爺——」

唐儷辭背心要穴中針，真氣沸騰欲散，震喝一聲，雙掌平推，畢生真力盡並雙掌之中，往眼前土牆而去！池雲側身急閃，沈郎魂倏然睜眼，滿臉震愕，只聽轟然驚天動地響，土崩石裂，塵煙狂湧，石礫土塊打在人身疼痛至極，一道陽光映射而入——那面土牆竟而穿了。

門外是一片陽光，新鮮氣流直捲而入，氣盡力竭的唐儷辭往前跌下，池雲和沈郎魂雙雙將他扶住，三人抬起頭來，只見土牆外的景色明媚古怪，滿地雪白沙石，沙石上生滿暗紅如血的藤蔓，藤蔓上開著雪白的花朵，花和沙石混在一處，一眼望去，竟不知何為鮮花、何為沙土？或許這世間鮮花和沙石瓦礫本就沒有區別，所謂美醜淨穢，不過是一種桎梏、一種懸念。

「出路？」池雲有些傻眼，剎那間他已忘了鐘春髻突襲唐儷辭這事，也渾然忘記追究為何她要刺這一針，洞外奇異的景色剎那耀花了人眼。

「菩提谷……」唐儷辭身子一掙，他看見了雪白沙石和暗紅藤蔓之中一座墓碑，池雲和沈郎魂不防他散功之後仍有如此大的力氣，竟被他一下掙脫，只見他三步兩步踉蹌而奔，方才在地底看不見，此時踏在雪白沙石之上的是步步血印，直至墓碑之前。

那個墓碑，寫的是「先人廖文契之墓」。

唐儷辭撲通一聲在墓前跪落，一向只帶微笑的臉上布滿失望，他很少、極少在臉上流露出真實的情感，但此時此刻的失望之色是如此簡單純粹，簡單純粹到那是一個孩子的表情，一個不懂得掩飾任何情緒的孩子才會有的……失望。

層層偽裝之下，算計謀略之下、財富名利之下、奸詐狠毒之下，此時此刻，唐儷辭不過是個非常任性、也非常失望的、很想哭的孩子。

池雲輕輕走到他身邊，手掌搭到他肩上，「少爺。」

「嗯，什麼事？」唐儷辭抬起頭來，那臉上的神色一瞬間已帶了笑，語調溫和平靜，與平時一般無二。

彷彿剛才跌落墳前、幾乎哭了出來的人不是他，只不過是池雲一瞬眼的錯覺。

池雲呆呆地看著他的微笑，一時之間，竟不知該說什麼好。

沈郎魂一邊站著，默然無語。

唐儷辭緩緩站了起來，早晨明利的陽光之下，昨日新換的衣裳上昨夜的血已經乾涸，成了斑駁蜿蜒的圖案，慢慢滲出的今晨的鮮血在圖案周邊慢慢的暈色，就如朵朵嗜血的花在盛開，放眼望去，這雪白沙石的山谷中……墳塚尚有許多。他一邊往最近的墳頭走去，一邊低聲道：「池雲，你有沒有過……永遠的失去一個人的感覺？」

池雲張口結舌，憋了半晌，他硬生生地道：「沒有。」

唐儷辭搖搖晃晃的往前走，背後那一針落下的傷口不住的冒出血來，就如在背後漸漸的開了朵紅花，只聽他喃喃地道：「其實……他死的那一天，我雖然挖出了他的心，但心裡……並沒有什麼感覺……」

沈郎魂默默看著他的背影，耳邊依稀聽見了妻子落進黃河的那一聲落水聲，而他被點穴道，只能眼睜睜看著她沉沒波濤之中，那一刻的痛苦……足令他在生死之間來回十次，而最痛苦的是，自己最後並沒有死。

「我一點也沒感覺到他已經死了，一切都和平常一樣，只是少了一個人。住在周娣樓的時候，只是找不到東西了，才會想起他已經死了，所以永遠問不到那樣東西到底被他收在哪裡；有時候看見他養的花，會想到他永遠也看不到它開；有時候……解開他打的結，會想到解開了就再也不可能重來……過了很久以後，我開始後悔，後悔的不是我要他練往生譜練換功大法，而是直到他臨死的那一刻，我從來……都沒有好好和他說過話，有些話該說的不該說的，在那時候都應該說了，我知道他想聽……想知道我心裡的打算，可是我……什麼也沒有說。」唐儷辭喃喃地道：「在我心裡，我是想救他的，可是我沒有告訴他……然後一天一天、一年一年……每年都會想起有些事還沒有對他說，都會想起其實可以為他做的事還有很多，為何當初沒有做？可是不管現在我想了什麼，他卻永遠不會知道、也永遠不會再回來了。」

池雲默默的聽著，他心中有一個念頭、有一種隱隱約約的萌動，雖然他說不清是什麼，但感覺……和唐儷辭說的很像，於是聽得他鼻子酸楚，竟有些想哭了。

「兩年以後，我才明白，這種感覺……就是死……」唐儷辭輕輕地道：「他死了，煙消雲散，他留下的所有痕跡，一件衣裳、一行文字、一個繩結……都變成了『死』。可是……」他低聲道：「可是像方周這樣的人，怎麼能這樣就死呢？他的抱負他還沒有實現，他和我計畫過很多事，計畫過很美好的未來，我答應過他永遠不背叛朋友，我答應過他答應過阿眼改邪歸正，做個好人，一切……都沒有實現。」

他走過的地方，就留下血印，但唐儷辭腳步不停，徑直走向了第二座墳，繼續低聲道：「他死的時候，我什麼也沒說，他也什麼也沒說。我不知道他心裡是不是怪我，是不是因為他像從前那樣縱容我，所以就算心裡很失望，仍然什麼也沒有說……」他的聲音頓住了，腳步也頓住了，池雲第一次看見唐儷辭眼裡湧起了光亮，只聽他輕聲道：「我……我……」頓了好一會兒，他才繼續說下去，「我不知道他是不是曾經很失望……」

話說到此，第二個墓碑已在眼前，碑上的名字，仍不是方周。唐儷辭轉身往第三座墳而去，受火焚蛇咬之身，散功之傷，他的腳步依然不停，彷彿追日的誇父，永遠……也不停歇。

「找吧，既然地底那個冰棺是假的，那麼或許柳眼會把真的冰棺連同方週一起葬下，等尋到了墳塚，把人挖出來，你再將心還他，他就能夠複生了。」沈郎魂終是淡淡說了一句，池雲長長吐出一口氣來，「不錯，既然冰棺尚未找到，還是有希望的。」

唐儷辭往第三座墳去，頭也不回，輕輕一笑，「你們真好。」

池雲與沈郎魂面面相覷，他們已經明白，為何鐘春髻要在唐儷辭背上刺這一針——因為，如果沒有讓他澈底失去能力，這個人永遠不會放棄任何東西、任何希望、任何可能……那結果，很有可能就是死……他會把菩提谷中所有的墳都翻出來細看，會將飄零眉苑夷為平地，直至他死為止。

瘋狂的心性、孩子氣的幻想、我行我素的頑固、不可理喻的執著……

「方周若是醒了，我讓他給你們彈琴，他彈的琴……真的是天下第一……」唐儷辭一邊往第三座墳走去，一邊臉上漸漸帶起了微笑，「他如果醒過來，阿眼就不會恨我，我會告訴方周我是在想辦法救他、他會告訴阿眼我沒有害死兄弟，那樣……兄弟就仍然是兄弟，我……就會為從前的事道歉。」

第三座墳，依然不是方周的名字。

唐儷辭踉蹌往第四座墳而去，這穀中、共有三十六座墳。

他可以再希望三十三次。

「鴻雁東來，紫雲散處，誰在何處、候誰歸路？

紅衫一夢，黃粱幾多惆，酒銷青雲一笑度。

何日歸來，竹邊佳處，等聽清耳，問君茹苦。

蒼煙嫋嫋，紅顏幾多負，何在長亭十里訴……」

不知何時，唐儷辭低聲唱起了一首不知名的歌，低沉的歌聲縈繞整座菩提谷，低聲一句，已傳入人心扉深處，如雲生山谷，霧泛漣漪，動盪的並非只是人心，而是整個山谷都為這歌而風雲變幻，氣象更迭。池雲和沈郎魂癡癡的聽著，心中本來湧動的酸楚淒涼漸漸被低沉的歌聲化去，悲傷、歡喜、追憶、思念、痛苦、悔恨、寂寞……種種思緒慢慢化為共同的一種……歌裡的那種……悲傷著等候的心情。

「昨夜消磨，逢君情可，當時蹉跎，如今幾何？霜經白露，鳳棲舊秋梧，明珠蒙塵仍明珠……」

第一次聽唐儷辭唱歌，誰也不知他會唱歌，菩提谷中草木蕭蕭，風吹樹動，陽光也似淡了顏色，捲動風中的只是那首歌，山谷中有生命的，只是那首歌。

第十七座墳。

「兄弟方周之墓。」

——《千劫眉（卷一）狐妖公子》完——

——敬請期待《千劫眉（卷二）神武衣冠》——

高寶書版集團
gobooks.com.tw

DN 306
千劫眉（卷一）狐妖公子

作　　者　藤　萍
責任編輯　吳培禎
封面設計　張新御
內頁排版　賴姵均
企　　劃　何嘉雯

發 行 人　朱凱蕾
出　　版　英屬維京群島商高寶國際有限公司台灣分公司
Global Group Holdings, Ltd.
地　　址　台北市內湖區洲子街88號3樓
網　　址　gobooks.com.tw
電　　話　(02) 27992788
電　　郵　readers@gobooks.com.tw（讀者服務部）
傳　　真　出版部 (02) 27990909　行銷部 (02) 27993088
郵政劃撥　19394552
戶　　名　英屬維京群島商高寶國際有限公司台灣分公司
發　　行　英屬維京群島商高寶國際有限公司台灣分公司
法律顧問　永然聯合法律事務所
初　　版　2024年6月

國家圖書館出版品預行編目(CIP)資料

千劫眉. 卷一, 狐妖公子/藤萍著. -- 初版. -- 臺北市：英屬維京群島商高寶國際有限公司臺灣分公司, 2024.06
冊；　公分. --

ISBN 978-626-402-008-4(平裝)

857.7　　113008058